Aniela Ley

Lia Sturmgold
Das Geheimnis der Meereselfe

Aniela Ley war von Kindesbeinen an ein Bücherwurm, getrieben von der Hoffnung, dass sich zwischen den Buchdeckeln ein Tor in eine fantastische Welt öffnet. Nachdem sie als Autorin viele solcher Buchwelten selbst schöpfen durfte, weiß sie, dass dieses Tor immer dort ist, wo gelesen wird.

Aniela Ley

Lia Sturmgold

Das Geheimnis der Meereselfe

Mit Vignetten
von Isabelle Hirtz

dtv

Ausführliche Informationen über
unsere Autorinnen und Autoren und ihre Bücher
finden Sie unter www.dtv.de

Von Aniela Ley ist bei dtv junior außerdem lieferbar:
Lia Sturmgold – Die Macht der Kristalle

MIX
Papier aus verantwortungsvollen Quellen
FSC® C014496

Originalausgabe

Dieses Werk wurde vermittelt durch die
Literarische Agentur Thomas Schlück GmbH, 30161 Hannover
Umschlagillustration: Max Meinzold
Innenvignetten: Isabelle Hirtz
Lektorat: Katja Korintenberg
Gesetzt aus der Caslon 12/15,5˙
Satz: Fotosatz Amann, Memmingen
Druck und Bindung: GGP Media GmbH, Pößneck
Gedruckt auf säurefreiem, chlorfrei gebleichtem Papier
Printed in Germany · ISBN 978-3-423-76324-0

1.

Traumseifenblasen

Das erste Dämmerlicht fiel bereits durch den Vorhang, doch das Gesicht des schlafenden Mädchens lag noch im Schatten. Da löste sich etwas von seiner Stirn: ein feiner Streifen Mondlicht, der langsam aufstieg und zu einer fußballgroßen Seifenblase anschwoll. Träge waberte sie durch die Luft. In ihrem Inneren war das Mädchen inmitten einer pinkgoldenen Funkenfontäne zu sehen. Rund um sie herum flogen wild klatschende Hände und dazwischen flatterten Banner mit der Aufschrift *KnallGirrrlz*. Im bunten Schimmer der Seifenblase war nun auch das Gesicht der Schlafenden zu erkennen: Sie lächelte, so breit sie konnte.

»Wow. Ich kann echt von einem Ohr zum anderen grinsen«, sagte Lia, die neben dem Bett stand und die glücklich schlummernde Asalia betrachtete.

»Dein Mund ist der Knaller, erinnert mich irgendwie an ein bestimmtes Tier. Ich komm nur gerade nicht drauf.« Dorient, der neben Lia stand, tippte nachdenklich gegen sein Kinn.

»Sag jetzt ja nichts über Breitmaulfrösche«, warnte Lia den Elfenjungen.

Dorient hob abwehrend die Hände. »Käme ich im Traum nicht drauf. Apropos Traum: Asalia feiert ihr erstes Spiel bei den KnallGirrrlz sogar im Schlaf. Das Hockeyspielen scheint es ihr echt angetan zu haben.«

Lia nickte. »Ich hätte keinen Moos-Kristall-Pop drauf verwettet, dass sich ausgerechnet dieses verwöhnte Luftprinzesschen in so ein krasses Spiel wie Hockey verlieben würde.«

Es war wirklich nicht vorherzusehen gewesen, dass Dorients kleine Schwester Asalia, ihres Zeichens hochwohlgeborene Prinzessin der Himmelsreiche, in Lias Menschenkörper tatsächlich derart Spaß haben würde. Zumal Lia zugeben musste, dass im Vergleich dazu so ein Elfenkörper der pure *Wahnsinn* war! Besonders, wenn er obendrein Asalia Laliala Pergusta von Silberhaar gehörte und mit den tollsten kristallblau schimmernden Flügeln überhaupt ausgestattet war.

Ein netter Nebeneffekt des Körpertausches war, dass Lia, die als Einzelkind aufgewachsen war, plötzlich einen großen Bruder hatte. Allein für die Freundschaft mit dem zwei Jahre älteren Dorient mit seinem Sturmhaar und dem frechen Grinsen hatte sich das Abenteuer, an Asalias Stelle die Elfenschule Springwasser zu besuchen, schon gelohnt.

Aber das war noch nicht alles: Seit Lia nach einem missglückten Körpertauschzauber aussah wie Asalia, hatte sie ihr Talent für die Blitzkunst entdeckt, weshalb sie jetzt den Ehrentitel Sturmgold trug. Diese Neuigkeit hatte sogar Asalia von den Socken gehauen, obwohl sich das Elfenmädchen ansonsten nur für Menschenkram interessierte. Mit den Händen Blitze abzuschießen war sogar unter den magisch begabten Elfen der Hit … auch wenn es sich momentan eher um Miniblitze handelte, die ihr Eigenleben führten. Meist entluden sich die kleinen Energiebündel, wenn Lia es gerade überhaupt nicht gebrauchen konnte. Immer wieder kokelte sie unbeabsichtigt die edlen Holzfußböden von Springwasser, Lehrerroben oder die eigenen Fingernägel an.

Ansonsten genossen es die beiden Mädchen nach einigen Anlaufschwierigkeiten, in der Haut der jeweils anderen zu stecken. Während Lia ihren Plantling Ludmilla, eine Efeuranke, voller Begeisterung hegte und pflegte, hielt Asalia Kaugummi mit Zimtgeschmack für die abgefahrenste Errungenschaft der Menschheit. Es hatte mehrere Telefonate mit dem Fendrill, einem verschnörkelten Oval auf Lias Unterarm, gebraucht, um Asalia beizubringen, wie man Kaugummi kaut, ohne sich den Mund zu verkleben. Und dass, wenn das Zeug erst mal in den Haaren gelandet war (wie auch immer einer Elfjährigen ein solches Missgeschick passieren konnte), nur noch ein beherzter Schnitt mit der Schere half. Deshalb trug Asalia jetzt einen Pony, was überraschend gut aussah.

Während über Asalias Kopf immer noch die Seifenblase mit ihrem »Applaus, Applaus!«-Traum waberte, schob ihr Lia vorsichtig ein paar Haarsträhnen aus dem Gesicht.

»Seit wann habe ich lila Augenbrauen?«

Dorient zuckte mit den Schultern. »Lila ist doch deine Lieblingsfarbe.«

»Aber doch nicht in meinem Gesicht! Wenn ich könnte, würde ich jetzt sofort sämtliche verrückten Ideen aus deiner Schwester rausschütteln. Als ob es nicht reichen würde, dass sie innerhalb von ein paar Tagen mein Zimmer in einen Saustall verwandelt hat …«

Dorient winkte ab. »Du weißt doch, dass Asalia so chaotisch ist wie ein Wirbelwind-Fresser. Ihre Zofe ist regelmäßig in ihrem Kleiderschrank verloren gegangen, das arme Ding. Und du bist jetzt schon seit drei Wochen in Springwasser und findest dich in der von Asalia gepackten Truhe immer noch nicht zurecht.«

Das stimmte. Allerdings war das gute Stück aus Immertreu-Esche in ihrem Inneren auch groß wie ein ganzes Haus, ach was, wie eine riesige Lagerhalle. Und Asalia hatte alles reingeworfen, was ihr im elterlichen Glaspalast vor ihrer Abreise nach Springwasser unter die Finger gekommen war. Neulich hatte Lia sogar einen Vorrat an Hagelschauer in konzentriertem Wolkenformat herausgeholt. Sie hatte ihn gerade noch rechtzeitig auf den Balkon geschoben, bevor er die Nachtflugwabe verwüsten konnte.

»Sind deine Haare eigentlich auch gefärbt?«, erkundigte sich Dorient, der sich gerade über die schlafende Asalia beugte und sie eingehend musterte.

Lia schüttelte den Kopf. »Daran hat deine Schwester ausnahmsweise mal nicht rumgepfuscht. Mit diesem Allerweltsbraun laufe ich schon mein ganzes Leben lang rum.«

»Von wegen normalo. So eine Haarfarbe habe ich noch nie zuvor gesehen.« Dorient versuchte, eine der braunen Locken anzufassen, doch seine Finger glitten hindurch, als wären sie Luft.

»Klar«, sagte Lia. »Weil ihr Elfen eben tausendfach coolere Haarfarben habt als wir Menschen. Zum Beispiel Sonnenaufgangsrot, Rabenfederblau oder metallisch glänzend.« Sie deutete auf ihr eigenes silbriges Haar, das dem Familiennamen Silberhaar alle Ehre machte.

Nachdenklich knabberte Dorient an seiner Unterlippe. »Alles regenbogenmäßig«, stimmte er Lia zu. »Aber mir gefällt dieses Braun, es sieht so ganz anders aus als die vielen bunten Elfenschöpfe in Andersreich.«

Eigentlich wollte Lia sofort widersprechen – Hallo? Seit wann ist ein langweiliges Braun abgefahrener als Silber oder Dorients Sturmhaar? Doch dann hielt sie die Luft an. Dorient mochte ihr Haar, also ihr wirkliches Haar! Das träumte sie wohl, oder?

Ein lautes »Peng!« riss Lia aus ihrer Verwunderung.

Die schimmernde Traumblase war zerplatzt.

Einen Moment später setzte Asalia sich im Bett auf und rieb sich die Augen. »Muss ich schon aufstehen? Mag nicht«, nuschelte sie und ließ sich zurück in die Kissen plumpsen. Nur um sofort wieder hochzuschnellen und sich die Steppdecke bis ans Kinn zu ziehen. »Einbrecher!«

»Psst«, machte Dorient. »Das sind doch nur Lia und ich.«

Sofort entspannte sich Asalia, griff nach Lias Brille auf dem Nachttisch und setzte sie so routiniert auf ihre Nase, als würde sie das nicht erst seit Kurzem tun. Genervt blinzelte sie die beiden Elfen vor ihrem Bett an. »Sagt doch gleich, dass ihr beiden Nervelfen das seid. Ich hab einen halben Herzschnappfakt bekommen.«

»Herzinfarkt«, korrigierte sie Lia automatisch.

Asalia zeigte ihr einen Vogel. »Wer von uns hat donnerstags Fünfte und Sechste Bio bei Frau Finsterlein? Ich oder du? Das Herz schnappt und dann ist es hin, Fakt.« Ihr Ausdruck bekam etwas Verträumtes. »Ich finde Bio übrigens super! Total verrückt, wie eure Menschenkörper funktionieren. Trotzdem würde euch eine Prise Elfenzauber manchmal ganz guttun. Wenn ihr euch zum Beispiel mal ein bisschen aufhübschen wollt. Bei uns reicht da ein Döschen *Famoses Glamourium*. Bei euch Menschen saut man gleich das ganze Badzimmer ein, nur weil man seine Augenbrauen einen Hauch interessanter macht. Und anschließend bekommt man von Mama Dornmeier eine Ansprache, dass einem die Ohren klingen. Ich hab ja immer gedacht, dass die Frau Mama Königin laut werden kann … aber dagegen hat sie ein zartes Vogelstimmchen.«

»Meine Mutter ist sauer auf mich?« Lias Magen verwandelte sich in einen Eisklumpen.

»Keine Ahnung, ob sie auch was gegen dich auf der Pfanne hat«, sagte Asalia. »Aber ich musste mir ganz schön was anhören, nur weil das Badezimmer jetzt einen hübschen lila Tupfenlook hat. Und dann hat Mama Dornmeier doch ernsthaft von mir verlangt, dass ich alles mit einem Schwamm und eklig riechendem Putzzeug sauber mache. Dabei habe ich in meinem ganzen Leben noch nie sauber gemacht. Eine Prinzessin fabriziert vieles, aber niemals, wirklich niemals Schmutz!« Es klang, als hätte sie nicht bloß das Waschbecken von lila Farbspritzern reinigen, sondern, lediglich mit einer Zahnbürste ausgestattet, die gesamte Kanalisation schrubben müssen.

»Unser Beileid«, sagte Dorient nüchtern.

»Pfff«, machte Asalia. »Was macht ihr beiden eigentlich hier? Solltet ihr nicht brav in euren Internatsbetten dösen, zusammen in einer Wabe mit dusseligen Feuerelfen und griesgrämigen Undinen?«

Dorient und Lia wechselten einen raschen Blick und beschlossen, gar nicht erst darauf einzugehen. Dorients Kumpel, der Feuerelf Lofi, war nicht unbedingt die hellste Kerze auf der Torte, aber dafür hatte er das Herz am rechten Fleck. Und die Wasserelfe Serafina, mit der Lia seit dem letzten Mondscheintanz befreundet war, war tatsächlich ganz schön oft griesgrämig. Manchmal auch kratzbürstig und zickig. Tja, und fast immer hatte Serafina einen seeigelpiksigen Kommentar auf den Lippen. Aber ansonsten war sie ein echter Schatz.

»Es ist so …«, startete Dorient eine Erklärung. »Wir sind gar nicht wirklich hier.«

»Dann träume ich von euch?« Asalia sah verwirrt aus. »Na, das würde euren feschen Pyjamalook erklären und dass ihr so durchsichtig seid wie Nebelelfen.«

»Nicht du träumst uns, Plapperguste«, sagte Dorient. »Lia und ich träumen. Genauer gesagt, haben wir uns zu dir geträumt. Ich bin nämlich seit Neuestem Mitglied in der Arbeitsgemeinschaft Traumwandlerei.« Dorient war sein Stolz an der Nasenspitze abzulesen, aber seine Schwester Asalia blieb unbeeindruckt.

»Ja, und?«, fragte sie.

Dorient tat Lia ein bisschen leid, obwohl er eigentlich wissen sollte, dass seine Schwester nur Applaus für sich selbst übrighatte. »Dein Bruder ist im Traumwandeln sogar so gut, dass er heute Nacht in meinen Traum gekommen ist und mich mitgenommen hat. Deshalb sind wir gar nicht richtig hier, unsere Körper liegen schnorchelnd in Springwasser.« Zum Beweis tat Lia so, als wolle sie Asalia durchkitzeln. Doch ihre Finger glitten geisterhaft durch das Nachthemd der Luftprinzessin hindurch.

Erschrocken wich Asalia zurück. »He, lass das!« Nachdem sie überprüft hatte, dass die Geisterfinger keinen Schaden angerichtet hatten, funkelte sie ihre beiden Besucher an. »Verstehe, ihr seid bloß Traumgestalten. Aber warum seid ihr überhaupt gekommen und bringt mich um meinen wohlverdienten Schönheitsschlaf?«

Dorient zuckte mit der Schulter. »Du hast uns seit Tagen nicht mehr mit Anrufen bombardiert, um uns so sensationelle Neuigkeiten mitzuteilen wie: ›Heilige Windschneise! Ich habe eben eigenhändig das Küchenradio angestellt und es kam ungelogen Musik raus‹, oder: ›Mit Zahnpasta kann man auf dem Spiegel Nachrichten für Mama Dornmeier hinterlassen. Wahnsinn, was?‹ Nicht zu vergessen die Topnachricht: ›Ich hab den Weg ins Klassenzimmer heute auf Anhieb gefunden und sogar meine Klassenlehrerin wiedererkannt, obwohl diese erwachsenen Menschen alle gleich aussehen. Ich bin ja so was von gut!‹ Bei so langem Schweigen von deiner Seite haben wir uns halt Sorgen gemacht und wollten mal nachschauen, wie es dir beim Menschspielen so ergeht.«

Und ich wollte unbedingt mein Zuhause wiedersehen, fügte Lia in Gedanken hinzu. Sie glaubte nicht, dass Dorient die Traumreise vorgeschlagen hatte, weil er sich Sorgen um Asalia machte. Warum auch? Asalia war wie eine Katze, die immer auf ihre Pfoten fiel. Für die Luftprinzessin war ihr Ausflug in die Menschenwelt die reinste Party. Sie hatte an allem Spaß, sogar an einem Becher Kakao, der seine Runden in der Mikrowelle drehte. Der wahre Grund, warum Dorient Lia mitgenommen hatte, war ihr immer wieder aufflackerndes Heimweh. Nur ein bisschen, für mehr ließ ihr ihr aufregendes Leben in Springwasser keine Zeit. Allein ihre neuen Elfenfreundinnen, die schüchterne Erdelfe Merla, durch deren Adern Wildlingsblut floss und die sich deshalb in einen Pelzball verwandeln konnte, die Pixie Blo mit ihrem Akaziendornschwert und die mürrische Undine Serafina sorgten ständig für Ablenkung.

Trotzdem gab es Momente, in denen sich Lias Brust zusammenzog und sie an ihr Zuhause in der Menschenwelt dachte. Besonders vermisste sie ihre Mutter, die ausgedehnten Wochenendfrühstücke mit ihr oder die Abende, an denen sie sich zusammen Kochshows ansahen und alles so laut kommentierten, dass man den Moderator nicht mehr hören konnte. Lia und ihre Mutter waren ein eingeschworenes Team, denn sie waren ja nur zu zweit, und nach den vielen Umzügen, die sie wegen Andrea Dornmeiers Job als Unidozentin hatten machen müssen, war bei Lia auch keine richtige Freundin hängen geblieben.

»Ich bin kein Baby, das man betüddeln muss«, riss Asalia Lia aus ihren Gedanken.

»Du führst dich aber auf wie eins«, hielt Dorient dagegen. »Moment, ich korrigiere: Du führst dich auf wie zwei Babys.«

Offenbar hatte Lia nichts verpasst, die beiden Elfengeschwister lagen sich mal wieder in den Haaren. Das schafften sie immer in Rekordgeschwindigkeit. So weit, so normal.

»Ich statte meiner Mutter mal einen Besuch ab«, verkündete Lia.

»Viel Spaß«, sagte Dorient, während Asalia aus dem Bett sprang und versuchte, ihm mit dem Zeigefinger in die Brust zu piksen – was wegen seines Zustands natürlich nicht klappte.

»Das mit den Babys sagst du mir noch mal ins Gesicht, wenn du wirklich vor mir stehst, du Feigling«, knurrte Asalia ihren Bruder an.

Dorient verdrehte die Augen. »Und dann machst du was, Schwesterlein? Vor Wut in deine Windel?«

Asalias Antwort hörte Lia nicht mehr. Sie schlich bereits über den Flur zu dem Zimmer, in dem ihre Mutter schlief.

2.

Mama Dornmeier träumt

Das Erste, was Lia auffiel, war der vertraute Duft von Rosen und einem Hauch Vanille. Klar, das lag an Mamas Lieblingsparfüm, mit dem sie sich vorm Schlafengehen gern noch mal einsprühte. »Dann fühle ich mich wie verzaubert«, sagte sie immer. Für Lia duftete es weniger nach Zauberei als nach Liebe und Zuhause.

Im Schlafzimmer ihrer Mutter war es deutlich heller als in ihrem Zimmer. Es gab nur einen Stoffvorhang und ihre Mutter ließ das Fenster gekippt, weil sie gern mit Vogelgezwitscher aufwachte. Vorsichtig tastete sich Lia zum Bett vor. Dabei machten ihre Füße keinerlei Geräusche, denn sie schwebte mehr, als dass sie ging. Man könne sich auf der Traumreise auch einfach ans nächste Ziel denken, hatte Dorient gesagt, das ginge schneller als einmal blinzeln. Aber das sei für Anfänger wohl nicht zu empfehlen, den meisten würde bei einem so plötzlichen Ortswechsel speiübel. Das glaubte Lia sofort, ihr wurde ja auch beim Durchqueren eines Reiseportals schummerig.

Während Lia durchs Zimmer huschte, regte sich eine Grünpflanze auf der Kommode und winkte ihr schüchtern mit ihren Blättern zu. Als Lia zurückwinkte, zitterte die Pflanze vor Aufregung und verbeugte sich tief. Hastig half Lia der Grünpflanze, sich aufzurichten, bevor sie sich vor lauter Höflichkeit den Stängel abknickte. Dann trat sie ans Bett ihrer Mutter.

»Hallo, Mama«, flüsterte Lia.

Keine Antwort außer einem gehauchten »Rapüh« – Mama Dornmeier, wie Asalia sie nannte, schlief tief und selig.

Für eine Sekunde spielte Lia mit dem Gedanken, ihre Mutter zu wecken, aber vermutlich würde sie das Mädchen mit den langen Silberhaaren, in denen eine Tiara steckte, den blauen Kristallaugen und den spitzen Ohren bloß für einen Traum halten. Falls sie sie überhaupt sah. Die meisten Menschen konnten Elfen nämlich nicht sehen.

Nein, da war es besser, den Moment zu genießen.

»Du siehst richtig happy aus«, wisperte Lia, um ihre Mutter nicht zu wecken. »Läuft bei dir, ja? Dabei habe ich fest damit gerechnet, dass dich Asalia mit ihrer Gaga-Art schon nach einem Tag zur Verzweiflung bringt. Diese Luftelfe ist echt eine Nummer für sich, aber sie macht das gut mit meinem Leben. Bestimmt bist du froh, dass ich jetzt Mitglied bei den KnallGirrrlz bin und dort sogar Freundinnen habe. Das habe ich mir ja auch total gewünscht. Na ja, und bestimmt schmunzelst du, weil ich plötzlich jeden Alltagskram zum Ausflippen toll finde und seltsame Sachen sage wie: ›Dieses kleine Piepgerät zaubert ständig bunte Bilder, die voll echt aussehen. Es sollte Bilderschaffer und nicht Handy heißen. Menschen haben keine Ahnung, wie man etwas passend benennt.‹« Vermutlich dachte ihre Mutter, dass sie total im Teeniefieber war. Lia musste grinsen. »Okay, Mama. Du hast eine schöne Zeit mit Asalia – und darüber freue ich mich. Dann bin ich nicht mehr ganz so besorgt, dass diese verrückte Elfe dir den letzten Nerv raubt. Außerdem muss ich zugeben … also, nicht, dass du das falsch verstehst, ich vermisse dich nämlich sehr, … aber: Ich stehe ganz krass auf Springwasser!«

Jetzt war es raus – und das *Geständnis* fühlte sich gut an.

Warum sollten auch nicht zwei Herzen gleichzeitig in Lias Brust schlagen? Sie konnte doch ihr Zuhause samt Mama lieben und ihre Zeit in Springwasser trotzdem genießen.

Lia setzte sich zu ihrer Mutter auf die Bettkante, wobei sie achtgeben musste, nicht durch den Rahmen zu sinken. Als Traumreisende war sie aus viel feinerem Material als die zarten Daunenfedern der Bettdecke.

»Ich erzähl dir mal ein bisschen was über mein Leben in Andersreich.« Aus den Augenwinkeln nahm Lia wahr, wie sich die Grünpflanze, soweit es ging, aus ihrem Topf lehnte, um besser zuhören zu können. Was wohl ihre Efeuranke Ludmilla, die gerade zusammengerollt auf ihrem Bauch in der Nachtflugwabe schlief, zu ihrer neuen beblätterten Freundin sagen würde? Vermutlich würde Ludmilla ihr prompt ein paar von ihren Kunststückchen als Lasso oder schicker Gürtel vorführen, wie sie es zusammen eingeübt hatten.

»Also … Wo fange ich am besten an? Erst mal muss ich zugeben, dass ich es spannend finde, jetzt in Asalias Körper zu stecken. Ich mag mein Silberhaar mit den blauen Strähnchen, auch wenn es die Pest ist, als Prinzessin ständig diese rutschige Tiara tragen zu müssen. Außerdem kann ich jetzt mit den Händen Blitze abschießen. Wobei ›können‹ nicht ganz stimmt, oft passiert es von selbst und dann kokle ich alles Mögliche an. Aber da arbeite ich an meiner Technik. Das mit der Blitzkunst ist übrigens was richtig Besonderes, ich habe deshalb sogar den Titel ›Sturmgold‹ verliehen bekommen. Eine große Sache für die Himmelsreiche, aus denen Asalia stammt.«

Lia erinnerte sich, dass bei ihrem ersten Blitz alle ganz aus dem Häuschen gewesen waren – sogar Asalia. »Absolut fantastiös«, hatte die Luftprinzessin auf Urlaub gesagt. »Wenn ich wieder in meinem Körper bin, werde ich als Erstes Dorient 'nen Blitz überbraten, weil er immer so den großen Bruder raushängen lässt. Nun aber zu den wirklich wichtigen Dingen: Wie viele Gummibärchen kann ich essen, bis mir übel wird?«

»Was kann ich dir noch Spannendes erzählen?«, überlegte Lia, während ihre Mutter im Schlaf leise schmatzte. Offenbar war das Wort Gummibärchen bis in ihre Träume vorgedrungen. »Ach ja, ich habe Flügel! Ausgerechnet ich mit meiner Höhenangst, völlig verrückt. Und ich habe Freundinnen. Richtige Freundinnen, die mit mir durch dick und dünn gehen. Darüber würdest du dich bestimmt freuen. Gut, dass die Zeit in Andersreich viel schneller vergeht als hier in der Menschenwelt. Dann habe ich nicht so ein schlechtes Gewissen, weil ich schon seit Wochen in Springwasser zur Schule gehe. Für dich sind nur ein paar Tage vergangen, und bevor du dich versiehst, habe ich die Kristalle für den Körpertausch bei den Wasserfällen im Zaarz-Tal gesammelt und bin wieder zurück. Der Ausflug ist schon bald, ich muss nur noch eine Flugprüfung bestehen, um mitkommen zu dürfen.«

Trotz der rosigen Aussichten stieg in Lia auf einmal die vertraute Schwere auf und sie konnte sich kaum vorstellen, ihre Mutter gleich wieder zu verlassen. In diesem Moment wollte sie nichts sehnlicher, als wieder Lia Dornmeier zu sein, mit einer Brille auf der Nase und nichts als Hockey im Kopf.

Während Lia verschämt die Nase hochzog und die Grünpflanze teilnahmsvoll mit den Blättern raschelte, bewegte sich etwas in Andrea Dornmeiers Gesicht und auch von ihrer Stirn löste sich eine silbrige Traumseifenblase, die schnell größer wurde und mit einer Art Nebel gefüllt war. Aus ihrem Inneren war Gelächter zu hören. Langsam setzte sich der weiße Staub, der sich als Mehl entpuppte, und eine fünf Jahre alte Lia wurde sichtbar. Sie veranstaltete gerade eine Megasauerei beim Keksebacken, weil sie es offenbar witzig fand, mit der flachen Hand auf die mehlige Arbeitsplatte zu hauen. Andrea lachte trotz der Sauerei und begann, mit dem Zeigefinger Gespenster ins Mehl zu zeichnen. Die kleine Lia staunte nicht schlecht. Dann schrieb sie ihren Namen in Druckbuchstaben über das kleine Gespenst und über ein größeres *Mama.*

Plötzlich veränderte sich das Bild in der Traumblase und zeigte Lias Mutter, wie sie über einem riesigen Haufen Papiere saß, den sie mit ernster Miene sortierte. Ein Arbeitstraum, so viel stand fest.

Lia war trotzdem glücklich – und beruhigt. Ihre Mutter dachte an sie, während sie in Springwasser spannende Elfen-Abenteuer erlebte. Asalia hatte sie zwar ohne ihre

Zustimmung in eine Elfe verzaubert, aber böse war sie der quirligen Luftprinzessin deshalb nicht mehr. Ganz im Gegenteil.

3.

Zum Aufwachen schrecklich!

Lia hauchte ihrer Mutter noch einen Kuss auf die Wange, verabschiedete sich von der Grünpflanze und kehrte zu ihrem Zimmer zurück. Gerade als sie die Tür öffnete, kam ein Sockenknäul angesaust und flog durch ihre Brust hindurch. Vor Schreck rutschte ihr die Tiara über die Augen.

In diesem Traumwandel-Zustand war Lia vielleicht nicht mehr als Mondschein, aber es war trotzdem eklig, wenn etwas durch einen durchzischte wie eine Rakete.

»Sagt mal, geht's noch?«, beschwerte sich Lia.

Das hätte sie sich auch sparen können, niemand achtete auf sie.

»Asalia Laliala Pergusta, du bist der totale Sprühnebelkopf«, schimpfte Dorient. »Mich mit Socken zu beschmeißen, als ob das was bringen würde. In diesem Zustand bin ich nicht dichter als Luft.«

Asalia stand in Lias Flauschhausschuhen mit Hasenöhrchen vor ihm und stemmte die Hände in die Hüften. Vermutlich sollte das megaselbstbewusst aussehen, wenn da nicht die Lockenexplosion auf ihrem Kopf und ihr falsch zugeknöpftes Pyjamaoberteil gewesen wären. »Etwas nach dir Wichtigtuer zu werfen ist sehr befriedigend, wenn du es genau wissen willst. Ob die müffelnden Socken in deinem Gesicht landen oder nicht, ist dabei nebensächlich.«

»Das klingt genauso dusslig, wie du dich aufführst«, hielt Dorient dagegen. Im Gegensatz zu Asalia machte er nicht einen auf bedrohlich. Er wirkte auch so schon einschüchternd mit seinem aufgepeitschten Sturmhaar und seinen funkelnden Augen. Wenn in seinen Augen ein Unwetter aufzog, bekam Lia sofort feuchte Hände vor Aufregung. Sogar im Traumwandler-Zustand.

»Warum zankt ihr Pappelfen euch denn schon wieder?«, fragte Lia.

»Weil Asalia halt durch und durch Nervensäge ist, da geht es nicht anders«, sagte Dorient.

»Weil er immer, immer, immer was zu nörgeln hat«, beschwerte sich Asalia über ihren Bruder. »Färb dir nicht die Augenbrauen, es sind nämlich nicht deine. Ruf ab heute zur fest verabredeten Zeit an und mach dann mal eine Plapperpause, damit Lia auch was sagen kann. Iss dieses Zeug namens Klebstoff nicht, wenn du nicht sicher bist, dass es etwas Essbares ist.«

»Moment«, unterbrach Lia ihren Redefluss. »Du hast Klebstoff gegessen?«

Asalia winkte ab. »Schnee von gestern. Es geht hier darum, dass Dorient mich ständig rumkommandieren will. Macht er das mit dir eigentlich auch?«

Lia trat von einem Fuß auf den anderen. Was sollte sie dazu sagen? Zu mir ist Dorient voll nett? Ich wünschte, ich hätte auch so einen tollen großen Bruder in der Menschenwelt? Ich treibe ihn nicht in den Wahnsinn mit meiner Prinzessin-über-alles-Tour, so wie du?

Dorient kam ihr zu Hilfe, indem er sagte: »Ich muss auf Lia nicht aufpassen. Sie kommt in Springwasser nämlich besser zurecht als ich. Mit dir wäre das ganz klar anders gelaufen.«

»Jetzt reicht's mit den Unverschämtheiten!«, rief Asalia. »Höchste Zeit für einen Abflug, Brüderchen.« Blindlings packte sie etwas vom Nachtschrank und warf es nach Dorient.

Der Gegenstand sauste durch Dorients Brust – und hinterließ dort ein Loch.

Ungläubig deutete Lia darauf. »Urgs. Das sieht nicht richtig aus.«

Dorient betastete den ausgefransten Rand des Lochs. »Es fühlt sich auch nicht richtig an. Heiliger Donnerhall, es breitet sich aus.« Tatsächlich reichte das Loch bereits dorthin, wo eigentlich Dorients Herz sitzen sollte.

»Was hast du nach ihm geworfen?«, fragte Lia die plötzlich verängstigt aussehende Asalia.

»So eine Kugel, ein hässliches Ding.«

Lia schlug sich mit der Hand vor die Stirn. »Das war eine Zierkugel aus unserem alten Garten. Sie ist aus Eisen.«

»Kann nicht sein«, behauptete Asalia. »Dann hätte die Kugel fies in meiner Hand gekribbelt. Wir Elfen vertragen Eisen nämlich überhaupt nicht, du Schlaubiumpf.«

»Schlaubi Schlumpf meinst du wohl«, verbesserte Lia. »Außerdem hast du offenbar vergessen, dass du in einem Menschenkörper steckst – und der hat kein Problem mit Eisen.« Lia legte Dorient eine Hand auf die Schulter. »Wir müssen sofort gehen. Hoffentlich ist dein schlafender Körper nicht von der Eisenverletzung betroffen.«

Dorient schüttelte den Kopf, die Sorge hatte er scheinbar nicht. Als er jedoch etwas sagen wollte, kam aus seinem Mund kein einziger Laut. Seine Gestalt wurde von Sekunde zu Sekunde durchsichtiger. Er streckte die Hände nach Lia aus, aber als sie versuchte, sie zu packen, griff sie ins Leere. Im nächsten Augenblick löste sich Dorient auf wie Nebel im Sonnenlicht.

»Au Backe«, sagte Lia.

»Wird schon alles gut sein«, winkte Asalia ab. In Wahrheit war sie jedoch ganz schön blass um die Nase. »Dorient ist nicht kaputt zu bekommen. Ich weiß das, weil ich es schon ein paarmal versucht habe. Bestimmt wacht mein Bruder gerade, lauthals meinen Namen verfluchend, in Springwasser auf.«

»Das mag ja sein, aber wie komme ich jetzt zurück?« Lia stand kurz davor, ihre babyblauen Fingernägel abzuknabbern. »Man braucht ein Passwort, um die Traumreise zu beenden. Ich habe keine Ahnung, wie es lautet.«

»Dann bleibst du hier?« Asalias Augen begannen zu glänzen. »Abgefahren, dann habe ich eine unsichtbare Freundin. Die Mädels in meiner Klasse werden sterben vor Neid. Wir können alles zusammen machen … Na ja, machen ist für dich ja schwierig mit deinen Lufthänden. Aber du kannst mir dabei zugucken, wie ich was mache. Das wird super!«

Die Reaktion war so typisch Asalia, dass Lia nicht einmal den Kopf schüttelte. Sie hatte wirklich andere Probleme. Inzwischen würde die Dämmerung auch schon in Andersreich angebrochen sein, sodass es nur noch eine Frage von

Minuten war, bis die Hausmutter, Frau Boskoop, zum Weckdienst auftauchte. Es würde zweifelsohne auffallen, wenn Lia trotz Frau Boskoops dröhnender Stimme selig weiterschlief.

»Ich muss unbedingt sofort aufwachen«, sagte Lia. »Mach was, schrei mich an, erschreck mich oder so.«

»Du meinst, ich soll was sagen, damit du dich so richtig albtraummäßig aufregst?«, vergewisserte sich Asalia. »Okay, aber das mache ich nur, weil du drauf bestehst und weil es ein Notfall ist. Du darfst mir deswegen später keinen Vorwurf machen. Abgemacht?«

In Lias Bauch breitete sich ein flaues Gefühl aus. Andererseits würde zu dem flauen Gefühl noch eine ordentliche Standpauke hinzukommen, wenn herauskäme, dass sie als Schülerin der Bergkristall-Liga auf einer Traumreise hängen geblieben war, obwohl sie noch nicht einmal wissen durfte, dass es Traumreisen überhaupt gab. Wahrscheinlich war es nur eine Frage der Zeit, bis jemand Dorient befragte und alles rauskam. Nein, sie musste sofort zurück nach Springwasser!

»Egal, was du angestellt hast, Asalia, sag es mir.«

Asalia verknotete ihre Finger. »Nur, wenn du mir versprichst, kein bisschen böse zu sein.«

Lia hielt ihre Finger zum feierlichen Schwur hoch. »Versprochen, du hast einen Freischein für sämtliche Dummheiten.«

Asalia schaute immer noch verlegen drein. Kein gutes Zeichen. »Es war eine Mutprobe«, fing sie zögerlich an. »Antonia hatte die Idee.«

»Sekündchen. Sprichst du von Antonia Boltenstein?« In

Gedanken fügte Lia hinzu: dem coolsten Mädchen in meiner Schulklasse.

»Ja, genau«, bestätigte Asalia. »Die ist ganz nett, hängt sich in den Pausen immer an mich dran. Jedenfalls ging es darum, wer sich traut, diesem Leon aus der 8. Klasse, für den alle schwärmen, einen Liebesbrief zuzustecken.« Sie verdrehte die Augen. »Von wegen Mutprobe, das war hypereinfach. Dieser Leon steht immer mit seinen Freunden voll langweilig in der Gegend rum und man muss nur hingehen, Hallo sagen und ihm den Brief in die Hand drücken. So leicht wie Pixie-Wegschnippen. Die Mädchen müssen mir jetzt die ganze Woche in jeder Pause Zimtkaugummis ausgeben, weil ich die Mutprobe gewonnen habe.«

Lia kämpfte gegen eine sich ankündigende Schnappatmung an. »Und wer hatte den Liebesbrief unterzeichnet? Antonia doch wohl hoffentlich.«

Asalia winkte ab. »Von wegen. Jede hat ihren eignen Liebesbrief geschrieben – aber nur ich habe mich getraut, meinen abzugeben. In Schönschrift unterschrieben mit ›Deine Dir absolut und für immer ergebene Lia D.‹. Wie gesagt: hypereinfach.«

Krampfhaft sog Lia Luft ein. »Und was hat Leon mit dem Brief gemacht?«

Inzwischen wirkte Asalia kein bisschen mehr verlegen, sondern so stolz, als habe sie bei den KnallGirrrlz die Kapitänsbinde bekommen. »Er hat den Brief seinen Freunden vorgelesen. Die waren alle ganz aus dem Häuschen und haben mich angestarrt, als wäre ich eine Sternschnuppe am Silvesterabend. Jungs eben.« Sie winkte verächtlich ab.

Jetzt war es so weit: Lias Kehle schnürte sich endgültig zu.

Falls sie jemals in ihren Menschenkörper zurückkehren sollte, würde sie ihre Mutter davon überzeugen müssen, sofort umzuziehen. Am besten auf einen anderen Kontinent. Aber vorher würde sie Asalia so viele Zimtkaugummis essen lassen, bis sie ihr zu den Ohren rauskämen!

Noch wusste Asalia nichts von ihrem Schicksal und quiekte vergnügt. »Es klappt, du wirst immer durchsichtiger. Dann wachst du bestimmt gleich vor lauter Ärger auf. Und nicht vergessen: Du bist mir dankbar wie ein Grottenmolch für ein bisschen Sonnenschein, weil ich dir von der Mutprobe erzählt habe. Ich habe dich gerettet. Denk dran! Und jetzt gute Reise, Lia!«

Lia hätte dieser verflixten Elfe gerne noch eine Gemeinheit zugerufen. Etwa, dass ein sehr verliebter Schlammblubberelf mit Eiterpusteln auf der Nase auf Asalia warten würde, um ihre Verlobung offiziell bekannt zu geben, wenn sie eines Tages wieder ihre Rolle in Springwasser übernehmen würde. Aber da löste sich Lia schon auf, wurde hineingezogen in einen Strudel aus glitzerndem Schlafsand – und landete ziemlich hart in ihrem schreckensstarren Körper.

Lia schlug die Augen auf. Über ihrem Kopf schwebte der silbrige Baldachin ihres Himmelbettes und auf ihrem Bauch schlief zusammengerollt die Efeuranke Ludmilla. Lia war eindeutig zurück in Springwasser.

»Ich hasse Asalia«, murrte sie mit schlaftrunkener Stimme.

»Scheint ja wirklich ein verrückter Traum gewesen zu sein, wenn du dich jetzt selbst hasst. Kein Wunder, dass du so laut geschrien hast.«

Lia zuckte zusammen, dann bemerkte sie im Dämmerlicht, dass Serafina auf ihrer Bettkante saß und ihre Hand hielt.

»Ich hab geschrien?«, vergewisserte sich Lia.

Serafina nickte. »Merla ist vor Schreck aus dem Bett gekugelt und seitdem nicht wieder aufgetaucht. Vermutlich schläft sie in ihren Pelz gehüllt unterm Lattenrost weiter. Und Blo hat kurz aus ihrer Hängematte rauskrakeelt, dass sie jeden mit ihrem Rosendorn erdolcht, der vor der offiziellen Weckzeit noch einen Pieps von sich gibt.«

»Tut mir leid, dass ich dich geweckt habe«, sagte Lia im Flüsterton, zur Sicherheit einen Blick auf die Hängematte der unter akuter Morgenmuffeligkeit leidenden Pixie gerichtet.

Serafina winkte ab. »Meerschaumschwabbel. Ich stehe gern früh auf, dann habe ich den Badesalon für mich allein. Magst du mitkommen? Eine morgendliche Dusche unterm Zitrusnebel – und du vergisst jeden bösen Traum oder sonstigen Kummer. Vertrau mir, das wirkt Wunder.«

Das glaubte Lia der Undine sofort. Sie kannte sich nun wirklich mit schlechter Laune aus. Serafina war neben Lia die Einzige in der Wabe, die unter Heimweh litt. Aber da war oft noch mehr, ihr Unglück ging tiefer, auch wenn die Meereselfe das hinter einer großen Klappe versteckte: Serafina sehnte sich nicht bloß nach dem weiten Meer und ihrer Familie, manchmal umgab sie eine Traurigkeit wie ein Mantel aus gewobenen Schatten. Wenn jemand wusste, dass ein morgendlicher Besuch des Badesalons ein Heilmittel gegen Kummer jeder Art war, dann sie.

Mit Schwung stand Lia auf und half auch Serafina auf die Beine. »Dann können wir ja mal ein heißes Sprudelbad mit extravielen Luftbläschen nehmen«, schlug sie vor. »Das Becken ist sonst immer vollgestopft mit Winzelfen, für die das Reiten auf den Blubberblasen das reinste Abenteuer ist.«

Serafina verzog ihr von Natur aus grünlich schimmerndes Gesicht. »Blubberbläschen im Wasser? So etwas mögen auch wirklich nur Luftelfen, die zu viel Zugluft abbekommen haben.«

4.

Blitzkunst für Anfänger

Als Lia im Morgenmantel und nach Zitrus duftend in die Wabe zurückkehrte, waren die Fensterläden bereits geöffnet und die ersten Sonnenstrahlen ließen die violett-samtigen Wände schimmern.

Merla stand vor dem Ankleidespiegel und bürstete ihren Pelz. »Guten Morgen, meine liebe Wabenmitbewohnerin. Hat Serafina dich zu einem Badesalon-Besuch in der Dämmerung überredet?«

Lia grinste. »Wenn unsere Undine könnte, würde sie die gesamte Nacht in einem der Wasserbehälter rumdümpeln. Eben konnte ich sie jedenfalls nicht dazu überreden, mit mir auf die Wabe zu kommen. Sie will unbedingt noch einen Tauchgang ins Schwarze Loch mit Algengrütze machen.«

»Serafina weiß ja nicht, was sie verpasst!« Merla drehte sich gut gelaunt um die eigene Achse. »Ich könnte schwören, dass ich bei Sonnenaufgang eine Schar Zwirbeldrosseln im Kanon habe zwitschern hören«, flötete sie.

Merla war morgens die gute Laune in Person – im Gegensatz zu Blo, von der nur ein gebrummtes »Ruhe! Es ist noch mitten in der Nacht!« zu hören war. Die Verschiedenheit ihrer Freundinnen war Lia inzwischen so vertraut, dass sie vermutlich Sehnsucht nach ihnen bekommen würde, sobald sie in ihr altes Leben in der Menschenwelt zurückkehrte. Aber bis dahin war ja noch Zeit!

»Bist du dir sicher, dass Vögel im Kanon singen?«, lachte Lia. »Bestimmt hast du das bloß geträumt, weil du gestern Abend über diesem Wälzer *Die Vögel von Andersreich* eingeschlafen bist. Ich wette …«

QUIETSCH!!

Das Geräusch rostiger Türangeln kratzte lautstark über Lias Trommelfeld, nur gab es in der Wabe keine Tür, die einen derartigen Krach machte.

Die beiden Elfenmädchen sahen sich ratlos an, dann bemerkte Lia eine Luke, die sich im Boden öffnete. Direkt unter Blos Hängematte, die von einem Zweig in der Wand hing. Während Merla sich hinter ihrem Bett in Sicherheit brachte, steckte ein Kobold den Kopf durch die Luke. Über seinem Gesicht, das stark an einen runzeligen Apfel erinnerte, saß eine Schirmmütze mit dem Logo der Stängelpost, einem aus Lianen geschlungenen P.

»Hast du gewusst, dass mitten in unserer Wabe ein Ausgang der Stängelpost liegt?«, flüsterte Lia ihrer Freundin Merla zu, der vor Schreck der Pelz in alle Richtungen abstand.

»Diese kleinen Racker haben Springwasser durchlöchert wie einen Käse«, murmelte Merla hinter vorgehaltener Hand.

»Die Scharniere gehören dringend mal geölt, in der Nähe dieser Undine fängt alles an zu rosten. Verflixte Meeresbewohner«, murmelte der Kobold vor sich hin. Als er Lia bemerkte, die ihn mit fragendem Blick musterte, räusperte er sich: »Stängelpost, die Damen.« Lächelnd lüpfte er seine Schirmmütze, wobei er der Hängematte über sich einen Knuff verpasste. Vermutlich genau dorthin, wo sich der Po der schlafenden Pixie befand.

Wie von einer Biene gestochen, schoss die verstrubbelte Blo aus ihrer Schlafstätte, wobei sie der Luft ein paar Karateschläge verpasste. »Wer will sich mit mir anlegen? Hä? Stell dich, Feigling!«

Der Kobold, der inzwischen zur Luke herausgeklettert war, warf der aufgebrachten Pixie nur einen abschätzigen Seitenblick zu, dann verbeugte er sich vor Lia. »Entschuldigt bitte aufs Untertänigste die frühe Störung, aber ich habe eine Zustellung für Eure Hochluftigkeit mit dem Eilefix-Stempel der königlichen Behörde. So etwas duldet keinerlei Aufschub. Ihr seid doch die ehrenwerte Asalia Laliala Pergusta Sturmgold von Silberhaar, nicht wahr?«

»Ähh …«, brachte Lia etwas verwirrt heraus. »Wer sollte ich denn sonst sein?«

Merla, die immer noch geduckt hinter ihrem Bett hockte, deutete hektisch auf Lias Kopf.

»Hab ich da noch Zitrusschaum kleben?« Lia fasste sich an die Stirn, dann erst kapierte sie den Hinweis: Sie hatte ihre Tiara im Badesalon abgenommen und nachlässig in ihren Wäschebeutel gesteckt. Seufzend holte sie den Silberreif mit den Sternkristallen hervor und setzte ihn auf. Sofort rutschte er ihr in die Stirn. Es war doch immer das Gleiche.

Zufrieden, dass die Prinzessin der Lüfte nun auch ihr Krönchen trug, nickte der Kobold. Dann holte er aus seiner

Umhängetasche ein in hellblaues Papier eingeschlagenes Päckchen, das er Lia mit einer erneuten Verbeugung reichte. »Es ist mir eine Ehre, zukünftige Herrscherin der Winde«, hauchte er.

»Mir auch«, sagte Lia, die es nach wie vor merkwürdig fand, wenn sie wie eine Prinzessin behandelt wurde.

»Wenn ich mich und die Stängelpost damit empfehlen dürfte?« Der Kobold tippte an seine Schirmmütze. Dann sprang er in die offen stehende Luke, wobei er Blos Hängematte noch mal einen Stups verpasste, sodass sie sich wie wild um die eigene Achse drehte.

»Diese Koboldsippe hat doch nur Modder zwischen ihren Zipfelohren«, wetterte Blo, während sie auf Lias Schulter zur Landung ansetzte. Aber ihre Neugierde siegte über ihre schlechte Laune. »Ein Päckchen von deiner Frau Mama. Ich tippe auf Frostprickel-Pralinen, die sollen der neuste Hit aus der Königlichen Leckerbissen-Manufaktur des Glaspalastes sein. Bei allen Glockenblumen, ich hab vielleicht einen Hunger, mein Magen futtert sich noch selbst auf.« Sie legte eine Hand auf ihren Bauch, der prompt laut und deutlich knurrte.

»Oder es handelt sich um einen kostenbaren Forschungsbericht der ersten Pioniere, die in grauen Vorzeiten das Vergessene Luftreich über der Spitze des Himalayas erforscht haben. Ihr wisst schon, ein ganzes Elfenvolk lebte in einer Blase aus Ätherglanz und wusste nicht, dass es auch eine Welt jenseits ihrer Grenzen gab. Was es da alles zu entdecken gab! Eine einzigartige Flora und Fauna.« Allein bei der Vorstellung versagte Merla vor Aufregung die Stimme.

»Oder es ist bloß irgendwas, das ich Schussel bei meiner

Abreise vergessen habe und meine Mutter mir nachgeschickt hat«, versuchte Lia die Sache kleinzureden. Die Vorstellung, Post von Königin Fetania Salira Nox erhalten zu haben, sorgte bei ihr für weiche Knie. Klar, Elfenmütter schickten ihren Töchtern vermutlich genauso gern Kleinigkeiten, wie es auch Menschenmütter taten. Aber Lia war nun einmal nicht Fetania Salira Nox' Tochter, sodass es ihr komisch vorkam, ein Päckchen von ihr zu öffnen.

Nur leider trieb die Idee von köstlichen Frostprickel-Pralinen die hungrige Blo so sehr an, dass sie bereits auf einer Ecke des Päckchens hockte und an dem Papier herumnestelte. »Ich kann die Leckerbissen schon riechen«, behauptete sie.

»Hey, pass auf, du Minivielfraß«, rief Lia. »Gleich plumpst alles auf den Boden.«

Merla sprang hinterm Bett hervor und wollte Lia zu Hilfe eilen, doch da war es schon zu spät: Ein Kästchen flutschte durch das Loch im Packpapier.

Im nächsten Moment hatte die Pixie es aufgefangen und grinste stolz. »Wo eine Blo, da auch ein Weg.«

»Du bist wirklich unmöglich«, schimpfte Merla. »Außerdem verteilst du mit deinem Rumgeschwirre lauter Traumstaub. Geh und entstaub dich endlich.«

Pixies und einige andere Elfen produzieren im Schlaf einen silbrig weißen Flimmer, den Traumstaub. Wenn man ihn versehentlich einatmet, erscheinen einem normalerweise Blumenwiesen, randvolle Pollengläser oder besonders schöne Rosenblüten – eben lauter Dinge, von denen Pixies nachts träumen. In Blos Fall waren es jedoch Schwerter, ganze Schränke randvoll mit Waffenpolitur und Kampfgetümmel, wie es sich eben für eine künftige Walküre gehörte. Die Mädchen der Nachtflugwabe verzichteten gern darauf, Blos Traumstaub in die Nase zu bekommen. Ein sonniger Morgen und der Blick eines Walküren-Pferdes aus rot glühenden Augen passten nicht wirklich zusammen.

»Das Entstauben kann warten«, winkte Blo ab. »Jetzt macht Lia erst mal das Kästchen auf.«

»Wenn du so einen Bärenhunger hast, kannst du dich an den Früchtekugeln bedienen, die ich unter der Matratze bunkere«, versuchte Lia die Pixie abzulenken. Völlig umsonst. Blos ohnehin schon riesige Elfenaugen waren vor Aufregung weit aufgerissen und selbst die sonst so zurückhaltende Merla rieb sich erwartungsfroh die Hände.

Lia gab sich geschlagen. Sie nahm das Kästchen aus Blos Händen und inspizierte es. Es war federleicht und aus einem Material, das wie fest gewordener Honig aussah. Auf dem Deckel prangte ein goldener Blitz. Verwirrenderweise gab es keinen Mechanismus, um das Kästchen zu öffnen.

»Tja«, sagte Lia. »Irgendwelche Vorschläge, wie man das Teil aufbekommt?«

Merla hob den Arm, als wären sie im Unterricht, was ihr einen missbilligenden Blick von Blo einbrachte. »Bestimmt braucht man eine Losung, so was wie der Familienname.«

Klang vernünftig. Lia hielt das Kästchen vor ihren Mund. »Von Silberhaar«, versuchte sie es, doch nichts passierte. »Herrscherin der Himmelsreiche? Nein, auch nicht. Die ehrenwerte Königsfamilie der Aurelianten? Nix.«

»Hat deine Mutter vielleicht einen Kosenamen für dich«, fragte Blo. »Meine nennt mich immer Stängelchen, obwohl ich das echt unmöglich finde.«

Ganz bestimmt gibt es so einen Kosenamen, aber woher soll ich den kennen?, dachte Lia. Dann fiel ihr ein, wie ihr Austausch-Elfenvater, Tetastis Rufur, sie genannt hatte.

»Windschneckchen?«, flüsterte sie dem Kästchen zu.

Der Kosename brachte Merla und Blo zum Kichern, aber der Deckel rührte sich nicht.

Lia startete einen letzten Versuch: »Sturmgold.«

Ein Licht flackerte durch den eingelassenen Blitz.

»Das ist es!«, jubelte Merla. »Verpass dem Deckel einen von deinen Miniblitzen.« Dann brachte sie sich hinter Serafinas mit Muscheln besetzter Ankleidetruhe in Sicherheit.

Auch Blo sauste hinter die Wasserkaraffe auf dem Waschtisch.

»So schlecht ziele ich nun auch wieder nicht«, maulte Lia. Sicherheitshalber legte sie das Kästchen jedoch auf den Boden. Er hatte sich bereits bei anderer Gelegenheit bewährt und Lia wusste, dass er nicht brannte und die schwarzen Kokelstellen spätestens nach drei Tagen wieder verschwanden.

Sie konzentrierte sich, dann rieb sie kurz ihre Hände aneinander. Das war nicht unbedingt nötig, machte es aber leichter, das Kribbeln hervorzurufen, aus dem sich die Blitze speisten. Ein feines Gefunkel tanzte über ihre Handflächen und es kostete sie einiges an Willenskraft, um es zu kontrollieren. Leicht konnte es sich in Miniblitzen entladen, die dann wild durch die Wabe schießen würden. Lia peilte das Kästchen an, dann erst gab sie die Blitze frei. Sie zischten ab wie kleine Raketen. Die meisten trafen den armen Fußboden und hinterließen qualmende Brandstellen, aber zwei trafen den Deckel und füllten den goldenen Blitz mit grell aufleuchtender Energie.

Der Deckel glitt, wie von Zauberhand berührt, zurück.

»Bei allen krummnasigen Wasserlochhexen, Lia verunstaltet schon wieder unseren Fußboden«, schimpfte Serafina, die gerade zur Tür hereinkam, das nasse schwarze Haar zu einem Turm auf ihrem Kopf aufgezwirbelt. »Du hattest doch hoch und heilig versprochen, nur noch im Freien deine Blitzkunst zu trainieren. Auf Steinboden, weit weg von allem, was leicht entflammbar ist.«

»Lia hat eine Eilefix-Zustellung von ihrer königlichen Mutter bekommen und das Kästchen mithilfe der Blitzkunst geöffnet«, sagte Merla.

»Hättet ihr auf mich gewartet, hätte ich das Kästchen mit meinen Fingern geöffnet. So macht man das nämlich normalerweise«, ätzte Serafina. Trotzdem kam sie merklich neugierig näher, um das geöffnete Kästchen zu begutachten.

Auch Blo war sofort zur Stelle und zog einen Flunsch. »Keine Pralinen«, murrte sie.

Merla blinzelte aufgeregt. »Dafür enthält es eine Pergamentrolle. Uiuiui, ich bekomme Pelzkribbeln vor Aufregung.«

Lia nahm die Rolle in die Hände. Das Pergament fühlte sich sehr, sehr alt an und war so hauchdünn, dass es bestimmt zerbröselte, wenn man unachtsam war. Entsprechend vorsichtig entrollte sie es und betrachtete die kunstvollen Schriftzeichen, die sich vor ihren Augen in lesbare Buchstaben verwandelten. Ihr Menschenverstand konnte mit der Elfenschrift nichts anfangen, aber Asalias Körper wusste glücklicherweise über solche Dinge Bescheid.

»Es ist eine Anleitung zur Ausübung der Blitzkunst, verfasst von einer gewissen Emeralda Luftikussa von Hagelkorn. Es werden verschiedene Blitzarten beschrieben und wofür man sie verwenden kann. Hier ist die Rede von einem Gebündelten Blitz, mit dem man ganze Steinwände zum Einsturz bringen kann. Oder einem Sucher-Blitz, der alles für einen findet, was man will. Leuchtender Nachthimmel voller Sterne, ist das abgefahren!«

Während Lia mit Staunen las, wozu sie dank der Blitzkunst imstande war, inspizierte Merla das Kästchen. »Hier ist noch ein Brief und eine kleine Dose«, sagte sie. »Und bevor du fragst, Blo: In der Dose befindet sich bestimmt keine aufwendig verpackte Praline. Ich tippe vom Gewicht her auf einen Edelstein.«

Es kostete Lia Kraft, ihre Augen von der Pergamentrolle zu lösen. Die Blitzkunst vermochte so viel mehr als nur ein paar Miniblitze, die zu Minichaos führten. Sie hatte ja schon einen Vorgeschmack davon bekommen, als sie beim Mondscheintanz diese Kunstfertigkeit eingesetzt hatte. Magie galt neben Feuer, Wasser oder Luft nicht umsonst als ein Element in der Elfenwelt. Und sie würde sie dank der Blitzkunst auf eine in Andersreich einzigartige Weise beherrschen können.

»Der Brief trägt das Siegel der Aurelianten«, sagte Lia. Es zeigte eine Windrose in Königsblau.

»Es hätte mich auch überrascht, wenn es die Ewige Flamme der Feuerbrünstler getragen hätte.« Serafina lachte über ihren eigenen Witz.

Lia brach das Siegel und entfaltete das Papier. Dort stand mit blauer Tinte geschrieben:

Meine geliebte Tochter,

noch immer ist mein Herz erfüllt von Stolz, mit Dir eine Sturmgold in der Familie zu haben. Es ist eine außergewöhnliche Ehre, die Sterne meinen es gut mit uns. Aber mit der Blitzkunst geht auch eine große Verantwortung einher, denn sie ist eine der machtvollsten Gaben in ganz Andersreich. Es ist Deine Aufgabe, ihr gerecht zu werden, indem Du Dich mit Hingabe in ihr übst. Deshalb sende ich Dir die Aufzeichnungen unserer Vorfahrin Emeralda Luftikussa von Hagelkorn, der Letzten in unserer ruhmreichen Familie, die den Titel Sturmgold tragen durfte.

Studiere die Schriften der ehrenwerten Emeralda Luftikussa und übe fleißig. Dein Vater und ich freuen uns schon sehr darauf, Deine Fortschritte in der Blitzkunst in den Sommerferien bestaunen zu dürfen. Anbei ein passendes Outfit!

Tausend Luftküsse wirft Dir Deine Dich liebende Mama zu – bitte gib auch ein paar an Deinen Bruder Dorient weiter, über dessen schulische Entwicklung wir uns ebenfalls sehr freuen. Seit zwei Monden keine Beschwerdebriefe aus der Schule, ebenfalls ein Grund zu feiern.

Gezeichnet von königlicher Hand,

Fetania Salira Nox von Silberhaar aka Mama

Nachdem Lia den Brief gelesen hatte, schluckte sie. Nicht mehr lang und dann würden die Sommerferien anstehen. Das bedeutete: Entweder hatten Asalia und sie bis dahin den Körpertauschzauber rückgängig gemacht. Dann musste Asalia schleunigst herausfinden, ob sie die Blitzkunst gleichfalls beherrschte oder ob es nur mit Lia in ihrem Körper funktionierte. Falls Schluss mit den Blitzen sein sollte, musste sich die Luftprinzessin eine megagute Ausrede einfallen lassen, schließlich waren die Himmelsreiche wegen dieser Gabe aus dem Häuschen. Oder – das war die andere Möglichkeit – Lia steckte immer noch in der Elfenwelt fest und musste sich nicht nur in der Blitzkunst behaupten, sondern auch Ferien mit dem königlichen Elternpaar machen. Kaum zu sagen, was stressiger war.

Als Lia von dem Brief aufschaute, blickten sie drei Paar große Elfenaugen neugierig an.

»Ähmmm«, machte Lia, um Zeit zu schinden. »In der kleinen Dose befindet sich ein Outfit für das Blitzkunst-Training.«

»Beerig!«, rief Merla, die eine Schwäche für schöne Kleider hatte. Sie nahm Serafina das Döschen ab, was die Undine mit einem Schnaufen bedachte. Mit einem geschickten Griff öffnete sie das Döschen und holte einen ovalen, glatten Stein von der Farbe dunklen Honigs daraus hervor. Merla nickte, ganz die Fachfrau. »Ein Bernstein. Diese besonderen Steine entstehen immer dort, wo der Blitz in Sand und Wasser schlägt. Sie sind Form gewordene Himmelsenergie.«

»Und ich dachte, Bernstein sei ein fossiler Harz«, sagte Lia, ohne nachzudenken.

Prompt zog Serafina eine Braue hoch. »Woher hast du die

verrückte Idee? Jedes Elfchen weiß, dass Bernstein aus Blitzkraft besteht. Deshalb sind die Alchemisten auch ganz wild auf die Steine, das verleiht ihren Experimenten die richtige Power.«

Lia schaltete schnell um, sie musste dringend von dieser Menschensache ablenken. »Die Geschichte mit dem Harz hat Dorient mir mal erzählt, als ich noch klein war, wahrscheinlich wollte er mich bloß foppen. Große Brüder halt, vergackeiern einen doch bei jeder Gelegenheit. Wer hat Lust, den Stein meinem Kleiderschrank hinzuzufügen?«

Während Blo nur einen ihrer unflätigen Lippenpupse zum Besten gab, war Merla das Verlangen anzusehen. Aber dann deutete sie auf Serafina. »Bernstein findet sich vor allem am Strand, darum sollte die Ehre unserer Undine zuteilwerden.«

»Danke, du süßes Zottelchen.« Trotz ihrer scharfen Zunge war Serafina anzumerken, wie sehr sie sich über die freundschaftliche Geste freute. Sie setzte sich im Schneidersitz auf Lias Bett, stellte die mit Edelsteinen besetzte Silberschatulle, Lias elfischer Kleiderschrank, vor sich und suchte nach einer geeigneten Stelle für den Bernstein. »Genau hier«, sagte sie schließlich mit dem für sie typischen Selbstvertrauen.

Neben Lia gab Merla ein unterdrücktes Quieken von sich, sagte aber nichts.

»So«, sagte Serafina. »Jetzt kannst du dein nagelneues Outfit ausprobieren.«

»Modeschau am frühen Morgen«, grinste Lia und drückte den frisch eingefügten Bernstein.

Ein Knall ertönte.

Für einen Augenblick wich das Sonnenlicht tiefer Schwärze, bevor es mit solcher Kraft zurückkehrte, dass sie alle für einen Moment geblendet waren.

Der Deckel der Silberschatulle flog auf, etwas hielt mit Lichtgeschwindigkeit auf Lia zu und umkreiste sie turbomäßig – und schon klappte der Schatullendeckel wieder mit einem »Bäng!« zu.

Auf Blos Stirn erschien eine Grübelfalte. »Das ist also das supadupa Blitzkunst-Outfit. Sieht interessant aus.«

»Hat man vergessen, in das Oberteil ein Loch für den Kopf reinzuschneiden?«, erkundigte sich Serafina.

Lia schwankte zum Ankleidespiegel – und brach in Gelächter aus.

Ihre Arme steckten in viel zu langen Ärmeln aus einem unendlich feinen Gewebe, das die Farbe von angelaufenem Silber hatte. Die beiden Ärmel waren mit einem Mittelteil verbunden, das sich wie ein kleines Zelt über Lias Kopf spannte. Sie trug immer noch ihren Pyjama. Aber über ihren Hosen war jetzt noch eine Art Radlerhose, die um ihre Hüften schlabberte … und nach unten eine unerklärliche Öffnung zeigte.

»Praktisch, wenn du beim Üben mal ganz fix aufs stille Örtchen musst«, kommentierte Blo mit einem breiten Grinsen.

Merla seufzte. »Serafina hat den Bernstein versehentlich verkehrt herum eingefügt, deshalb steckt Lia mit den Armen in der Hose, während sie das Oberteil über die Beine gezogen hat. Gut, dass der Kleiderschrank nicht mit Gewalt versucht hat, dir die Stiefel über die Schultern zu drücken.«

Während die drei Elfenmädchen in lautstarkes Gelächter ausbrachen, brachte Merla mit ihren geschickten Fingern den Stein in die richtige Position. Dann drückte sie auf den Bernstein und der Knall donnerte erneut durch die Wabe. Nachdem die Schatulle ein weiteres Mal ihren Deckel schloss, stand Lia immer noch ein wenig wackelig auf den Beinen, dafür saßen die Kleider jetzt aber richtig.

Serafina nickte anerkennend. »Das Outfit ist einer Sturmgold würdig, darin kann man ordentlich was losmachen. Ganz anders als deine üblichen Prinzessinnenkleider.«

»Fast so schnittig wie die Uniformen der Walküren«, lobte Blo.

Vorsichtig linste Lia zum Spiegel. »Gewitter-Hui und Donner-Peng, das sieht ja wirklich genial aus«, rutschte es ihr raus.

Von ihrem Pyjama war nichts mehr zu sehen, dafür erwies sich das, was eben noch um ihre Beine gehangen hatte, als schmale Tunika mit einer Kapuze. Um ihre Hüften schlang sich ein geflochtener Goldgürtel, ihre Beine steckten in dunkelsilbernen Leggins und ihre Füße in kniehohen Stiefeln aus einem schimmernden, wie aus Regenwolken gewirkten Material.

Merla presste andächtig die Silberschatulle gegen ihre Brust. »In dieser Kleidung ist es vermutlich etwas ganz anderes, sich in der Blitzkunst zu üben. Gibst du eine Kostprobe?«, fragte sie. »Schieß doch so einen Gebündelten Blitz in den Morgenhimmel.«

Vielleicht war es albern, aber in diesem Outfit fühlte sich Lia tatsächlich wie ein Blitz-Profi. Sie überflog noch einmal rasch die Anleitung für den Gebündelten Blitz, nahm eine Körperhaltung ein, als wäre sie Wonder Woman, und brachte ihre Handflächen zum Brizzeln, während Serafina rasch die

Balkontür öffnete. Wenn Lia die Anleitung auf die Schnelle richtig verstanden hatte, bestand die Kunst darin, die normalerweise kleinen und chaotisch rumzuckenden Blitze zu einem einzigen zu vereinen und ihn durch die Kraft der Gedanken auf ein bestimmtes Ziel zu lenken. Das mit der Gedankensteuerung würde sie einfach weglassen, es reichte ja, wenn der Gebündelte Blitz in Richtung Himmel flog.

Während sich die Energie in Lias Handflächen sammelte, breitete sich ein Leuchten über ihre Kleidung aus. Als sie an sich runterschaute, entdeckte sie, wie ein Blitz vorne auf ihrer Tunika aufleuchtete.

Waaahh, so was als Hockeyschläger auf dem Trikot, während man aufs gegnerische Tor zuhält, wäre der Hammer!

Vor lauter Begeisterung floss zu viel Energie in Lias Handflächen, und bevor sie sich versah, schoss ein Dutzend Miniblitze davon, versuchte noch, sich zu einem großen Blitz zu vereinen, blockierte sich dabei jedoch gegenseitig und explodierte mitten in der Wabe.

Funkenregen sprühte.

Goldene Späne flogen umher und versengten alles, worauf sie landeten: Lias silbernen Baldachin, einige Strähnen von Merlas Pelz und die Schalen von ein paar reifen Tomaten, deren Saft gegen die Wand spritzte. Auch Lias neues Outfit bekam etwas ab, doch anstelle von Brandlöchern leuchtete das Blitzemblem auf, als verschlucke es die Energie.

»Ich bin feuerfest«, stelle Lia erstaunt fest.

»Schön für dich«, sagte Serafina. »Für unsere Wabe gilt das leider nicht. Ab heute gilt die Losung: Blitzkunst ist Freilichtkunst. Jedenfalls bis du sie beherrschst.«

Lia grinste.

5.

Die Macht des Onyx'

Auf der großen Wiese, die sich unterhalb der Quelle von Springwasser erstreckte, war heute in der ersten Pause viel los: Ein Trupp Elfenschüler aus der Bernstein-Liga, dem vierten Jahrgang, übte eine Pyramidenformation für das anstehende Pfingstrosen-Fest. Inzwischen hatte die Gruppe der Ehrgeiz gepackt und sie versuchte, eine zehnstöckige Pyramide zu bauen, kam aber nie über die siebte Etage hinaus.

Dabei herrschte in den Pausen ohnehin das reinste Gewusel. Unzählige Elfenkinder strömten dann auf die Wiese, wo sie hektisch Hausaufgaben von ihren Mitschülern abschrieben, spontane Picknicke veranstalteten oder mit ihren neuesten Zaubertricks angaben. Man musste zum Beispiel ständig achtgeben, nicht in die Elfenkids aus der Abschlussklasse, der Obsidian-Liga, zu rennen, nur weil sie sich vor lauter Coolness mit einem Unsichtbarkeits-Zauber umgaben. Oder man lief Gefahr, von dauerhaft überdrehten Knisterelfen eingeglitzert zu werden. Ausgerechnet in diesem Chaos trainierte jetzt auch noch das Pyramidenteam. Seine Mitglieder stürzten, segelten, schwebten und flummiten in der Gegend herum, als wären sie allein auf der Wiese.

Die Elfenmädchen aus der Nachtflugwabe hatten es sich gemütlich gemacht unter einer der Weiden am Rand der Wiese. Hinter ihnen lag eine aufregende Doppelstunde Alchemie für Ahnungslose bei Hochmeister Frizulle El Bo'Regatz und seinem Geschwader an Helferlingen, deren braune Kutten immer etwas streng rochen. Sie verbargen ihre Gesichter stets unter ihren Kapuzen, was Lia vermuten ließ, dass ihnen ein paar alchemistische Experimente missglückt waren, während Blo annahm, dass es sich bei den Helferlingen um gezähmte Elementargeister handelte. Jedenfalls hatten die Freundinnen heute unter der Anleitung des langbärtigen Hochmeisters in seinem nachtblauen Gewand mit allerlei in Gold aufgestickten Symbolen eine zähe Essenz aus Löwenzahn extrahiert. Diese wurde dann mit speziell verquirltem Quellwasser und einer Prise Luftzauber zu Geleekugeln verbunden, mit denen man toll Ballspielen konnte. Es sei denn, man fügte wie Lia zu viel Quellwasser-Kleber bei, dann pappten die giftgrünen Kugeln an den Handflächen fest. Es hatte drei Helferlinge – und eine vom Hochmeister angerührte Haut-Nachwachs-Salbe – gebraucht, um Lia wieder davon zu befreien.

Nun saß Lia im Schneidersitz auf der Wiese und stellte Blo ihre Knie als Absprungplattform zur Verfügung, damit die handgroße Pixie Luftsaltos mit Seitdoppelkick üben konnte. Serafina schaute verträumt den Schäfchenwolken des Frühlingstags hinterher, während Merla im Gras saß und Zöpfchen in ihren Pelz flocht.

Es war die perfekte Auszeit vor der nächsten Unterrichtseinheit – bis ein Käferelf mit schillernd brauner Haut viel zu schnell auf die Schultern einer stämmigen Baumelfe klettern wollte, um die siebte Etage der Pyramide zu vervollständigen. Seine Fühler ragten siegessicher in die Höhe, endlich würden sie es packen! Ihr Traum von einer zehnstöckigen Pyramide war zum Greifen nah. Doch zack, verlor der Elfenjunge auch schon das Gleichgewicht und verwandelte sich noch im Fall in eine glänzende Kugel. Eine super Schutzfunktion, nur leider eierte er als Kugel die abschüssige Wiese hinab und rollte gegen die grundentspannt dasitzende Merla.

Zu diesem Zeitpunkt war noch alles okay. Merla machte bloß »Huch« und schaute ein bisschen erschrocken aus der Wäsche.

Dann entkugelte sich der Käferjunge und landete dabei auf Merlas Schoß.

Auch das wäre noch kein Ding gewesen, wenn es Lia oder Serafina erwischt hätte (Blo wäre so etwas nie passiert, zweifelsohne hätte sie diesen ungenehmigten Körperkontakt rechtzeitig mit einem entschlossenen Schwertstreich abgewehrt). Mit Merla und dem männlichen Elfengeschlecht war es jedoch so eine Sache …

Als Merla begriff, dass sie im Klammergriff eines verlegen grinsenden Elfenjungen saß, erschrak sie so sehr, dass ihr Pelz zurückglitt. Darunter kam ihre hübsche Mädchengestalt zum Vorschein und die Edelsteine auf ihrer Haut leuchteten auf. Dann schoss auch schon der Onyx einen schwarzen Strahl ab.

Der Onyx, hatte Merla ihren Freundinnen im Vertrauen verraten, war einer der seltensten und gefährlichsten Edelsteine unter den magischen Sama-Gaia-Geschenken, mit denen die Erdelfen bei ihrer Geburt von Ätherelfen geschmückt werden. Alles, worauf sein Stahl trifft, versteinert augenblicklich.

Und genau so ein schwarzer Strahl sauste nun geradewegs auf den verlegen dreinblickenden Käferelfen zu.

Lias Hände reagierten, bevor sie richtig begriff, was sich vor ihrer Nase abspielte: Die Blitzenergie kribbelte, dann wirbelten auch schon goldene Miniblitze durch die Luft und lenkten den Strahl des Onyx' ab.

Ein paar Grashalme hörten auf, sich im Wind zu wiegen, weil sie plötzlich versteinert waren.

»Jetzt hat's sich ausgegrünt«, hauchte Blo fasziniert. »So einen Stein brauche ich auch.«

Im nächsten Moment zog Serafina den Elfenjungen auf die Beine, während Merla wieder in ihrem Zottelpelz verschwand.

»Hat die Erdelfe eben versucht, mich zu versteinern?« Der Käferelf blinzelte aufgeregt mit seinen drei Augenpaaren.

»Das hättest du wohl gern«, knurrte Serafina.

Der Junge zog sicherheitshalber den Kopf ein, denn mit der Undine war bekanntlich nicht zu spaßen. Das wusste ganz Springwasser, nachdem die Luftelfe Valmariana Serafinas Plantling Aurus rot eingefärbt hatte und dafür bei einer Wasserschlacht im Speisesaal vernichtend geschlagen worden war. Klein beigeben wollte der Käferjunge trotzdem nicht so schnell. »Aber die Grashalme dort drüben sind eindeutig versteinert«, unternahm er einen weiteren Anlauf.

Sofort wurde er von Serafina abgewürgt. »Das Grünzeug

hat Prinzessin Lia Sturmgold auf dem Gewissen, weil sie ständig mit ihrer Blitzkunst angeben muss, obwohl sie diese Fähigkeit noch kein nennenswertes bisschen beherrscht.« Serafina drehte den Elfenjungen an den Schultern um die halbe Achse und gab ihm einen Schubs. »Und jetzt husch, husch, ab zu deinen Spielkameraden. Richte ihnen mit freundlichem Gruß aus, dass wir alle schon schwer beeindruckt wären, wenn ihr Flachelfen eine fünfstöckige Pyramide hinbekommen würdet, ohne einen von uns Zuschauern zu erschlagen.«

Der Käferelf ließ seine Fühler hängen, als er zu seiner Gruppe zurückkehrte. Bestimmt war es ihm peinlich, dass ihn eine jüngere Elfe vorgeführt hatte.

Lia schnipste Serafina gegen den Unterarm. »Das hätte man auch netter machen können.«

»Nachtreten bei einem unterlegenen Gegner ist unfair«, stimmte Blo zu.

Serafina zuckte mit der Achsel. »Klar war das fies von mir, aber mir blieb doch nichts anderes übrig. Wenn der Käferelf sich über mich ärgert, vergisst er vielleicht Merlas Onyx-Schuss. Sonst flammt ganz schnell wieder die Diskussion darüber auf, wie gefährlich Erdelfen sind und ob man Merla in Springwasser dulden darf. Ehe es so weit kommt, sollen sie lieber auf mich sauer sein. Das ist gut für meinen Ruf, ich arbeite schließlich hart daran, dass mich alle für eine gemeine Sumpfhexe halten.«

Lia grinste schelmisch. »Clever von dir. Aber du musst dich nicht anstrengen, außer uns finden dich alle auch so furchterregend genug.«

Lachend spritzte Serafina aus ihrer Trinkflasche Wasser

nach Lia, die den Tropfen mit der Schnelligkeit einer Luftelfe auswich. »Vielen Dank für das Kompliment, Eure Blitzigkeit.«

Lia deutete eine Verbeugung an, dann griff sie in die Pelzkugel namens Merla schnappte sich die Hand ihrer Freundin und zog sie auf die Beine. »Komm, Erdkrümelchen, wir machen uns aus dem Staub. Die Pause ist schließlich zum Relaxen da.«

Seit Merla die Patenschaft für die seit langer Zeit verwaisten Erdstollen von Springwasser übernommen hatte, fühlten sich in den unterirdischen Gängen nicht nur die Marmorvögel wohl. In den einst reich geschmückten Kammern hatten die Mädchen eine warme Wasserquelle entdeckt, in die sie wie Serafina gern ihre Füße steckten. Blo begleitete Merla oft hierher, weil der Plantling der Pixie, ein Lebender Stein namens Donnerkeil, in der Gesellschaft von den dort beheimateten Kieselsteinen regelrecht aufblühte. Außerdem mochte Blo es, wenn die Erdelfe in der Dunkelheit Quarzgestein dazu überredete, sanft von innen heraus zu glimmen. »Dieses tiefrote Leuchten sieht aus wie die Morgendämmerung, kurz bevor wir Walküren in die Schlacht ziehen«, schwärmte die kampfbegeisterte Blo, während Donnerkeil versuchte, wie ein normaler Kieselstein auszusehen.

Das zauberhafte Licht der Quarzwände, in das man durch ein Tor zwischen den Wurzeln des Springwasser-Baumes eintauchen konnte, lockte immer mehr Besucher an. Inzwischen wurden die Erdstollen unter den Elfenschülern respektvoll die Gänge der Marmorvögel genannt und Merla als deren

Hüterin wurde neugierig anstatt verängstigt angeschaut. Nachdem sich die Erdelfen lange Zeit von den anderen Elfenvölkern zurückgezogen hatten, war es gerade für die jüngeren Elfen eine Überraschung, welche Schönheit und Magie das Reich unter der Erdoberfläche zu bieten hatte und dass seine Hüter keine rachsüchtigen Kreaturen waren, die wild mit ihren Edelsteinen herumschossen, sondern sehr liebevoll und fürsorglich sein konnten.

Als Lia mit ihren Freundinnen an diesem sonnigen Vormittag durch das Wurzeltor trat, pochte es aufgeregt in ihrer Brust. So heftig, dass die Blätter ihrer Efeuranke Ludmilla, die sich wie eine Kette um ihren Hals gelegt hatte, zitterten. Sobald Lia das Erdreich betrat, fühlte sie sich gefangen und ihr Luftelfenherz holperte aufgeregt los. Zum Glück hatte Dorient ihr verraten, dass sein Herz unter der Erde ebenfalls raste, obwohl ihn doch sonst nichts aus der Ruhe brachte. Luftelfen mochten es einfach nicht, wenn sie keinen freien Himmel über dem Kopf hatten.

Ein Zupfen an ihren Haaren brachte Lia zum Quieken. »Blo, lass meine Haarsträhne los, sonst zupfst du sie mir noch aus!«

Blo verdrehte ihre Augen. »Du trödelst schon wieder. Jedes Mal, wenn wir die Gänge der Marmorvögel betreten, bummelst du rum. Dabei hat sich Merla die Mühe mit der Beleuchtung nur deinetwegen gemacht, damit du dich wohlfühlst.«

»Ist es dir immer noch zu dunkel?«, fragte Merla mit besorgter Miene.

Sofort hob Lia die Hände. »Überhaupt nicht, ich liebe Walkürendämmerungsrot, das lässt alles so schön erdig aussehen. Ich war mit den Gedanken nur kurz woanders, das ist alles.«

Serafina warf ihr einen skeptischen Blick über die Schulter zu. »Ach, wo denn? Etwa schon bei deiner heiß geliebten Flugstunde nach der Pause?« Typisch Serafina, sie legte den Finger immer in die Wunde.

Lia ignorierte die Undine, die bereits ins Becken der warmen Quelle gestiegen war – natürlich ohne vorher die Säume ihres seegrün glitzernden Meerschaumkleides hochzunehmen. Serafina konnte es überhaupt nicht verstehen, warum niemand außer ihr und ein paar Blumenblattelfen nass werden wollte. Geschweige denn mit tropfender Kleidung im Unterricht sitzen mochte, während sich unter dem Stuhl eine Pfütze bildete.

»Ich habe gehört, dass Lia im theoretischen Flugunterricht unschlagbar sein soll«, sprang Merla ihrer Freundin bei. Die Erdelfe wusste als Einzige von Lias Höhenangst, die für eine Prinzessin der Luftelfen eigentlich ein Ding der Unmöglichkeit war.

Serafina kicherte, während sie mit sichtlichem Vergnügen im Wasser versank. »Ich bin als Undine auch tsunamimäßig im theoretischen Feuermachen. Und Blo als Minielfe weiß auf dem Papier ganz genau, wie man einen Bergriesen mit einem Schlag ausknockt.«

Die Pixie zeigte Serafina die Zunge, dann tätschelte sie ihren Plantling. »Donnerkeil vibriert vor Freude, wenn er zwischen den Kieselsteinen liegt. Wir sollten die große Pause immer hier unten verbringen.«

Merla hockte in sich zusammengesunken auf dem Beckenrand. »Das werden wir auch, wenn Valmariana mitbekommen hat, was ich angerichtete habe. Bestimmt ist sie schon bei der Schulleitung, um mich zu verpetzen. Hat eine von euch sie auf der Wiese gesehen?«

Bei dem Namen Valmariana schnitt Lia eine Grimasse. Eigentlich hätte sie mit der gleichaltrigen Luftelfe gut auskommen müssen, schließlich stammten sie beide aus dem gleichen Elfenvolk und waren durch den Adel verbunden. Doch Valmariana war schlimmer als Dauerregen. Sie war nicht nur der Meinung, dass sie die bessere Luftprinzessin war, sondern gab sich mit ihren Freundinnen auch die größte Mühe, den Elfenmädchen aus der Nachtflugwabe das Leben zu vermiesen.

»In der Pause war alles so sommerlüftchenhaft, ich habe überhaupt nicht auf Valmariana geachtet«, gab Lia zu.

»Auf eine Person wie Valmariana, die eindeutig zur Klasse Giftpilz zählt, muss man unaufhörlich achtgeben. Wie schon die Altvorderen der Walküren wussten, darf man einem Widersacher der Klasse Giftpilz niemals …« Blo hob oberlehrerinnenhaft den Zeigefinger hoch. »Ich betone: niemals den Rücken zudrehen.«

Serafinas Kopf tauchte wieder aus dem Wasser auf. »Mach es nicht so spannend, Blo. Oder willst du bloß angeben, weil du Valmariana im Gegensatz zu uns im Auge behältst?«

Angriffslustig stemmte Blo ihre Fäustchen in die Hüfte. »Als ob ich Angeberei nötig hätte.«

»Ach, bitte, Blo«, flehte Merla. »Das halte ich nicht aus. Nun sag schon!«

Sofort entspannte sich Blo. Wenn es um Merla ging, wurde aus der harten Kriegerin ganz fix ein liebes Blümchen. »Um es kurz zu machen«, sagte Blo. »Valmariana hat nichts von

Merlas Käferattacke mitbekommen, weil sie sich mit ihrem Fanclub in die Krone des Großen Baums zurückgezogen hat. Sogar die hinkelsteinschwere Bergelfe war mit von der Partie, obwohl sie sich jammernd an einen Ast klammerte, der unter ihrem Gewicht ächzte, während Razeiandra sich unentwegt gegen Blätterflug verteidigen musste. Bäume verspüren nämlich eine gesunde Abneigung gegen zündelnde Kesselglutelfen und versuchen, sie unter Laubbergen zu begraben. Valmarianas Freundinnen sind zum Applausspenden verdonnert, während ihre Chefin vor der nächsten Flugstunde an ihrer ›90-Grad-Wendung im Luftkanal‹-Technik feilt. Nachdem der Flugunterricht mit einer Schlappe für Valmariana gestartet hat, will sie es jetzt unbedingt allen zeigen.«

»Dann ist die Enkeltochter der Großfürstin des Monsuns und anderer Regenschauer also anderweitig beschäftigt gewesen. Puh, noch mal Glück gehabt.« Lia atmete erleichtert aus.

»Wie man's nimmt«, sagte Serafina. »Wie sieht es denn mit deiner Wendeflugtechnik aus, holde Prinzessin? Und ich meine jetzt mal nicht in der Theorie. Du willst die anstehende Prüfung doch auch mit Bravour bestehen, wie es sich für eine adlige Luftelfe gehört.«

Lia tauschte einen Blick aus mit Blo, mit der sie zusammen im Flugunterricht war. »Also … im Luftkanal war ich noch nicht. Ich übe erst mal den Startflug mit Variationen«, gab sie widerstrebend zu.

Serafina fand auch wirklich jeden wunden Punkt.

6.

Senkrechtstarter

Lia knabberte an ihrer Unterlippe, während sie in der Reihe der Flugschüler anstand, um den Blauen Diamanten, einen der größten Flugübungsplätze Andersreichs, zu betreten.

»Eure Lufthoheitliche Windrose, Zierde des Firmaments und lobgepreiste Himmelskrone?«

Die Rampe bot immer nur Platz für eine Elfe. Normalerweise machte Lia die Warterei nichts aus, so bekam sie die Gelegenheit, sich die verschiedenen Elfen aus der Nähe anzusehen, ohne dass sich jemand über ihre neugierigen Blicke wunderte. Doch heute lag ihr das Pausengespräch schwer im Magen.

»Schutzherrin in spe des zarten Südwinds und des wilden Westwinds? Jene, vor der die großen Himmelsrichtungsgeister sich um Wohlwollen heischend verbeugen?«

Dass die Zwischenprüfung im Flugunterricht anstand, war schon schlimm genug. Aber wenn Valmariana auch noch einen Wettkampf aus der Sache machte … Alle, wirklich alle würden ganz genau hinschauen, wenn Lia ihre Prüfung ablegte. Weil sie davon ausgehen würden, dass sie einen richtigen Knaller landen würde. Schließlich war sie nicht nur Valmarianas Erzfeindin, sondern in erster Linie die Prinzessin der Himmelsreiche. Da war es selbstredend, dass sie die beste Fliegerin aller Zeiten sein musste.

»Zukünftige Beschützerin der Flugsamen und Pollen?«

Und wenn sie nicht die beste Fliegerin aller Zeiten war, dann würde das Fragen aufwerfen. Vielleicht würden sogar ihre königlichen Eltern informiert werden …

Jemand tippte Lia auf die Schulter.

»Donnerschlag!« Als Lia erschrocken zusammenzuckte, versenkte ein Dutzend goldener Miniblitze die Rampe zu ihren Füßen.

Eine Schneehauchelfe, die von Kopf bis Fuß so blendend weiß war, dass es einem die Tränen in die Augen trieb, wand sich verlegen. »Verehrte Prinzessin Sturmgold, wenn ich mich untertänigst erdreisten dürfte, dich darauf hinzuweisen, dass du an der Reihe bist, den Diamanten zu betreten?«

»Ich bin schon dran?« Tatsächlich fand sich Lia an der Absprungkante wieder. Wie lange sie hier schon gedankenverloren rumstand, konnte sie nicht sagen. Vermutlich schon eine ganze Weile, wenn sie sich so die genervten Gesichter der anderen Flugschüler ansah. »Dann bewege ich wohl mal schleunigst meinen königlichen Allerwertesten. ’tschuldigung!«

Lia war froh, dass der Sprung von der Rampe in den im Gras liegenden Diamanten nur einen Herzschlag in Anspruch nahm. So konnte wenigstens niemand sehen, dass sie knallrot angelaufen war. Als ob sie als Prinzessin der Himmelsreiche nicht schon mehr als genug Aufmerksamkeit bekam, trödelte sie auch noch rum und starrte Löcher in die Luft, während die anderen Flugschüler sich die Beine in den Bauch standen.

So unglücklich, wie die Flugstunde gestartet hatte, ging sie leider auch direkt weiter.

Das Innere des Diamanten weitete sich noch in eine Flughalle von der Größe eines Fußballfelds, da sauste auch schon Valmariana mit einem Gesicht wie sieben Tage Schimmelpilzauflauf heran. Ihr rosagoldenes Haar hatte die Luftelfe zu einem Messy Bun aufgetürmt und auf der Tunika, die alle Flugschüler trugen, prangte – noch ganz frisch – die Glitzeraufschrift *Flug-Ass*. Ihre amethystfarbenen Flügel vibrierten, als könne sie kaum an sich halten.

»Auch schon da?«, giftete Valmariana. »Bestimmt wurde die Rampe um einen Fingerbreit erhöht, und du hast dich deshalb nicht getraut zu springen.«

Während Lia noch über die unfreundliche Begrüßung staunte, übernahm bereits ihre scharfe Prinzessinnenzunge: »Auf deiner Tunika ist ein Schreibfehler: Statt einem doppelten S muss es ein Doppel-A sein.«

Valmariana bewegte die Lippen, als sie die Schreibweise ihrer Glitzeraufschrift durchging. Man konnte es ihr am Gesicht ablesen, wann sie die Gemeinheit begriff. »So was von witzig, du Prinzessiline. Wir werden ja sehen, ob dir noch zum Lachen zumute ist, wenn du beim Prüfungsflug vor dem gesamten Kurs nicht mehr als einen Pirouetten-Flug einen halben Meter über dem Boden hinbekommst.«

Zu Lias Erleichterung traf gerade die Schneehauchelfe

ein und sie mussten Platz machen, sodass sie Valmariana eine Antwort schuldig blieb. Was hätte sie auch schon groß erwidern können? Dass sie neben dem Pirouetten-Flug auch den superknappen Gleitflug durch einen Tunnel und einen Startsalto in der Waagerechten auf Lager hatte? Lauter tolle Übungen, nur verrieten sie leider, dass Lia jede Flughöhe über Tischniveau vermied. Wahrscheinlich würde sie die Prüfung bestehen, weil besonders der Gleitflug durch einen engen Tunnel anspruchsvoll war und sie mit Blo stundenlang am Startsalto geübt hatte, bis ihre Flügel nicht länger im Weg standen. Aber mit Applaus konnte sie da nicht unbedingt rechnen, eher mit Gerüchten über eine höhenkranke Luftprinzessin.

»Wo ist eigentlich Blo, wenn man sie braucht?«, seufzte Lia und schaute sich vergeblich nach dem pinken Raspelputz der Pixie um.

Die handtellergroße Blo war eine absolute Flugfanatikerin und Frau Flatterfeins größte Bewunderin. Außerdem trainierte sie Lia, wann immer die beiden eine Gelegenheit dazu hatten. Sie würden ihr Training entschieden verschärfen müssen, wenn Lia keine Schande über die Königsfamilie von Silberhaar bringen wollte.

Nachdem sich alle Flugschüler in der Übungshalle eingefunden hatten, ertönte ein feines Klirren und die Spitze der Kuppel öffnete sich. Durch die Öffnung wurde jedoch nicht der blaue Himmel über Springwasser sichtbar, sondern etwas, das wie das Innere eines Tornados aussah. Es war der berüchtigte Flugkanal mit seinen unvorhersehbaren Luftströmungen.

Unwillkürlich wich Lia ein Stück zurück.

»Kometenstark, nicht wahr?« Valmariana blinzelte Lia zuckersüß zu. »Ich *liebe* den Luftkanal«, verkündete sie laut und deutlich.

Im nächsten Moment sauste Frau Flatterfein im steilen Sinkflug aus dem Flugkanal, gefolgt von dem Kugelblitzelfen Sumelum und einem rasenden Pfeil, der sich beim Näherkommen als Blo entpuppte. Alle drei Elfen trugen lederne Flugbrillen, ihre Haare standen senkrecht zu Berge und sie grinsten so überdreht wie Dorient, wenn es Beerenpulver zum Naschen gab.

Blo flog schnurstracks zu Lia und landete auf ihrer Schulter. »Der heutige Tag ist so was von klatschmohnbombastisch!«, verkündete sie außer Atem. »Du wirst nicht glauben, was passiert ist. Ich bin soooo ...« Sie stieß einen Jubelschrei aus.

Bevor Lia nachfragen konnte, was denn so wow war, setzte die über ihren Köpfen schwebende Frau Flatterfein eine Flüstertüte an ihre Lippen: »Meine liebe Flugklasse, nicht mehr lang und eure erste Prüfung steht vor der Tür. So fleißig, wie ihr alle übt, freut ihr euch gewiss darauf, eure Fähigkeiten endlich unter Beweis stellen zu dürfen. Wer trotz allem noch ein paar Anlaufschwierigkeiten hat, braucht sich allerdings keine Sorgen zu machen, denn es wird vor der Sommerpause noch zwei weitere Möglichkeiten geben, sich zu bewähren. Fliegen will – welche Überraschung – gelernt sein. Und manchmal braucht das eben seine Zeit.«

Nicht nur Lia atmete bei diesen Worten erleichtert aus. Die Schneehauchelfe zum Beispiel hatte nach wie vor damit zu kämpfen, dass sie jedes Mal wegwehte, sobald sie in den Luftmodus umschaltete.

Frau Flatterfein räusperte sich. »Es gibt allerdings eine Änderung im Schulplan: Normalerweise ist die bestandene Flugprüfung auch das Ticket zu den Wasserfällen im Zaarz-Tal. Wegen des tiefen Gefälles dürfen nur Schüler mit, die Grundsicherheit beim Standardfliegen bewiesen haben. Falls nämlich Gestein unter den Füßen ins Rutschen kommt, muss man sicher in den Flug wechseln können.«

Bei der Nennung der Wasserfälle schlug Lias Herz schneller. Genau dort wuchsen die Taukristalle, die sie für den Rückverwandlungszauber brauchten. Nachdem Schussel Asalia den Körperzauber vermasselt hatte, war Lia nur nach Springwasser gegangen, um die notwendigen Taukristalle aus Asalias Reisetruhe zu holen. Allerdings hatte Blo in der Zwischenzeit eine bessere Verwendung für die rosa Kristalle gefunden und sie den Marmorvögeln für ihren Nachwuchs überlassen. Deshalb wartete Lia jetzt so sehnsüchtig auf den Ausflug an die Wasserfälle.

»Nun, auch dieses Jahr wird der beliebte Ausflug stattfinden. So weit die gute Nachricht«, fuhr Frau Flatterfein fort. »Allerdings hat es im Frühjahr beim Abtauen einige Lawinen im Zaarz-Tal gegeben, sodass es vorläufig nur fliegend erreicht werden kann. Ihr braucht in diesem Jahr noch eine Zusatzqualifikation, um am Ausflug teilnehmen zu dürfen: Es muss ein Startflug im Flugkanal bestanden werden.« Frau Flatterfein schenkte ihren Schülern ein strahlendes Lächeln. »Ein Turbospaß, wenn ihr mich fragt. Gibt es etwas Aufregenderes, als gegen sämtliche Luftströmungen einen schnurgeraden Flug bis zu einer Höhe von zwanzig Metern hinzulegen?«

»Zwanzig Meter?!«, echote Lia voller Entsetzen. Allein

bei der Vorstellung wurde ihr speiübel. Außerdem würde der Wind von allen Seiten an ihr reißen und sie meilenweit über dem diamantenen Grund ins Wanken bringen. Zwanzig Meter ... Das war doppelt so hoch wie das 10-Meter-Sprungbrett im Schwimmbad – und das hatte sie bislang nur von unten betrachtet, Goldenes Abzeichen hin oder her.

Frau Flatterfein zeigte mit dem Zeigefinger auf Lia. »Das nenne ich Ehrgeiz! Für eine echte Luftprinzessin sind zwanzig Meter Startflug natürlich nichts. Ich vermute, Lia traut sich sogar dreißig Meter zu.«

»Dreißig Meter Startflug sind was für Elfen mit Erde an den Füßen«, verkündete Valmariana. »Ich schaffe, ohne mit der Wimper zu zucken, vierzig Meter.«

Ein Raunen ging durch die Schülerschaft.

»Da zieht Lia grasglatt mit«, verkündete Blo, die trotz ihrer geringen Körpergröße über eine beeindruckend kräftige Stimme verfügte. »Vierzig Meter und einen Wirbler obendrauf!«

Lias »Neeeein!« ging im begeisterten Summen, dem elfischen Beifall, unter.

»Wunderbar«, rief Frau Flatterfein in ihre Flüstertüte. »Ihr seht, die Änderung ist eigentlich eine flotte Sache, ein spannender Wettbewerb, der allen viel Spaß bringt. So muss man das Fliegen sehen, als spielerische Herausforderung. Nehmt euch ein Beispiel an Lia und Valmariana. Übrigens habe ich Sumelum und Blo zu meinen Assistenten ernannt, da sie sich bereits gut im Flugkanal auskennen und mir dabei helfen werden, einen Abschnitt für die Prüfung vorzubereiten.«

Blo ließ ihre Libellenflügel knistern, während sie Lias Kopf umkreiste. »Ach, dieser Tag ist so frühlingshaft schön.«

»Du hast wohl zu viel Pollenstaub geschnüffelt«, knurrte Lia ihre Freundin an. »Ich habe keinen echten Startflug trainiert. Und jetzt brockst du mir einen Wettkampf mit Valmariana ein, die bereits ausgiebig im Flugkanal geübt hat!«

»Da war ich offenbar etwas übermütig«, gab Blo zu. »Dann sag Frau Flatterfein einfach, dass du auf die Zusatzquali verzichtest, weil du lieber den perfekten Salto in der Waagerechten hinlegen willst. Die Nummer ist doch auch cool.«

»Ich will aber unbedingt beim Ausflug an die Zaarz-Wasserfälle dabei sein«, sagte Lia. »Und selbst wenn nicht, müsste ich die Sache jetzt durchziehen, sonst schlachtet Valmariana meinen Rückzieher aus. In dem Fall sorgt ihre Familie bestimmt dafür, dass die Überschrift in der Elfischen Luftpost ›Prinzessin der Himmelsreiche erweist sich als Rohrkrepierer‹ lautet. Das kann ich meiner Familie nicht antun. Du wirst mit mir trainieren müssen, Blo.«

Das Gesicht der Pixie verfärbte sich so pink wie ihre Haare. »Das würde ich sofort machen – und so viel, wie du willst. Aber ich darf nicht, weil ich doch mit Frau Flatterfein den Flugkanal vorbereite. Ich musste versprechen, bis zur Prüfung mit niemandem aus dem Kurs den Startflug zu üben, das wäre sonst unfaire Vorteilsnahme.«

Komplette Bauchlandung, dachte Lia. Ich bin geliefert. Ohne die Taukristalle stecke ich bis zum Sankt-Nimmerleins-Tag in diesem Elfenkörper fest, während Asalia mein Leben in ihren verrückten Traum vom Menschspielen verwandelt.

Es gab nur eine Lösung: Sie musste fliegen. Hoch und noch höher.

Leider brach ihr der Angstschweiß schon bei dem Wort ›hoch‹ aus. Lia brauchte dringend Hilfe, so viel stand fest. Und bei Hilfe stand ein Name ganz oben auf der Liste: Dorient.

7.

Jungs

Lia zupfte nervös an dem Oberteil herum, das ihr Kleiderschrank ausgespuckt hatte. Sie hatte für diesen Ausflug cool aussehen wollen und Merla hatte ihr angeraten, eine winzige Perle auf dem Schatullendeckel zu drücken. Nun, sie sah in dem spacigen Oberteil mit Raffungen und vielen Bändern wirklich cool aus. Der Stoff glich schimmerndem Morgennebel und war elfenhaft schön. Allerdings hätte sie sich jetzt in Jeans und ihrem Lieblings-T-Shirt sehr viel sicherer gefühlt.

Serafina, die Lia begleitete, wirkte ebenfalls kein Stück entspannt. Aber anstatt wie ihre Freundin vor lauter Unruhe rumzuhibbeln, Haarsträhnen zu verknoten und leise einen Seufzer nach dem anderen auszustoßen, ging die Undine mit der Anspannung ganz anders um: Sie kommentierte alles und jeden scharfzüngig. So wie jetzt, als die beiden Elfenmädchen einen efeuberankten Turm im Nordflügel von Springwasser betraten.

»Von wegen Alter Turm«, ächzte Serafina. »Modderhaufen

oder besser noch einbruchgefährdete Ruine wären passendere Namen.«

Zwei ältere Elfenschüler, die auf dem Vorhof des Alten Turms rumlungerten, warfen der Undine giftige Blicke zu. »Der Fischkopf ist ganz schön vorlaut, dabei weiß doch jeder, dass Meereselfen in Schiffswracks hausen, falls sie sich nicht mit einer schlammverseuchten Unterwasserhöhle zufriedengeben müssen«, zischte einer von ihnen.

Während Lia peinlich berührt zusammenzuckte, tat Serafina so, als habe sie die Retourkutsche nicht gehört. Sie war halt das Selbstbewusstsein in Person. Zumindest glaubten das alle – bis auf ihre Freundinnen aus der Nachtflugwabe. Besonders Lia hatte in den letzten Wochen auch Serafinas empfindsame Seite kennengelernt, wenn sie beide vor Heimweh nicht schlafen konnten. Oder als Serafina, ohne zu zögern, zu Merla gehalten hatte, als herausgekommen war, dass das Elfenmädchen in dem Wildlings-Pelz in Wirklichkeit eine gefürchtete Erdelfe war. Wahrscheinlich konnte Serafina als einzige Meereselfe in Springwasser gut nachvollziehen, wie einsam Merla sich oft fühlte. Nur mit dem Unterschied, dass Merla versuchte, möglichst unsichtbar zu sein, während Serafina auf die Taktik »Angriff ist die beste Verteidigung« setzte.

In den letzten Tagen war ihre schlechte Laune allerdings oft so schlimm gewesen, als würde eine Regenwolke über ihrem Kopf dauerparken. Mit dem Unterricht konnte es nichts zu tun haben, denn Serafina war eine gute Schülerin. Und in der Nachtflugwabe lief auch alles bestens. Nach einigen Anfangsschwierigkeiten verstanden sich die Mädchen so gut, als würden sie schon seit Ewigkeiten eine Einheit bilden. Lia verstand einfach nicht, warum Serafina oftmals so griesgrämig war. Blo schob es auf den akuten Mangel an Salzwasser, und Merla vermutete, dass der Undine andere Meereselfen fehlten, mit denen sie ihren Unterwasservergnügungen nachgehen konnte. Von ihren neuen Freundinnen war nämlich keine eine echte Wasserratte. All das mochte richtig sein, aber Lia wurde den Verdacht nicht los, dass es bei Serafinas schlechter Stimmung um mehr als nur Heimweh ging. Aber was?

Da Lia nicht dahinterkam, versuchte sie, Serafina wenigstens ab und an aus ihrer Meckerspur zu holen. Wenn man zum Beispiel wie jetzt eine fremde Wabeneinheit betrat, machte sich so ein Gemaule nicht besonders gut.

»Der Alte Turm sieht möglicherweise etwas klapprig aus, aber die Elfenkids, die hier untergebracht sind, lieben ihn heiß und innig«, sagte Lia, als sie den Turm durch eine Eichentür betraten, die sich nur unter laut knarrendem Protest öffnen ließ.

Serafina pustete eine schwarze Haarsträhne aus dem Gesicht. »Ich bitte dich, die Mauern werden nur noch von Efeu, Spinnennetzen und Schimmelpilz zusammengehalten.«

»Laut Dorient ist der Alte Turm das böenartigste Gebäude in ganz Springwasser«, hielt Lia dagegen.

»Weil der Wind zwischen den Ritzen durchweht«, sagte Serafina, die zu keinen Zugeständnissen bereit war. »In diesem Gammelzahn von einem Turm zieht es wie Hechtsuppe.«

Ein paar Elfenschüler, die den Handtüchern in ihren Armbeugen nach gerade auf dem Weg zur Quelle waren, um vor dem Abendbrot noch in den Becken zu planschen, blieben vor Empörung stehen.

»Warum schaut ihr mich so vorwurfsvoll an?«, fragte Serafina. »Ich sage nur die Wahrheit.«

»So eine olle Miesmuschel«, knurrte jemand aus der Gruppe.

Serafina setzte ein Lächeln auf, das an einen Haifisch erinnerte. »Da möchte wohl jemand beim nächsten Badevergnügen von mir untergetaucht werden. Mal schauen, wer länger unter Wasser klarkommt – ihr Landratten oder die olle Miesmuschel. Ein Tipp: Im Gegensatz zu euch bin ich nicht auf Atemluft angewiesen.«

»Das meint sie nicht so«, beeilte sich Lia zu erklären. »Meereselfen haben einen trocknen Humor, in Serafinas Fall ist er sogar ausgetrocknet.«

Niemand lachte über den Gag, stattdessen durchbohrten die Elfen Serafina mit wütenden Blicken.

Au Backe, Lia musste dringend für gutes Wetter sorgen. »Wirklich, euer Turm hat Stil, allein schon wegen seiner Begrünung. Sagte ich schon, dass ich der totale Efeu-Fan bin?« Lia hielt ihren Arm hoch, um den sich ihr Plantling Ludmilla gewickelt hatte und ein Schläfchen hielt.

»Nett gemeintes Ablenkungsmanöver«, sagte ein junger Kriegerelf mit einem roten Handtuch auf den breiten Schultern. »Aber deine Freundin hat eine echte Stinkbombe losgelassen. Vielleicht möchte sie uns zur Quelle begleiten und an mir vorführen, wie sie das mit dem Untertauchen meint.« Er richtete sich zu seiner vollen Größe auf.

Lia musste den Kopf in den Nacken legen, um den Blick des Kriegerelfen einzufangen. »Danke für das charmante

Angebot, vielleicht ein anderes Mal, jetzt müssen wir erst mal in die Wabe Tropfsteintropf, um meinem großen Bruder einen Besuch abzustatten.« Hastig packte sie Serafina am Arm und zog sie mit auf die Wendeltreppe.

»Grüß Dorient von mir«, rief der Elfenjunge ihr nach. »Und richte ihm bitte aus, dass ich als Wabenvorstand ein Gespräch mit ihm drüber führen werde, wen er so alles in unseren Turm einlädt.«

Während die beiden Elfenmädchen die Wandeltreppe hochstiegen, brodelte es mit jedem Schritt stärker in Lia. »Du und deine große Klappe, immer nur am Meckern«, raunzte sie ihre Freundin an. »Jetzt muss Dorient sich was anhören, weil wir einen schlechten Eindruck hinterlassen haben.«

Serafina raffte den Saum ihres langen Kleides, um mit Lia Schritt halten zu können. »Ach, vergiss diesen aufgeblasenen Kriegerelf, der wollte sich doch bloß wichtigmachen. Den hätte ich übrigens locker untergetaucht.«

Lia stöhnte. »Du verstehst es einfach nicht. Hätte ich gewusst, dass du auf dem Weg zu Dorient jeden Turmbewohner, der uns begegnet, beleidigst, hätte ich mir die Bitte, mich zu begleiten, lieber verkniffen.«

Unvermittelt blieb Serafina auf der Treppe stehen, was die altersschwache Stufe zum Ächzen brachte. »Du bist mir jetzt nicht wirklich böse, oder? Lia, du weißt doch, wie ich bin. Rummosern ist ein Hobby von mir.«

Wie Serafina sie aus ihren tiefschwarzen Augen so treuherzig ansah, verflog Lias Unmut sofort. »Was soll ich sagen? Du bist eben meine Lieblingsmiesmuschel«, neckte sie. »Trotzdem musst du mir versprechen, dass du dich zurückhältst, wenn wir bei Dorients Wabe anklopfen. Keine bissigen Kommentare zur Einrichtung, zu ihren Bewohnern oder auch nur zum Wetter.«

»Das Wetter!«, schimpfte Serafina prompt. »Seit drei Tagen herrscht Dauersonnenschein und es gibt keinen Tropfen Regen über diesem verflixten Springwasser. Zum Verdunsten!«

Lia zeigte drohend mit dem Finger auf die Undine. »Ab jetzt wird nur noch gelächelt, und wenn du nichts Freundliches zu sagen hast, dann schweigst du. Sonst überlege ich mir das mit der Lieblingsmiesmuschel noch mal.«

Serafina verschloss mit einem unsichtbaren Schlüssel ihren Mund und warf ihn weg.

Nachdem die beiden Elfenmädchen die letzten Stufen erklommen hatten, standen sie vor einer Tür, deren Holz vom Alter ganz schwarz war. In Schnörkelbuchstaben prangte der Name *Tropfsteintropf* auf ihr und darunter war ein knallrotes Graffito eingebrannt. Es zeigte das Gesicht eines Elfenjungen, dem ein Monstertropfen auf den Kopf klatschte. Offenbar machte es ordentlich platsch, denn seine Augen standen schräg und er biss sich auf die Zunge.

Serafina murmelte etwas hinter ihren verschlossenen Lippen, bestimmt nichts Wohlerzogenes.

Das kann ja heiter werden, dachte Lia. Dann klopfte sie an die Tür.

Nichts passierte.

»Ich bin mir sicher, dass Dorient vor dem Abendessen noch auf die Wabe ist, um sich frisch zu machen. Er hatte heute Nachmittag Schlammtauch-AG«, wunderte sich Lia.

Entschlossen hob Serafina die zur Faust geballte Hand und hämmerte gegen die Tür, dass sie in ihren Angeln erzitterte.

Es regte sich immer noch nichts.

»Das Holz ist einfach zu dick.« Lia beugte sich vor und legte das Ohr an die Tür. »Ich bin mir nicht sicher, aber es könnte sein, dass ich die Jungs kichern höre.«

Sichtlich genervt fasste Serafina nach dem Knauf.

»Und wenn die Jungs jetzt in Unterhosen dastehen?«, piepste Lia.

Aber es war zu spät, Serafina öffnete bereits die Tür.

Das Erste, was Lia sah, war ein Raum wie ein runder Käselaib. Interessanterweise wuchs das Efeu auch innen an den Wänden empor. Es wucherte sogar über die schmalen Fenster und die verschiedenfarbigen Himmelbetten. Auf der anderen Seite war ein Kamin, in dessen Feuer ein metallenes Bettgestell stand. Bestimmt schlief dort Dorients bester Kumpel Lofi, aber im Augenblick war es leer. Ganz im Gegensatz zu dem Bett mit dem silbernen Baldachin, auf das sich vier Jungen gequetscht hatten. Sie waren so auf etwas in ihrer Mitte konzentriert, dass sie nicht mitbekamen, wie zwei Mädchen ihre Wabe betraten.

»Was treibt diese Horde Wattwurmhirne?«, murmelte Serafina, die scheinbar vergessen hatte, dass ihr Mund abgeschlossen war.

Bevor Lia sich versah, öffneten sich ihre kristallblau schimmernden Flügel und hoben sie ein Stück in die Luft, gerade so viel, dass ihr nicht bange wurde und sie eine gute Sicht auf das silberne Himmelbett hatte.

Die Blicke der drei Jungen waren auf Dorient gerichtet,

der scheinbar an einem Stück Ton herumknetete. Als er sein Kunstwerk zwischen die Jungs legte, blähte es sich zu einer schlammigen Wackelpuddingfigur in Puppengröße auf. Es handelte sich eindeutig um Serafina, allerdings mit Fischschwanz und Muschelschalen an zwei gewissen Stellen ihres Oberkörpers.

»Zündelfunkenkrass«, seufzte Lofi, dessen Haare beim Anblick der Schlamm-Serafina Feuer fingen. »Lass sie was sagen, Dorient.«

Die Lippen der Matsch-Serafina öffneten sich. »Ich brenne für Lofi«, hauchte sie, bevor sie zerplatzte und Schmutzspritzer in den Gesichtern der Jungen hinterließ.

»Noch mal!«, rief Lofi begeistert.

»Nee.« Ein Waldelf, der eher wie ein Hobbit aussah, schüttelte entschieden den Kopf. »Ich will lieber Meister Do-Dobil sehen – und zwar, wie dieser arrogante Hase auf allen vieren herumhoppelt. Er hat mich in Wortzauberkunde schon wieder nachsitzen lassen, weil ich mein ›Azraluuu‹ angeblich klingen lassen würde, als wolle ich den Mond anheulen statt eine Pfingstrosenknospe aufblühen zu lassen.«

»Ich bin aber auch für Serafina«, sagte Lorobian, ein Glaself, der – wie der Name seines Volkes verriet – einer von der durchsichtigen Sorte war. Wenn Lorobian wollte, konnte er so durchsichtig werden, dass man seine Innereien sah. Das war der Hit, wenn es Kirschsaft zu trinken gab. Leider hatte der Zeremonienmeister dem Spaß ein Ende bereitet, nachdem bei einigen zart besaiteten Elfenkindern das Abendessen wieder retour gekommen war. »Allerdings finde ich, solltest du Serafina dieses Mal als die Planschkuh zeigen, die sie in Wirklichkeit ist. Spritzt bei den Quellen ohne jede

Rücksicht mit Wasser rum, als würde das keine Kalkrückstände auf mir hinterlassen. Ich muss mich ihretwegen ständig polieren.«

Jetzt reichte es Lia. »Noch ein Wort über meine Freundin, Lorobian, und ich brenn dir einen Blitz über, dass du die nächsten Tage damit beschäftigt bist, den Ruß von deiner Glasoberfläche abzukratzen!«

Beim Klang von Lias Stimme sprang Dorient vom Bett auf, als habe ihn der Blitz getroffen. Die Matschkugel glitt aus seinen Händen und plumpste schmatzend auf den Boden. »Bei der geweihten Mondflugbahn, wie wäre es mit Anklopfen, Schwesterchen?«

»Das haben wir, aber ihr Dumpfelfen wart ja derartig mit eurem Kinderspiel beschäftigt, dass ihr es nicht mitbekommen habt«, schimpfte Lia. »Serafina, du kannst deinen Mund jetzt wieder aufschließen und diesen vier Höhlentrollen sagen, was du von ihnen hältst. Und halt dich meinetwegen bloß nicht zurück.«

Serafina stand da, die Hand an ihrer Halskette mit einem Glasflakon, in dem ihr Plantling, die Alge Aurus, schwamm. »Über dieses hohle Strandgut rege ich mich nicht auf«, sagte sie. »Ich warte draußen auf dich, Lia, wenn du einverstanden bist. Für heute habe ich genug Schimmelgeruch gepaart mit Käsesocken eingeatmet.« Damit verließ die Undine mit wehenden Rocksäumen die Wabe.

Dorient stand bereits bei Lia, wischte seine Hände an den Hosenbeinen ab und zog sie dann am Fuß nach unten. »Komm, ich helfe dir bei einer Schwebelandung. Wenn deine Flügel noch länger im Standflug bleiben, überhitzen sie.«

Lia widerstand dem Bedürfnis, Dorient einen Tritt zu verpassen, weil er ihre Freundin dem Spott preisgegeben hatte. »Das war eine ganz miese Nummer«, schimpfte sie.

»Eigentlich war die Sache mit dem Schlammzauber nur lustig gemeint«, verteidigte sich Dorient. »Es konnte ja keiner ahnen, dass ihr euch gerade in dem Moment einschleicht, in dem Lofi mich erfolgreich mit feurigen Kristall-Pops bestochen hat.« Sein schlechtes Gewissen war ihm trotzdem anzusehen. Aus der Kängurutasche seiner Tunika holte er einen Beutel mit Pops, die wie glänzende Rubine aussahen. »Möchtest du einen? Die britzeln beim Schlucken.«

Bei dem Anblick der leckeren Kristall-Pops lief in Lias Elfenmund die Spucke zusammen. »Nein danke«, sagte sie entgegen ihrer hoch interessierten Geschmacksnerven. »Ich bin nur hier, weil ich dringend deine Hilfe brauche. Aber jetzt bin ich mir nicht mehr so sicher, ob ich die überhaupt noch will.«

»Sehr dramatisch«, sagte Dorient. »Würdest du mir verzeihen, wenn ich sagen würde, dass ich das nächste Mal anstelle deiner Freundin dich als Schlammfigur zeige, wie du beleidigt einen Flunsch ziehst?«

»Ich ziehe keinen Flunsch!«

»Vor lauter Aufregung sitzt sogar deine Tiara gerade.«

Ungläubig griff sich Lia ins Haar. Diese schreckliche Tiara saß doch nie gerade … Dann bemerkte sie Dorients Grinsen. »Du machst dich über mich lustig.«

»Nur ein bisschen. Denn mal ganz ehrlich: Deine Freundin hat es durchaus verdient, etwas durch den Schlamm gezogen zu werden, so, wie sie sich immer aufführt. In letzter Zeit ist sie richtig unausstehlich geworden. Die halbe Schule wundert sich, was mit ihr los ist. Das weiß Serafina auch ganz genau, nur deshalb ist sie eben ruhig geblieben. Wer austeilt, der muss auch einstecken können.«

»Sie ist meine Freundin«, beharrte Lia.

Dorient zuckte die Achseln. »Und Lofi ist mein Freund, der aus unerfindlichen Gründen eine Schwäche für eine gewisse Undine hat. Können wir es dabei belassen, wenn ich verspreche, es nicht wieder zu tun?«

Lia war immer noch wütend. Aber dann sah sie Lofi, der kreidebleich geworden war, was für einen Feuerelfen eigentlich unmöglich sein sollte. Ja, er fand Serafina so unwiderstehlich wie ein Bad in glühenden Kohlen, obwohl sie keinen Blick für ihn übrighatte. Und die beiden anderen Elfen wirkten auch nicht so, als wären sie stolz auf sich.

»Jungs«, murmelte Lia, als wäre damit alles gesagt.

»Ich nehme das als Einverständnis«, sagte Dorient und gab ihr einen liebevollen Fingerstups gegen ihre Nasenspitze, etwas, das er seit Neuestem gerne machte. Vermutlich war das eine kurze Umarmung auf Luftelfenart. »Also, was kann ich für dich tun, Schwesterchen?«

Lia stellte sich auf die Zehenspitzen, um Dorient ins Ohr flüstern zu können. »Ich brauche dringend Nachhilfe im Fliegen. Wenn ich bis zur Zwischenprüfung nicht einen vierzig Meter hohen Startflug samt Wirbler im Flugkanal hinbekomme, kann ich nicht zu den Wasserfällen im Zaarz-Tal.« Noch leiser sagte sie: »Und dann kann ich auch keine Taukristalle sammeln und bekomme mein altes Leben nie mehr zurück.«

»Nur damit ich das auch richtig verstanden habe: vierzig Meter bei deiner Höhenangst?«, vergewisserte sich Dorient.

Er blies Luft aus seinen Backen. »Jetzt brauche ich erst mal einen feurigen Kristall-Pop … und ein Wunder. Ein Wunder wäre auch nicht schlecht.«

8.

Küsschen für die Erzfeindin

Der Speisesaal war ein großer Wintergarten mit einem Springbrunnen in der Mitte und Blumenkübeln, die von Pixies in kunterbunten Overalls gehegt und gepflegt wurden. Einige von diesen bediensteten Blumenelfen musterten Blo bei jeder Gelegenheit neugierig, während Blo sie keines Blickes würdigte. Als Lia ihre Freundin einmal darauf angesprochen hatte, hatte sie bloß die Augen verdreht. »Wenn man bei diesen Flora-Fans nicht aufpasst, verdonnern sie einen ruckzuck zum Blätterschrubbdienst. Für den gewöhnlichen Pixie ist es ein Rätsel, warum ich eine Schule besuche, wenn ich stattdessen doch im Garten arbeiten könnte. Die denken echt, Blütenstaubkörnerzählen sei das Schönste auf der Welt.«

Heute Abend war der Wintergarten in das rötliche Licht der untergehenden Sonne getaucht. Trotzdem dauerte das Abendessen unerträglich lang – und das, obwohl es sogar Lichtfunkel-Sandwiches gab, kreisrunde Weißbrotscheiben, zwischen denen fingerdick zu Gelee eingekochtes Sonnenlicht hervorquoll. Es schmeckte wie Sommerurlaub. Normalerweise feierte Lia jeden einzelnen Bissen von einem Lichtfunkel-Sandwich, aber an diesem Abend nibbelte sie bloß gedankenverloren daran herum.

»Sag mal, hat dir jemand Juckpulver in deine Pluderhose getan oder warum rutschst du die ganze Zeit auf deinem Hintern rum, dass der Stuhl schon ganz blank poliert ist?«, brachte Blo mit vollgestopften Backen hervor. Sie mampfte sich durch einen Berg Ranunkel-Salat und um ihren Mund hatte sich bereits von den frittierten Pollenstängeln ein gelber Kreis gebildet.

»Es ist wegen Serafina«, gestand Lia. »Ich mache mir Gedanken, wo sie bleibt.«

Merla sah von ihrer Schüssel mit Wurzelgemüse auf. »Das solltest du eigentlich am besten wissen. Sie hat dich doch zur Wabe deines großen Bruders begleitet.« Allein bei der Vorstellung an ein Zimmer voller Elfenjungen sackte Merla in sich zusammen.

»Da waren wir auch«, sagte Lia. »Leider haben wir genau in dem Moment die Wabe Tropfsteintropf betreten, als die Jungen einen windlochmiesen Witz über Serafina gerissen haben. Nach dieser Nummer wollte sie draußen auf mich warten, aber ich habe sie nicht gefunden und bin dann direkt zum Speisesaal, weil ich dachte, dass sie vielleicht hier ist.«

Blo schnappte sich eine Handvoll rosa Blütenschnipsel und sagte dann mit vollem Mund: »Ist doch Kompost wie Dünger, was diese Dumpfelfen von Jungs verzapft haben, Serafina lässt sich nicht ärgern. Unsere Undine hat eine dicke Haut, so dick, dass sie sie nicht nur vor der Kälte des Ozeans schützt. Wahrscheinlich hat Serafina die Jungs wie eine Horde Höhlenorks dastehen lassen und einen weiteren Strich auf ihre Sprücheklopfer-Liste gesetzt. Die übrigens schon ellenlang sein dürfte, so gern wie unsere Undine austeilt.«

Lia stupste ihr Sandwich an, woraufhin die Schichten aus lichtgelbem Gelee den Toastturm wackeln ließen. »Serafina tut immer so cool, trotzdem ist sie nach der blöden Sache nicht zum Abendessen erschienen. Und deshalb mache ich mir jetzt Sorgen.«

Merla tätschelte Lias Hand. »Bestimmt ist Serafina auf der Wabe und hat die Zeit vergessen, weil sie Aurus badet und ihm einen Walgesang vorträllert. Das liebt ihr Plantling nämlich noch mehr als Salzkristall-Leckerlis. Nach so einem anstrengenden Tag wie heute lässt sie Aurus bestimmt ein paar Extrarunden drehen.« Merla spielte auf den Schreck in der Pause an, als sie fast einen Käferelf mit dem Strahl ihres Onyx' versteinert hatte.

Lia nickte. »Du hast recht, das war vermutlich alles etwas viel für unsere Undine. Anstatt mir den Kopf zu zerbrechen, sollte ich Serafina was zu essen auf die Wabe bringen.« Damit ließ sie einen Stapel Seegras-Pfannkuchen in den Weiten ihrer lila Pluderhose verschwinden und sprang auf.

Auf dem Weg zum Ausgang musste Lia an dem Tisch vorbei, an dem Valmariana mit ihren drei Freundinnen saß: der Kesselglutelfe Razeiandra mit dem schwarzen Pagenschnitt, der puppenhaften Tautropfensammlerin Dasolia und der Gebirgselfe Quadrophenia, die wegen ihrer Größe auf einem Bodenkissen anstatt auf einem Stuhl saß.

»Schau an, was der Abendwind anweht.« Valmariana lehnte

sich im Stuhl zurück und hielt Lia an einer Falte ihrer Hose fest.

»Finger weg«, rief Lia, aus Sorge, die versteckten Pfannkuchen könnten direkt vor den Augen des strengen Zeremonienmeisters herausfallen. Gegessen wurde im Speisesaal und damit aus die Maus! Wer beim Schmuggeln von Leckerbissen erwischt wurde, durfte in der Küche die schmutzigen Kessel säubern. Das waren riesige Ungetüme aus Vulkangestein, an deren rauen Oberflächen man sich – laut Dorient, der regelmäßig erfolgreich vom Zeremonienmeister gefilzt wurde – die Finger wund schrubbte.

»Entschuldigung, Eure durchlüftete Hoheit.« Valmariana senkte den Kopf, aber in ihren Augen funkelte es verdächtig. »Ich mache mir nur Sorgen um dein Wohlergehen. Es war nämlich nicht zu übersehen, dass du kaum etwas von dem Essen angerührt hast, obwohl du doch sonst wenig prinzessinnenhaft zulangst.«

»Und rumgehibbelt bist du auch wie ein Wassertropfen auf einer glühend heißen Platte«, fügte die Kesselglutelfe grinsend hinzu.

»Bei denen am Tisch gibt's ja auch nichts Anständiges zu schnabulieren, nur Blümchen, Sonnenschein und ein bisschen Knabberzeugs«, gab nun auch noch Quadrophenia ihren Senf dazu. »Willste mal bei mir abbeißen?« Sie hielt Lia ein riesiges Stück Käse unter die Nase. »Nur zu, du Strich in der Landschaft.«

Im Gegensatz zu ihren Freundinnen meinte Quadrophenia es ernst, sie war eine ehrliche Haut. Vermutlich konnte das riesige Elfenmädchen auch richtig nett sein, wenn es nicht ausgerechnet in Valmarianas Clique gelandet wäre.

Höflich schob Lia das müffelnde Käsestück beiseite. »Vielen Dank, gern ein anderes Mal. Jetzt habe ich es nämlich eilig.«

»Weil es dir nicht gut geht?«, hakte Valmariana nach. »Dir hat bestimmt die Sorge, die anstehende Flugprüfung mit Pauken und Trompeten zu vermasseln, auf den Magen geschlagen. Es muss schrecklich sein, wenn man weiß, dass man sich vor der gesamten Schule zum Gespött machen wird. Die flugunfähige Luftprinzessin, werden alle sagen. So eine Schande.«

»Du hast eine blühende Fantasie, Valmariana, echt zu beneiden.« Lia versuchte erneut, die Hand der Luftelfe abzuschütteln. Der Zeremonienmeister streckte nämlich schon seinen dürren Hals aus seinem purpurroten Umhang. Ein bisschen Plaudern mit dem Nachbartisch war durchaus üblich, viele Elfenkinder hegten Freundschaften über ihre Waben hinaus. Wenn es jedoch nach Unruhe aussah, konnte der Zeremonienmeister äußerst streng werden. Der Stab mit der Glaskugel war nicht nur zum Ankündigen neuer Gäste gut, sondern auch, um Unruhestifter zurück an ihren Tisch zu stupsen.

Valmariana ließ nicht locker. »Als aufrechte Adlige der Himmelsreiche sehe ich es als meine Pflicht an, unser Volk vor jeder Demütigung zu schützen. Deshalb möchte ich dir anraten, deine Siebensachen zu packen und in den Glaspalast zurückzukehren, bis du imstande bist, den Unterricht in Springwasser ohne Blamage zu meistern. Alles andere wäre un-er-träglich.« Sie betonte mit sichtlichem Vergnügen jede Silbe.

Inzwischen schaute auch Dorient von seinem Tisch beim Kamin zu ihnen rüber und machte Anstalten aufzustehen.

Lia wusste nicht, was schlimmer war: ein gereizter Zeremonienmeister, der seinen geliebten Platz an der Spiegeltür verlassen musste, oder ein großer Bruder, der nur allzu gern ein Hühnchen mit Valmariana gerupft hätte, weil sie gemein zu seinem Schwesterlein war.

Lia musste handeln, und zwar sofort.

Schnell beugte sie sich vor und knuddelte Valmariana. »Finde ich echt luftig von dir, dass du dich um mich sorgst. Und dabei sagen immer alle, du seist so schneidend wie der Ostwind an einem Wintertag. Und weil du meinst, ich solle besser auf mich aufpassen, nehme ich gern dein letztes Lichtfunkel-Sandwich.« Mit Genuss biss sie in den Leckerbissen, der ihr beim Anblick von Valmarianas vor Verblüffung offen stehendem Mund doppelt gut schmeckte. »Also, ihr Süßen, habt noch einen schönen Abend, wir plaudern ein anderes Mal weiter.« Lia winkte mit dem Rest des Sandwiches, während sie lächelnd auf den Ausgang zuging.

Dorient setzte sich wieder, die linke Braue hochgezogen, was bedeutete, dass er ordentlich baff war. Vermutlich hatte er eher damit gerechnet, dass Lia einen Krug Zitronenlimonade über Valmarianas Kopf ausgießen würde, als dass sie ihre Erzfeindin in aller Öffentlichkeit durchknuddelte.

Blieb nur noch der Zeremonienmeister.

Hastig verschlang Lia den letzten Bissen ihres Sandwiches.

»Die Glocke, die das Ende des Abendessens verkündet, ist noch nicht erklungen, Eure Hoheit«, verkündete der Zeremonienmeister säuerlich. »Möchtet Ihr, dass ich Euch zurück an Euren Platz begleite?«

»Herzallerliebst.« Lia plinkerte mit den Wimpern. »Mir

ist nur gerade eingefallen, dass ich die Dose mit den Düngekügelchen habe offen stehen lassen. Und mein Plantling Ludmilla kennt seine Futtergrenzen nicht. Wenn ich mich nicht beeile, stopft sich dieses nimmersatte Efeu den Stängel voll und dann muss ich Botanicus Shokubutsu bitten, mir beim Blattschnitt zu helfen. Efeu wächst ja wie verrückt, wenn es zu viel nascht.«

Seufzend kniff sich der Zeremonienmeister in die Wurzel seiner Adlernase. »Was man sich in dieser Position so alles anhören muss. Schrecklich.« Als Lia ihn abwartend ansah, fuchtelte er mit seiner langen blassen Hand, an deren Fingern je ein wuchtiger Ring saß. »Nun geht schon, husch, husch. Hoffentlich ist Eure Wabe noch nicht von Efeuranken eingesponnen.«

Das ließ Lia sich nicht zweimal sagen.

Während sie sich innerlich bei Ludmilla entschuldigte – der Plantling war zwar ganz verrückt nach Düngekugeln, wartete aber immer brav auf ein Leckerchen –, schalte sie in den Sauseschritt. Das war eine Spezialität der Luftelfen, bei der die Füße sich so schnell bewegten, dass sie kaum noch den Boden berührten. Die Beschleunigung hatte Lia von Anfang an gut draufgehabt. Offenbar gab Asalia gern richtig Gas, sodass ihr Körper sich damit bestens auskannte. Nur wie man stoppte, wusste er nicht, und Lia hatte den Trick auch noch nicht herausgefunden. Als sie nun den Stängelgang betrat, an dessen Ende die Nachtflugwabe lag, hatte Lia viel zu viel Speed drauf. Im Geiste sah sie sich schon voll gegen die Zimmertür rennen. Also rammte sie ihre Fersen in den Boden, dass es nur so qualmte.

Allem Anschein nach gefiel das dem Stängelgang nicht. Er

wölbte sich zu einem Bogen auf, sodass Lia das Gleichgewicht verlor und auf ihren Hintern plumpste.

»Noch mal Glück gehabt, die Notbremse hat funktioniert«, seufzte sie, obwohl ihr die Kehrseite wehtat. Wenn Gefahr im Verzug war, machte der Stängel einen Knoten, in dem man dann feststeckte, bis einen die Floraflüsterer daraus befreiten. Darauf konnte Lia heute Abend wirklich verzichten.

In der Wabe holte Lia die Seegras-Pfannkuchen aus ihrer Pluderhose. »Serafina, ich hab dir was zu essen mitgebracht!«

Doch die Wabe war leer.

Nur das Handwaschbecken verriet, dass die Undine eben noch hier gewesen sein musste. Der Hahn war nämlich aufgedreht und das Wasser lief bereits über den Schalenrand auf den Boden.

Hastig stellte Lia das Wasser ab. Dann entdeckte sie, dass ein grünlicher Lappen den Abfluss verstopfte. Als Lia ihn auf ihrem Handteller ausbreitete, erkannte sie, dass es sich um das Blatt einer Unterwasserpflanze handelte, das an der Luft unnatürlich schnell austrocknete. Muster aus Muschelkalk – Schnörkel und winzige Meerestiere – wurden auf dem grünen Grund sichtbar. Vielleicht ist das Meereselfenschrift, mutmaßte Lia. Dann hatte sie versucht, eine Undinen-Nachricht im Abfluss verschwinden zu lassen.

Ob die Kobolde von der Stängelpost Serafina eine Nachricht von zu Hause zugestellt hatten? Während Lia noch grübelte, zerbröselte die Pflanzennachricht vor Trockenheit. Wehmütig betrachtete sie den grünen Staub auf ihrer Hand.

Warum hatte Serafina versucht, die Nachricht loszuwerden, obwohl sie doch offensichtlich aus dem Meeresreich stammte?

Wenn Lia eine Nachricht von ihrer Mutter bekommen hätte, hätte sie einen Ehrenplatz erhalten, und bei Heimweh hätte sie sich mit ihr getröstet. Aber Serafina hatte den Algenbrief in den Abfluss gestopft, um ihn runterzuspülen. Warum?

Weil die Nachricht keine gute war, mutmaßte Lia. Blieb immer noch die Frage, wohin die Undine so rasch verschwunden war …

9.

Hoch, höher, Lia

Lia wusste nicht, wie es mit dem Freizeitprogramm auf Internatsschulen für Menschenkinder gehalten wurde, aber auf Springwasser gab es nur wenige Regeln außerhalb des Unterrichts. Vermutlich, weil die Elfenkinder aus den Völkern, die den sechs Elementen von Andersreich – Luft, Wasser, Feuer, Erde, Äther und Magie – zugeordnet wurden, so verschieden waren. Selbst innerhalb eines Volkes gab es große Unterschiede, wie Lia täglich aufs Neue herausfinden durfte. So oft kam es nämlich vor, dass Elfen vor ihr knicksten und mit ehrerbietiger Stimme »Gepriesen sei der Westwind, Beherrscherin des Sturmgoldes!« hauchten. Es brauchte immer peinlich lange, bis Lia kapierte, dass sie es mit weiteren Vertretern der Himmelsreiche zu tun hatte. Wie etwa neulich, als ihr eine Truppe Elfen, die aus einem grünvioletten Gas bestanden, Respekt zollten. Sie hatte auf das Element Feuer getippt, aber es stellte sich heraus, dass diese Elfen im Polarlicht Norwegens beheimatet waren und somit Lia als ihre Prinzessin anerkannten.

Eine Prinzessin, deren Tiara ständig schief saß, die Höhenangst hatte und deren Blitzkunst ein Eigenleben führte, wie die Spur aus Brandstellen einmal quer durch Springwasser bewies.

Es war jedoch genau diese Vielfalt des Elfengeschlechts, die eine gewisse Freiheit garantierte. Sogar nachdem die meisten Elfenkinder in ihren Betten, Hängematten, Feuerstätten oder hohlen Baumstämmen schliefen, waren einige unterwegs, um im Mondschein zu baden oder kurz vor Tagesanbruch Tautropfen zu sammeln, um daraus Nektar herzustellen. Trotzdem war Lia mulmig zumute, als sie kurz vor Mitternacht in einem Mondschimmer-Ballkleid und mit Sternchennadeln im hochgesteckten Haar durch die Gänge lief. Ein Schwarm Glühwürmchen folgte ihr, offenbar begeistert davon, wie sich ihr Licht im Schimmerkleid spiegelte.

Als Lia Dorient am Treffpunkt sah, schlug ihr Herz noch schneller. Er sah auch wirklich zu cool aus in seiner Jacke, deren schwarzes Material wie glänzender Schiefer aussah. Sogar sein Sturmhaar hatte er gekämmt.

»Was ist das noch mal für eine extraschicke Festtagskleidung, in der wir beide stecken?«, fragte Lia.

»Offiziell huldigen wir als adelige Luftelfen den verschlungenen Pfaden des Nachtwinds.« Dorient verbeugte sich leicht, was Lia kichern ließ. »Es gibt dafür keine festgelegten Termine, es ist mehr so eine Gefühlssache. Unsere Eltern – also meine Eltern – huldigen dem Nachtwind immer, wenn sie mal wieder Lust auf eine Feier haben. Dann gibt es ein großes Bankett und anschließend einen speziellen Tanz, der die besagten verschlungenen Pfade nachbilden soll. Dazu stellen sich alle in eine Reihe, legen ihrem Vorderelf die Hände auf die Schultern und dann gibt der vorderste Elf, meist unsere Mutter, vor, wo langgetänzelt wird.«

»Ihr tanzt eine Polonaise«, sagte Lia, um dann zu singen: »Hier fliegen gleich die Löcher aus dem Käse …«

Dorient verzog das Gesicht. »Das klingt nicht besonders feierlich.«

»Das klingt sogar so übel, dass einem fast die Ohren wegfliegen. Gab es im Glaspalast keinen Gesangsunterricht für den königlichen Nachwuchs?« Lofi, der Feuerelf, trat hinter einer Ziersäule hervor. Im Licht der Glühwürmchen schimmerte er rötlich golden.

»Huch.« Lia zuckte zusammen. »Warum versteckst du dich denn?«

Lofi wand sich vor Verlegenheit. »Für den Fall, dass du wieder in Begleitung deiner Freundin Serafina unterwegs bist. Wenn sie mich nach dem heutigen Schlamm-Debakel gesehen hätte, wäre sie bestimmt sofort geflüchtet.«

»Warum bist du dann überhaupt mitgekommen?«, fragte Lia.

»Na, eben weil er auf Serafina gehofft hat«, sagte Dorient, woraufhin Lofis Haare so lichterloh aufflammten, dass die Glühwürmchen die Flucht ergriffen. »Wo er jetzt dabei ist, kann er uns wenigstens den Weg leuchten. Ich habe nämlich mein Luxihell auf der Wabe vergessen. Falls sich jemand wundert, dass Lofi dabei ist, behaupten wir einfach, dass man eine Polonase nicht zu zweit tanzen kann.«

»Es heißt Polonaise«, sagte Lia. »Und man kann sie zu zweit tanzen, das machen meine Mutter und ich jedes Silvester, mit Papierkrone auf dem Kopf immer um den Wohnzimmertisch rum.« Zu spät bemerkte Lia ihren Fehler! Hier auf Springwasser war sie ja gar nicht die Tochter von Andrea Dornmeier, sondern die Erbin des Himmelreich-Throns. Eine königliche Mutter machte an Silvester vermutlich vieles, aber bestimmt polonaiste sie nicht allein mit ihrer Tochter durch die Wohnung und rief dabei: »Jetzt tanzen wir ein A!«

Lofi pfiff. »Muss toll sein, die Tochter von Königin Fetania Salira Nox zu sein und von ihr persönlich in die Riten der Luftelfen eingeführt zu werden. Das klingt jedenfalls sehr feierlich.«

Eine Sekunde lang herrschte Schweigen, dann atmeten Lia und Dorient gleichzeitig aus. Gut, dass Lofi vom Leben im Glaspalast noch weniger Ahnung hatte als Lia.

»Genug geplaudert«, sagte Dorient. »Wir haben heute Nacht noch einiges zu tun, wenn Lia den steilsten Startflug aller Äonen hinlegen will. Es gilt dieser Hagelwolke Valmariana zu zeigen, wozu eine echte von Silberhaar in der Lage ist, wenn sie herausgefordert wird.«

Lofi reckte seine Faust. »Bei den brennenden Schloten, das packt Lia. Wobei ich mich halt nur wundere, warum sie es als Luftelfe nicht einfach tut. Wozu diese Übungsaktion mitten in der Nacht?«

Mit dieser Frage hatte Lia gerechnet. Blöderweise war ihr noch keine vernünftige Antwort eingefallen, denn natürlich sollten echte Luftprinzessinnen so was draufhaben.

Dorient verdrehte die Augen, dann packte er Lofi bei den Schultern und schob ihn an. »Jetzt geht's los, sonst quasseln wir noch im Morgengrauen. Außerdem habe ich es dir schon erklärt, aber zwischen deinen Ohren gibt es ja nur Qualm und Rauch.«

»Hast du echt?«, fragte Lofi, während er widerwillig in einen Laufschritt verfiel.

»Habe ich«, behauptete Dorient. Lia sah allerdings, wie er kurz die Hand von Lofis Schulter hob, um die Finger zu kreuzen. »Vermutlich hast du aber wieder, anstatt mir zuzuhören, bloß daran gedacht, dass Serafina dich für einen Haufen Glimmreste hält.«

»Ach«, jammerte Lofi, »mit dieser Undine ist es, als würde man nach einem Lavabad direkt ins Meer springen.«

Lias Orientierungssinn war nicht gerade gut. So konnte sie, nachdem sie mehrfach abgebogen waren und die Etagen gewechselt hatten, nicht mal sagen, ob sie überhaupt noch in Springwasser waren. Eigentlich war das Gemäuer der Schule aus hellen Steinquadern errichtet, aber hier wirkten die Wände, als seien sie mit Ruß überzogen. Jeder Schritt hallte, doch niemand streckte seinen Kopf aus einer der zahllosen Türen des Gangs. Anders als der Alte Turm, in dem Dorients Wabe untergebracht war, wirkte dieser Teil nicht nur so, als wäre er in die Jahre gekommen, sondern als habe es ihn schon gegeben, lange bevor der Schulgründer Fidilis Feingrün ein junger Spross gewesen war.

Lia drängte sich an Dorients Seite. »Wo sind wir hier?«

»In diesem Teil, im sogenannten Schwarzen Schleier, waren früher die Schüler aus dem Volk der Magischen Kreise untergebracht, bis es einen Unfall gegeben hat. So heißt es jedenfalls. Diese Ecke von Springwasser ist offiziell zwar nicht verflucht, aber die meisten Elfen meiden sie.« Dorient nahm Lias Hand und drückte sie freundlich. »Es ist vielleicht etwas unheimlich, aber dafür der perfekte Ort zum Üben. Niemand wird uns bemerken, weil sich hier niemand freiwillig rumtreibt.«

»Da bin ich mir nicht so sicher«, flüsterte Lofi. »Angeblich soll Madame Mab Nachtalbes Salon im Schwarzen Schleier liegen. Ich glaube das jedenfalls sofort.« Er deutete auf die Nebelschwaden, die sich träge über den Steingrund ausbreiteten.

Tatsächlich musste jeder Schüler bei Nebel sofort an Madame Mab Nachtalbe, die tollste und geheimnisvollste Lehrerin von Springwasser, denken, denn unter ihrem Rocksaum kringelte sich stets Nebel.

»Weiß denn niemand, wo Madames Salon liegt?«, fragte Lia.

»Wenn du sie in ihrer Funktion als Schulleiterin sprechen möchtest, kannst du den offiziellen Eingang in ihre Räumlichkeiten nutzen«, übernahm Dorient die Erklärung. »Aber falls du an ihrem Kurs für Verdunklungs- und Entschleierungskunde teilnehmen willst, musst du den Zugang zu ihrem Verborgenen Salon selbst finden. Das ist der Aufnahmetest, den es zu bestehen gilt. Dafür muss man aber richtig pfiffig sein und deshalb schaffen es auch nur die höheren Ligen. Ich weiß, wovon ich rede: Lofi und ich haben schon ein paar Anläufe unternommen, den Salon zu finden, sind aber bislang gescheitert.«

»Dabei wäre es so brandheiß, an Madame Nachtalbes Kurs teilzunehmen«, schwärmte Lofi.

Dorient nickte. »Jedenfalls kommt der Nebel, durch den wir gerade laufen, vom Innenhof, den wir als Trainingsplatz nutzen werden. Das wird super.« Besonders überzeugt klang er allerdings nicht und er drückte Lias Hand auch ein wenig fester.

Der Innenhof, zu dem Dorient sie führte, hatte eher etwas von einem runden Schacht mit einem Durchmesser von höchstens zehn Lia-Schritten. Die Steinwände ragten so hoch empor, dass ihr Sims mit dem Nachthimmel verschmolz und es sich nicht sagen ließ, wo sie aufhörten. In der Mitte des Hofs stand ein Brunnen, aus dem der Nebel quoll, als säße dort ein Dunstwolkendrache gefangen.

»Hübsch«, sagte Lia. »Ich weiß gar nicht, warum ich mich plötzlich nach meinem kuschligen warmen Bett sehne.«

Dorient klatschte in die Hände. »Du sehnst dich jetzt nach frischem Flugwind um deine Nase. Also, ab mit dir in die Ausgangsposition. Mach einen kleinen Teststart über dem Brunnen!«

Lia wich unauffällig einen Schritt zurück. »Der Hof ist ganz schön eng, ich könnte versehentlich gegen die Wand bouncen oder Lofi umhauen.«

»Entengrütze.« Dorient schüttelte den Kopf. »Vergiss deinen Waagerechten Salto, beim Startflug geht es ab nach oben – und zwar nur nach oben.«

Widerstrebend ging Lia in die Ausgangsstellung. Sofort sprangen ihre Flügel aus den Rückenschlitzen ihres Kleides hervor und vibrierten aufgeregt. Zumindest sie freuten sich auf jede Gelegenheit zu fliegen. Dann mal los, dachte Lia und legte den Kopf in den Nacken.

Der dunkle Schacht schraubte sich schier unendlich in die Höhe. Allein beim Hochschauen wurde ihr schwindelig.

»Einfach nur gerade aufsteigen, die leichteste Sache überhaupt«, versuchte Dorient ihr Mut zuzusprechen. »Ich würde dich ja begleiten, aber ich habe immer noch Flugverbot.«

»Schon gut«, sagte Lia. »Ich schaffe das.« Dann hopste sie ein wenig auf der Stelle umher, was ihre Flügel allerdings nicht als Zeichen, blitzartig gen Himmel aufzusteigen, nahmen.

»Stell dir vor, ein Luftzug treibt dich schwerelos empor, höher und höher, voller Leichtigkeit, während die Welt unter dir immer kleiner wird.« Dorient klang, als könne er es kaum erwarten, wieder fliegen zu dürfen.

Lia hingegen brach bei der Vorstellung, wie von einer unsichtbaren Hand in den Himmel gerissen zu werden, in kalten Angstschweiß aus. Sie hielt sich sogar am Brunnenrand fest für den Fall, dass eine spontane Windböe versuchte, sie mitzunehmen.

»Verstehe, meine Flugbegeisterung wirkt überhaupt nicht ansteckend bei einer Bodenwurzlerin wie dir.« Dorient tätschelte Lia die Schulter. »Dann eben Plan B, auch wenn ich darauf gern verzichtet hätte. Lofi, einmal die abgesprochene Hilfestellung.«

Lia sah aus den Augenwinkeln, wie Dorient zurücktrat und ein Zeichen machte. »Irgendwie gefällt mir das nicht.«

Lofi verzog den Mund zu einem schiefen Grinsen. »Bitte untertänigst um Entschuldigung, Prinzessin.«

Moment mal. Was hatte das zu bedeuten?

Bevor Lia Einspruch einlegen konnte, explodierte hinter ihr ein Feuerwerk mit Radau, Qualm und einem Glutfunkenregen, der sie am Po traf und den silbrigen Stoff ihres Kleides zum Glühen brachte.

»Hilfe!«

Nach vorn konnte Lia nicht ausweichen, da war der Brunnen, und hinter ihr knisterte ein gefräßiges, Funken speiendes Feuer, das nach ihr griff. Während sich Lia gefangen fühlte, übernahm ihr Elfenkörper die Kontrolle und fand den einzigen Ausweg, der sich anbot: den nach oben.

Es war ein Startflug für die Geschichtsbücher!

Lia schoss mit Blitzgeschwindigkeit durch die Luft, jeder Strömung, jedem Abwind trotzend. Sie begriff erst so richtig, dass sie wie ein Pfeil abzischte, als ihr die Tiara über die Augenbrauen zu rutschen drohte.

Im nächsten Moment hatte sie den Schacht hinter sich gelassen und beschleunigte noch immer.

Mit einem »O neeeeein!« auf den Lippen blickte Lia nach unten.

Springwasser wurde rasend schnell kleiner. Sie sah das Schulgebäude, eine Mischung aus Schloss und Baum, das sich an den Berg schmiegte. Sah die um das Anwesen liegenden Wiesen, Wasserläufe und üppig bewaldeten Berge, sah bis hinab ins Tal mit dem schlafenden Dorf, den im Sternenlicht funkelnden Fluss … Und dann sah sie etwas, das sie ihre Höhenangst schlagartig vergessen ließ, obwohl sie immer noch weiter in den Himmel hinaufstieg.

Eine gewaltige Welle erhob sich aus dem Fluss im Tal, wurde größer und größer.

Dann nahm die Welle eine Gestalt an.

Es war ein riesiges Ungeheuer.

Ganz aus Wasser.

10.

Abwärts mit Funkenflug

Lia schrie auf.

Doch der Nachtwind riss ihr den Schrei von den Lippen und nahm ihn mit sich.

Im Mondlicht erkannte Lia, wie das Flussmonster immer mehr Gestalt annahm. Schließlich sah es aus wie ein gläserner Riese, in dessen Innerem dunkles Wasser schäumte.

Mit einem mächtigen Schritt erreichte der Riese das Flussufer, dann beugte er sich vor und streckte seinen Arm aus. Auf seinem Handteller kauerte eine zwergenhaft wirkende Gestalt in einem Kapuzenmantel. Zögerlich richtete sie sich auf, wobei der Saum ihres Mantels bis über ihre Füße reichte … falls sie denn welche hatte.

Dann geschah etwas, das Lias Senkrechtflug abrupt stoppte.

Eine weitere kleine Gestalt löste sich zwischen den Findlingen am Flussufer.

Trotz ihrer Flughöhe wusste Lia sofort, wer das war: Serafina. Das Mondlicht brachte ihr grünes Meerschaumkleid zum Glitzern.

Ganz die furchtlose Undine, trat sie auf die Hand des Riesens zu, die Fäuste angriffslustig in die Hüfte gestemmt. Offenbar hielt sie der Kapuzengestalt, die sich über die Fingerspitzen des Riesen zu Serafina runterbeugte, eine ordentliche Standpauke. Dann drehte sich die Undine auch schon um und verschwand zwischen den Findlingen.

Die Kapuzenfigur sank in sich zusammen, als habe Serafinas Ansprache sie wie ein Pfeil in die Brust getroffen, während sich die Hand des Wassermonsters um sie schloss.

Laut rauschend versank der Riese wieder im Flussbett, die Wellen um ihn herum barsten wild auseinander und schwappten bis weit über die Ufer.

»Abgefahren«, flüsterte Lia.

Dummerweise erinnerte sich die Luft in just diesem Moment daran, dass man nicht einfach so in ihr rumstehen konnte.

»O-o.«

Lia langte gerade noch nach ihrer Tiara, während der Saum ihres Ballkleids sich automatisch in bester Luftelfen-Manier um ihre Fußknöchel schloss und sich ihre Flügel von selbst anlegten.

Dann ging es abwärts.

Nicht so schnell wie aufwärts, aber immer noch im halsbrecherischen Tempo.

Das unter Lia aufragende Springwasser sauste auf sie zu und wurde viel zu schnell größer. Wo war in diesem Durcheinander aus Bauten und Baum noch mal der Innenhof, in dem Dorient und Lofi auf sie warteten? Von hier oben aus gesehen gab es viel zu viele Innenhöfe, Türmchen und Geäst.

Wo muss ich hin, wo muss ich hin?, dachte Lia aufgeregt. Die Angst, auf einer einsamen Turmspitze oder auf Meister Do-Dobils Balkon zu landen, war plötzlich viel stärker als ihre Angst vor der Tiefe.

Je näher Springwasser jedoch kam, desto unübersichtlicher wurde es. Die Schule war groß, sehr groß, und Lia sah absolut nichts, das an einen schachtartigen Innenhof erinnerte.

Da sich Lias Flügel weigerten, sich bei dem Flugwind zu entfalten, versuchte sie, ihre Arme auszubreiten, um den Fall zu verlangsamen. Vielleicht gelang es ihr, einen günstigen Wind zu erwischen, der sie zu einer Wiese trieb. Dann musste sie nur den patrouillierenden Birkengarden erklären, warum sie nachts herumflog, obwohl sie ihren Nachtflugschein noch gar nicht gemacht hatte. Also doppelter Ärger, erst mit den strengen Birkengarden, dann mit Frau Flatterfein. Keine guten Aussichten. Lia presste die Arme wieder an die Körperseiten.

Plötzlich leuchtete in der Tiefe ein Feuer auf. Zuerst in Schrillrot, dann in Funkelsilber, der Farbe der Luftelfen. Das musste Lofi sein, der ein Leuchtfeuer im Innenhof gezündet hatte, damit sie den Weg zurückfand.

»Dann mal schön das Ziel anpeilen«, jubilierte Frau Flatterfein in Lias Erinnerung. »Als Luftelfe jetzt in die Pfeilposition gehen.«

Widerwillig setzte Lia zu einem Köpper durch die Luft an.

»Jetzt so durch die Luftschichten schneiden, dass man im richtigen Winkel zum Ziel ist«, wies Frau Flatterfein sie in ihrem Kopf an.

Diese Anleitung hatte Lia nie wirklich begriffen, aber ihr Elfenkörper reimte sich selbst zusammen, was nun anstand, und brachte sich in Position. Und zwar genau zum richtigen Zeitpunkt. Denn schon tauchte in dem Gewirr von Springwasser der Mauerring auf, der den Innenhof umschloss.

Silbriges Feuerwerk zischte Lia entgegen.

Sie sauste kopfüber in dieses Spektakel hinein.

Ihre anliegenden Flügel veränderten den Winkel und bremsten dadurch den Sturzflug von Kometengeschwindigkeit auf Sanfte-Brise-Tempo ab. Lia verlagerte den Körperschwerpunkt, wie Frau Flatterfein es ihnen beigebracht hatte, und kam in eine aufrechte Haltung. Leicht wie eine Feder setzte sie auf dem steinigen Grund des Innenhofs auf, während sich ihr Kleidersaum wieder löste. Sie wurde mit Applaus spendendem Gesumme der beiden Jungen begrüßt.

Das Feuerwerk war vorbei, nur der Rauch stand noch in der Luft.

»Was für ein Startflug!« Dorient kam durch den Qualm auf Lia zu und nahm sie in den Arm. »Das war besser als der berühmte Mondflug unseres Ururgroßvaters, Razar Sturmgold der Unhaltbare. Ich habe vor lauter Begeisterung sogar Lofi einen Knutscher auf die Wange gedrückt.«

Lofi tauchte auf und rieb sich die besagte Wange. »Dein Bruder ist völlig gaga. Man sollte meinen, dass Luftelfen fliegen, weil es ihrer Natur entspricht. Stattdessen macht ihr zwei so ein knallfroschiges Buhei um die Flatterei.«

Lia nahm den Feuerelf in den Arm und drückte ihm ein Küsschen auf die andere Wange. »Danke für den Feuerwerks-Wegweiser, ohne deine Hilfe wäre ich auf dem Rückflug vermutlich an irgendeinem Ast hängen geblieben, von dem mich die Floraflüsterer hätten befreien müssen.«

Trotz des dichten Qualms war deutlich zu erkennen, dass Lofi rot anlief. »Gern geschehen«, nuschelte er.

Dorient war immer noch ganz aus dem Häuschen. »Und, wie fühlt man sich, nachdem man einen Startflug-Rekord für die Bergkristall-Liga aufgestellt hat?«

Lia dachte nach. »Zittrig mit Gummiknien. Aber jetzt vergesst mal den Flug, ihr werdet nicht glauben, was ich von dort oben aus beobachtet habe: Jemand hat ein riesiges Monster beschworen, das sich aus dem Fluss erhoben hat. Es war ein Riese ganz aus Wasser.«

Lofi blinzelte aufgeregt. »Das klingt nach einem mächtigen Elemente-Zauber, wie ihn nur jemand aus dem Volk der Wasserelfen hinbekommen könnte.«

»Und auf der Hand des Riesen saß eine Gestalt. Vielleicht ein Elf, vielleicht auch ein anderes Wesen.« Dass Serafina mit von der Partie gewesen war, behielt Lia erst einmal für sich. »Und dann hat sich der Riese wieder zu Wasser aufgelöst und hat auch die Gestalt in seiner Hand in die Fluten mitgenommen, als wenn er ihr Transportmittel sei. Habt ihr schon mal gehört, dass jemand mit Wasserriesen reist?«

Die beiden Jungen schüttelten ratlos den Kopf.

»Es wäre mir neu, dass das Wasservolk der Flüsse, Seen und kleinen Gewässer zu einer solchen Kunst imstande ist, obwohl ich mich bereits ausführlich mit diesem Thema beschäftigt habe«, sagte Lofi, der Feuerelf, für den Blau die schönste aller Farben war. »Über die Kunst der Meereselfen weiß man nicht allzu viel, sie machen gern ein Geheimnis aus allem. Deshalb sind sie auch so unbeliebt, man unterstellt ihnen den Gebrauch unheimlicher Künste. Serafina ist die erste Undine seit Jahren, die zum Lernen nach Springwasser gekommen ist. Was ich übrigens ganz famos finde, nur so nebenbei erwähnt.« Schnell schlug er die Hände über dem Kopf zusammen, bevor seine Haare mal wieder Feuer fingen.

»Du kannst doch Serafina nach dem Wasserriesen fragen«, schlug Dorient vor. »Aber jetzt sollten wir zusehen, dass wir ins Bett kommen. Morgen Früh habe ich als erstes Fach Alchemie – und ich muss vorher noch die Hausaufgaben bei jemandem abschreiben, für den diese Formeln über das Zusammenkochen von ›Dreierlei Festem mit einem Hauch Äthermagie‹ kein Buch mit sieben Siegeln sind.«

11.

Im jadegrünen Badesalon

Ein Jetztpicker ist ein kleiner hölzerner Vogel, so etwas Ähnliches wie ein Wecker aus der Menschenwelt. Nachdem man eine Beschwörungsformel gesagt hat, nennt man dem Holzvögelchen die Uhrzeit, um die man geweckt werden möchte. Wenn es dann so weit ist, erwacht der Jetztpicker, dem die Alchemisten von Springwasser extra für diese Aufgabe Leben eingehaucht haben. Völlig egal, wo man sich zum angegebenen Zeitpunkt befindet, der Jetztpicker kommt angeflogen und zwitschert. Klingt niedlich – und das ist es auch, wenn das Vögelchen einen mit seinem Gesang beglückt, während man Wortzauberkunde trainiert und daran erinnert wird, dass jetzt Training mit Ludmilla im Knotenmachen auf dem Plan steht. Es sieht jedoch ganz anders aus, wenn man den Jetztpicker nach einer aufregenden Nacht, in der man einen neuen Höhenrekord im Startflug hingelegt hat, auf Morgengrauen eingestellt hat.

Als der Jetztpicker an Lias Ohr zu zwitschern begann, lag die Nachtflugwabe noch im Dämmerlicht und ansonsten war nur Merlas und Blos abwechselndes Schnorcheln zu hören.

»Vielen Dank, du kannst jetzt abzwitschern«, murmelte Lia dem fliegenden Wecker zu und zog sich das Kissen über den Kopf.

Sie war noch im Halbschlaf und darüber hinaus war dic Nacht viel zu kurz gewesen. Ansonsten wäre ihr ein solcher Fehler bestimmt nicht unterlaufen. Jeder weiß, dass man Jetztpicker nur mit einer Beschwörungsformel an- und entsprechend auch wieder abschalten kann. Solange man das nicht tut, überprüft der Jetztpicker, ob man auch wirklich wach ist.

»Hey!«, jammerte Lia, als ihr das Kissen vom Kopf gerupft wurde.

Sie versuchte, die Bettdecke wenigstens über die Augen zu ziehen. Doch bevor sie darunter verschwinden konnte, wurde sie an den Haaren gezogen – und zwar richtig doll.

Wild um sich schlagend schimpfte Lia los: »Wer war das? Jetzt hat sich die verflixte Tiara verheddert.«

Als Antwort ertönte ein so lautes Zwitschern, dass Lia hochschoss und gegen den silbernen Baldachin ihres Himmelbettes stieß. Inzwischen deutlich wacher, plumpste sie auf die Matratze zurück, wo ein flatternder Jetztpicker sie bereits erwartete. Obwohl es bei einem Holzvögelchen keine Mimik geben sollte, sah dieses Exemplar eindeutig genervt aus. So wie Lias Mutter am Sonntagmorgen, wenn sie wandern gehen wollten, Lia aber nicht aus dem Bett zu bekommen war.

»Ich bin superwach«, garantierte Lia dem vor ihrem Gesicht flatternden Jetztpicker. So wach dann aber auch wieder nicht, ihr fiel nämlich die Abstellformel nicht ein. »Verblasse-nue-Chronos?«, versuchte sie es.

Die Flügel des Jetztpickers flatterten immer hektischer. Oje, wie würde wohl das dazu passende Gezwitscher ausfallen?

»Nix-schlaferandus? Auch nicht? Dann vielleicht Wachonikus, Wachonikus!?«

Der Holzvogel öffnete seinen Schnabel.

In diesem Moment schoss eine grüne Liane aus dem Bettzeug hervor und schlang sind um den Jetztpicker. Blätter raschelten und verwandelten sich in eine biologisch abbaubare Vogelverpackung aus Efeuranke. Dadurch wurde das Gezwischer des Weckers, das vermutlich die Fensterscheiben zum Wackeln gebracht hätte, im Keim erstickt.

»Danke, Ludmilla«, sagte Lia zu ihrem Plantling. »Das war Rettung in letzter Sekunde. Am besten stecken wir den Krachschläger in die Truhe, bis ich die Abstellformel nachgeschaut habe.«

Ganz eingespieltes Team, hob Lia den Deckel ihrer Truhe, in der trotz ihrer Handlichkeit ganze Schrankladungen mit Krempel untergebracht werden konnten. Ludmilla stopfte den Jetztpicker hinein und zog ihre Blätterranke so schnell weg, dass Lia den Deckel vor dem ersten Alarmton des Holzvogels verschlossen hatte.

Blo linste benebelt über den Rand ihrer Hängematte. »Schonaufschehendingsda?«, fragte sie.

Lia schüttelte den Kopf. »Du kannst weiterdösen, ich wollte bloß ein bisschen früher aufstehen.« Um ein ernstes Wörtchen mit Serafina unter vier Augen zu sprechen, fügte sie in Gedanken hinzu.

Automatisch sah Lia zu dem blauen Himmelbett hinüber, in dem leider keine Serafina lag. Das Bett war bereits gemacht. Möglicherweise war die Undine nach ihrem Treffen mit dem Wasserriesen und seinem geheimnisvollen Begleiter auch gar nicht aufs Zimmer zurückgekehrt. Jedenfalls hatte Lia Serafina nicht gesehen, nachdem sie sich letzte Nacht von den beiden Jungs verabschiedet hatte und auf Zehenspitzen in die Nachtflugwabe geschlichen war. Lia hatte gewartet, bis ihr die Augen zugefallen waren. Ob die Undine dann überhaupt noch aufgetaucht war, konnte sie also nicht mit Sicherheit sagen.

»Schöner Grottenschnodder«, schimpfte Lia leise. Dann musste sie Serafina halt suchen!

Lia beschloss, ihre Suche am Lieblingsort der Undine zu starten, dem jadegrünen Badesalon für junge Elfendamen, wie es in grün schillernder Schnörkelschrift über der Tür stand (der azurne Salon für junge Elfenherren war seinem Namen nach vermutlich in Azurblau gehalten und die Elfenmädchen aus der Nachtflugwabe hatten sich fest vorgenommen herauszufinden, ob es auch stimmte. Bislang hatten sie jedoch keinen Weg gefunden, an der überaus wachsamen Hausmutter Frau Boskoop vorbeizukommen. Die kugelrunde Apfelelfe hatte einen Extrasinn für überneugierige Elfenkinder.)

Schnell zog Lia sich einen Morgenmantel über ihren Pyjama und klemmte sich ihren Kleiderschrank, der nicht größer als eine Schatulle war, unter den Arm. Auf dem Weg zum Badesalon war schon ordentlich was los. Offenbar schätzten mehr Elfen als gedacht ein ausgiebiges Morgenbad, anstatt sich im Bett noch einmal umzudrehen. Lia nickte bloß flüchtig, denn sie war mit den Gedanken bereits bei Serafina. Je länger sie darüber nachdachte, desto mehr Sorgen machte sie sich um ihre Freundin. Warum war Serafina, ohne einer ihrer Freundinnen Bescheid zu geben, ins Tal gewandert, um dort einen Wasserriesen und eine geheimnisvolle Gestalt zu treffen?

Was hatte das alles zu bedeuten?

Vor dem Badesalon hatte sich bereits eine Traube aus Elfenmädchen in Morgenmänteln gebildet.

Lia drängelte sich vor mit der Entschuldigung »Ich drängle mich nicht vor, will nur schnell was checken« durch, was für aufgeregtes Tuscheln sorgte. Sollten sie es auf ihr Prinzessinnen-Konto schreiben, sie hatte gerade andere Sorgen.

Der Badesalon war ein ovaler Saal, dessen Wand an der Stirnseite mit unterschiedlich großen Lotusblüten aus Jade geschmückt war. Aus einigen dieser Blüten kam ein Wasserstrahl, aus anderen rieselte es nur und aus wieder anderen quoll duftender Nebel. Im Boden waren Becken in Blütenkelchform eingelassen, aber es gab auch Wannen, die an Blätter erinnerten. In manchen blubberte Lava für die Feuerelfen, und andere waren randvoll mit Schlingpflanzen gefüllt. Lia liebte die Wasserbecken, in deren Mitte ein Winz-Mahlstrom für einen kräftigen Strudel sorgte. Nach einem anstrengenden Flugtraining gab es nichts Besseres!

Serafinas Favorit war ein Becken, in das sich regelmäßig ein mächtiger Schwall Wasser ergoss. Vermutlich erinnerte sie dieser Klatscher an den Wellengang auf offener See. Nur hockte die Undine heute Morgen nicht wie sonst mit einem breiten Lächeln in ihrem Lieblingsbecken. Nein, heute stand Serafina mitten im Badesalon auf trockenem Grund in ihrem erstaunlicherweise komplett trockenen Nachthemd. Normalerweise hopste sie sofort in das nächste freie Becken und tauchte erst mal unter – mit Nachthemd und auf die Stirn geschobener Schlafmaske, ohne die es ihr sonst zu hell zum Schlafen war. Bis auf den tiefen Meeresgrund schaffte es angeblich kein Lichtstrahl, während in der Wabe immer irgendwas glimmte, leuchtete oder sich in Miniblitzen entlud, weil Lia einen wilden Traum hatte. Um Serafina herum standen Elfenmädchen mit Badebürsten, Schwämmen und allerlei Flakons in den Händen, die jedoch nicht nach Badespaß, sondern irgendwie gefährlich aussahen. Das lag wohl an ihren durchweg mürrischen Mienen und den finsteren Blicken, mit denen sie die Undine in ihrem Kreis bedachten.

Die Ellbogen einsetzend, zwängte Lia sich durch die Reihen. »Guten Morgen, alle miteinander«, verkündete sie lautstark. »Dürfte ich mir mal kurz meine Freundin ausleihen? Danke.«

Bevor jemand reagierten konnte, hatte Lia sich Serafina geschnappt und zog sie mit sich zum Ausgang. Die Morgentoilette musste warten, hier stimmte was nicht.

Hinter ihnen flüsterten die Elfenmädchen aufgeregt. »Es ist ihre Schuld«, war zu hören. Und: »Typisch Undine, nichts als Wasserfluten zwischen den Ohren.« Oder auch: »Sie war es auf jeden Fall, da kann sie noch so unschuldig tun.«

Lia beschleunigte in den Luftelfensauseschritt, wobei sie Serafinas Quicken überhörte. Die Undine war nicht gerade die Fixeste auf trockenem Grund, aber sie mussten hier weg, und zwar schnell. Als eine Kammer auftauchte, in der Frau Boskoop ihr Bettzeuglager hatte, quetschte Lia sich mit ihrer Freundin rein.

»Das war ja voll unheimlich, wie die dich eben im Badesalon alle angestarrt haben«, brach es aus Lia heraus. »Was war denn los? Hast du wieder mit Wasser rumgespritzt? Das mögen nicht alle, falls dir das noch nicht aufgefallen sein sollte.«

Serafina war ganz blass. »Bei Arielles Flosse, ich habe nichts gemacht. Gar nichts. Nicht mal rumgespritzt, obwohl das einige eben doch lustig finden. Es ging, kaum dass ich unsere Wabe verlassen habe, schon auf dem Flur los mit dem Mustern und Wispern … und dann wurde es immer schlimmer. Wie die mich eingekesselt haben … Ich bin so froh, dass du aufgetaucht bist.« Sie umarmte Lia und hielt sie fest.

Lia drückte kräftig zurück. Serafina tat ihr leid, denn wenn die sonst so selbstbewusste Undine sich erschreckte, dann musste es wirklich übel sein. Zu gern wollte Lia ihre Freundin einfach nur trösten, aber nach dem, was im Badesalon passiert war, musste sie ihr einige Fragen stellen.

»Könnte es mit deinem gestrigen Ausflug an den Fluss zu tun haben?«

Serafina versteifte sich in Lias Umarmung. »Du weißt darüber Bescheid? Ich hatte mir doch so Mühe gegeben, dass niemand etwas mitbekommt.«

Lia seufzte, dann setzte sie sich auf eine Wäschetruhe und bedeutete Serafina, sich neben sie zu setzen. Mit ineinander verknoteten Fingern setzte sich die Undine. Dann erzählte Lia ihr, dass sie nachts bei ihrem unvorhergesehenen Himmelszeltbesuch beobachtet hatte, wie sich Serafina mit dem Begleiter des Wasserriesen unterhalten hatte.

»Um was ging es bei diesem Besuch, Serafina? Hat es etwas damit zu tun, dass du in der letzten Zeit so …« Lia suchte nach einem Wort, das nicht unausstehlich oder scharfzüngig lautete. »… so unausgeglichen warst?«

Serafina ließ ihr langes schwarzes Haar wie einen Vorhang über ihr Gesicht fallen. Doch ihre hängenden Schultern verrieten auch so, wie bedrückt sie war. »Ich würde dir wirklich zu gerne alles erklären, Lia. So, wie man das unter echten Freundinnen macht. Mir wäre auch unendlich viel leichter ums Herz, wenn ich dich ins Vertrauen ziehen könnte, aber ich kann nicht. Ich darf es einfach nicht. Alles, was ich dir mitteilen kann, ist, dass ich den Wasserriesen weggeschickt habe und hoffe, dass er nicht wiederkommt.«

Zuerst wollte Lia nachhaken, aber als ein leises Schluchzen aus Serafinas Haarmähne drang, schluckte sie ihre Fragen runter.

Schweigend schlüpften die beiden Elfenmädchen in ihre Schulkleidung. Glücklicherweise hatte Serafina ihre über dem Arm getragen, während Lias Uniform in ihrem tragbaren Kleiderschrank steckte. Darin ließen sie ihre Schlafsachen verschwinden und halfen sich danach gegenseitig mit ihren Haaren, was besonders bei Serafinas endlosen glänzenden Zöpfen eine Herausforderung war.

»Ich finde es zwar albern, aber wir sollten auf dem Weg zum Speisesaal besser in den Indianermodus schalten«, schlug Lia vor.

»Indianer?«, fragte Serafina verwirrt nach.

Lia hätte sich am liebsten gegen die Stirn geschlagen. Natürlich kannte niemand in Andersreich Indianer, außer wahrscheinlich Asalia, die nach allem verrückt war, was mit der Menschenwelt zu tun hatte. Solche Fehler brachten Lia immer wieder in Gefahr, als Mensch enttarnt zu werden.

Zwar wusste sie nicht, was in Springwasser mit Menschen passierte, aber im Unterrichtsfach Glorreiche Andersreich-Historie war die Rede von Kerkerportalen, in denen unliebsame Eindringlinge entsorgt worden waren. Kurz gesagt: Sie wollte um keinen Preis herausfinden, was ihr bei einer Entlarvung blühen würde.

»Ach so, Indianermodus ist so eine Losung zwischen mir und Dorient, wenn wir durch den Glaspalast schleichen wollen, ohne entdeckt zu werden«, flunkerte Lia.

Glücklicherweise nickte Serafina, anstatt nachzuhaken, wie es sonst ihre Art war. Dann griff sie nach Lias Hand, was verriet, dass sie immer noch Unterstützung brauchte. Lia kam der Verdacht, dass Serafina nicht bloß wegen der Badesalon-Sache verstört war. War es möglich, dass die Undine seit ihrer Rückkehr aus dem Tal etwas von der Rolle war? Sobald sich die Gelegenheit ergab, musste Lia unbedingt mehr über das Treffen, das sie beobachtet hatte, herausfinden. Aber jetzt brauchten sie erst einmal was in den Magen – und ihre beiden anderen Freundinnen, um sich mit ihnen zu beratschlagen.

12.

Undine zum Frühstück

Der Speisesaal war bereits gut besucht, als Lia und Serafina eintrafen. Sie reihten sich so unauffällig wie möglich in die Schlange ein, was für die Prinzessin der Himmelsreiche mit ihrer gut sichtbaren Tiara und die einzige Undine von ganz Springwasser nicht so leicht war.

Deshalb hielten die beiden Mädchen die Köpfe unten und unterhielten sich flüsternd über ihre Plantlinge, die sie am Nachmittag in der Blauen Stunde gemeinsam wässern wollten. Obwohl Ludmilla eine Efeuranke war, machte sie jedes Mal beim Wässern einen Heidenaufstand und versuchte, sich im Blumenbeet zu verstecken, weil sie keine nassen Wurzeln bekommen wollte. Für Serafinas Plantling, die Alge Aurus, war es hingegen die reinste Party. Da die Alge aus dem Meer stammte, vertrug sie am besten Salzwasser. Botanicus Shokubutsu hatte extra Salze zusammengestellt, damit Aurus auch im Süßwasser von Springwasser planschen konnte. Wenn sie Glück hatten, gesellte sich noch Blo mit ihrem Donnerkeil dazu, der gern untertauchte, wenn Aurus um ihn rumschwamm. Merla, die zwar selbst keinen Plantling hatte, aber ein echter Fan war, arbeitete gerade einen Übungsplan für die zwei Plantlinge aus, nach dem Aurus genug Sauerstoff unter Donnerkeil pusten sollte, damit der Lebende Stein durchs Wasser gleiten konnte.

Das Thema war so spannend, dass Lia und Serafina das Getuschel und die unfreundlichen Blicke ihrer Mitschüler nicht mitbekamen. Jedenfalls bis sie den Speisesaal betraten.

Was soll denn das?!, dachte Lia, als ihre Flügel sich plötzlich entfalten wollten. Das machten sie außerhalb des Flugunterrichts nur, wenn Stress anstand. Dann wollte sich die Luftelfe in Lia instinktiv in höhere und sicherere Sphären begeben.

Neben ihr erstarrte Serafina zur Salzsäule.

»Äh …«, nuschelte Lia. »Hab ich was verpasst?«

Für einen winzigen Moment glaubte Lia, dass eine der unsichtbaren Ätherelfen, die Springwasser immer wieder mal einen Besuch abstatteten, einen Magischen Moment erschaffen und alle Schüler versteinert hatte. Allerdings starrten alle mit finsterer Miene zu ihnen herüber. Dann brach das große Getuschel aus und einige zeigten sogar ganz ungeniert mit dem Finger auf Serafina. Die Stimmung hatte etwas von einer aufziehenden Sturmfront. Nur vom Tisch der Nachtschattenwabe blickten zwei freundliche Gesichter zu ihnen herüber. Wobei Merlas Bronzeaugen nervös blinzelten, während Blo betont lässig ihren Rosendorndolch in der Hand wiegte. Leider waren Dorients und Lofis Plätze unbesetzt, weil die beiden Elfenjungen bestimmt noch schnell ihre Hausaufgaben abschreiben mussten. Lia hätte jetzt einiges darum gegeben, ihren großen Bruder mit dem forschen Grinsen an ihrer Seite zu haben.

Der Gang zu ihrem Tisch kam Lia endlos vor, und als sie endlich angekommen waren, plumpste sie auf ihren Stuhl, als habe sie einen ganzen Satz Doppelloopings absolviert.

»Diese Blicke waren ja voll unheimlich«, flüsterte Merla. »Und dann dieses Gewispere … unter meinem Pelz habe ich voll die Gänsehaut. Was ist denn bloß los?«

»Wenn ich mich nicht irre, haben die nur Serafina angestarrt«, sagte Blo. »Als ich zum Speisesaal geflogen bin, habe ich ein paar geflüsterte Brocken aufgeschnappt, auf die ich mir bis eben keinen Reim machen konnte. Scheinbar ist in der letzten Nacht das Tal überflutet worden, nachdem jemand einen Wasserriesen beschworen hat. Da muss man nach Meinung unserer Mitschüler nur eins und eins zusammenzählen: Zu so einem starken Wasserzauber sind bestimmt nur Meereselfen in der Lage, für alle anderen Völker des Wasserreiches ist das viel zu anspruchsvoll. Und da es in Springwasser nur eine Meereselfe gibt, starren heute Morgen alle Serafina an.«

»So ein Unsinn«, regte sich Merla auf. »Ich bin als Erdelfe nun wirklich keine Spezialistin für Meeresmagie, aber ich kann mir auch so denken, dass es für einen so hochkomplexen Zauber wie die Beschwörung eines Wasserriesens einen Magnus-Magica-Abschluss an der Universität von Andersreich braucht. Wir aus der Bergkristall-Liga können uns so viel in Form gebrachte Macht nicht mal vorstellen.«

»Oder man ist in den geheimen Künsten des Meeresvolkes bewandert, über das man an Land so gut wie gar nichts weiß«, fügte Serafina hinzu.

Ihre drei Freundinnen starrten sie an.

Blo fand ihre Sprache als Erste wieder. »Das solltest du besser nicht laut sagen, sonst lassen sie dich demnächst draußen vor den Toren von Springwasser frühstücken, bewacht von der Birkengarde. Die Überflutung des Tals ist eine schlimme Sache, auch wenn die Wiesen und Gemüsebeete das Wasser jetzt im Frühjahr gut gebrauchen können. Aber es macht vielen Elfen Angst. Das Meeresreich erfreut sich keiner großen Beliebtheit, weil es so geheimnisvoll und mächtig ist.«

»Aber Serafina hat mit dieser Überflutung doch überhaupt nichts zu tun«, verteidigte Merla die Undine und griff gleichzeitig nach deren Hand. »Ist doch so, nicht wahr? Sag es dieser misstrauischen Pixie.«

Serafina drückte die Hand ihrer Freundin, sagte aber nichts.

Auch Lia saß ganz still am Tisch und ging in Gedanken noch mal die Ereignisse der letzten Nacht durch. Es kribbelte sie, ihren Freundinnen jetzt auf der Stelle zu erzählen, was sie gesehen hatte.

So weit kam es jedoch nicht.

Während Lia noch grübelte, trat der Zeremonienmeister an ihren Tisch. Würdevoll strich er über seinen safrangelben Umhang (dienstags war bei ihm Safrangelb-Tag) und klackte dann zweimal mit seinem Stab auf den Boden.

»Undine Serafina Blauglanz, du wirst von der Schulleitung erwartet.«

Blo stieß einen Pixiefluch aus, der etwas mit den Hinterlassenschaften von Blattläusen zu tun hatte, und Merla stöhnte entsetzt auf. Lia saß bloß still da und dachte im Rekordtempo nach.

»Draußen vor der Tür«, fuhr der Zeremonienmeister würdevoll fort, »wartet ein Kobold auf dich, der dich mit der Stängelpost zu Madame Nachtalbe bringen wird. Und wenn ich dich um Beeilung bitten dürfte? Nicht, dass dieser Kobold noch auf die Idee kommt, sich den Speisesaal anzuschauen … und anschließend die Hälfte des Silberbestecks fehlt.«

»Darf ich sie bitte begleiten?«, fragte Lia.

Der Zeremonienmeister schüttelte den Kopf. »Nein, aber Ihr dürft hübsch brav Euer Frühstück aufessen, Eure Hoheit.«

Lia richtete sich auf und versuchte so hoheitlich wie möglich auszusehen. »Und wenn ich darauf bestehe, meine Freundin zu begleiten?«

»Das wäre gewiss eine interessante Unterhaltung, die wir beide dann führen würden. Nur bringen würde es Euch auch nichts«, sagte der Zeremonienmeister. »Es gibt nur einen Passierschein für die Stängelpost mit Endstation Madame Mab Nachtalbes berühmtem Verborgenen Salon. Wenn Ihr also den Weg zu dieser geheimen Örtlichkeit nicht kennt, würde ich vorschlagen, dass Ihr einen Bissen vom Bora-Bora-Brei probiert. Euer ehrenwerter Bruder ist stets ganz verrückt danach, aber ich wäre Euch dankbar, wenn Ihr nach dem Genuss auf sein typisches Rülpskonzert verzichten könntet.«

Lia war noch nicht bereit aufzugeben. »Dann spreche ich ein ernsthaftes Wörtchen mit dem Kobold von der Stängelpost, damit er mich mitnimmt. Er weiß bestimmt, wie man eine Prinzessin zu behandeln hat.« Und falls nicht, besteche ich ihn mit ein paar von deinen ach so glänzenden Silberlöffeln, fügte Lia in Gedanken hinzu.

»Lass gut sein«, nahm Serafina ihr den Wind aus den Segeln. »Es ist lieb, dass du mich begleiten willst, aber das ist nicht nötig. Ich komme alleine klar.«

»Das musst du aber nicht«, sagte Lia.

Doch Serafina war bereits aufgestanden und folgte dem Zeremonienmeister zur Tür.

Falls die Undine das Getuschel ihrer Mitschüler hörte, ließ sie es sich nicht anmerken. Serafina schritt so anmutig durch den Saal, als säße auf ihrem Kopf eine Krone, die sie vor allen Anfeindungen schützte.

»Alles wird gut«, sagte Merla, obwohl ihre Stimme zitterte. »Madame Mab Nachtalbe ist eine der klügsten Elfen in ganz Andersreich. Sie wird wissen, dass Serafina unmöglich einen Wasserriesen beschworen haben kann, und sie wird diese üblen Unterstellungen geraderücken.«

Hoffentlich, dachte Lia. Hoffentlich hat Serafina wirklich nichts mit der Überflutung des Tals zu tun. »Wir sind doch eine Einheit, richtig?«, fragte Lia.

»Aber so was von!« Blo haute ihren Rosendorndolch auf den Tisch.

»Natürlich sind wir das.« Merla nickt eifrig. »Wir vier gehören zusammen, der Mondschein hat es besiegelt.«

»Ich muss euch etwas sagen«, sagte Lia. »Ich habe gestern einiges gesehen. Nur bin ich mir nicht ganz sicher, was genau ich da beobachtet habe. Eigentlich wollte ich es Serafina überlassen, euch davon zu erzählen. Aber nachdem sie jetzt

Madame Nachtalbe aufsuchen muss …« Sie holte tief Luft, dann berichtete sie ihren Freundinnen von der geheimnisvollen Nachricht im Waschbecken und dem Wasserriesen mit seinem Begleiter, dem Serafina eine Standpauke gehalten hatte. »Ich weiß nicht, was das alles zu bedeuten hat«, schloss Lia. »Ich weiß nur, dass Serafina in Schwierigkeiten steckt. Und wenn ich mich nicht irre, tut sie das schon länger. Ihre Laune war zuletzt ja kaum noch auszuhalten.«

»Ich habe mir auch schon Sorgen gemacht«, gab Merla zu. »Serafina mag ein Temperament wie das schäumende Meer haben, aber sie versteckt hinter ihrer scharfen Zunge doch nur, dass sie unglücklich ist. Allein, wie sie Aurus manchmal anschaut … Als wäre ihr Plantling alles, was ihr von ihrer Heimat geblieben ist.«

»Egal, was passiert ist, Serafina ist auf keinen Fall schuld an der Überschwemmung im Tal. Dafür gibt es ganz bestimmt eine Erklärung«, sagte Blo im Brustton der Überzeugung. »Und falls sie doch in Schwierigkeiten stecken sollte, dann helfen wir ihr, das ist doch Ehrensache.«

Obwohl Lias Nerven zum Zerreißen angespannt waren, lächelte sie. Auf ihre Freundinnen war Verlass – gemeinsam würden sie hinter Serafina stehen.

13.

Morphologie

Die erste Unterrichtsstunde des Tages fing für Lia mit Spannung pur an, denn Serafina war bis zum Ende des Frühstücks nicht in den Speisesaal zurückgekehrt. Dabei drohte sie normalerweise in Morphologie Elfonica eher einzuschlafen, auch wenn das Fach im Grunde genommen ziemlich spannend war: Es ging um Formkunde, also darum, welche Erscheinungsformen etwas hatte und wie man sie verwandeln konnte. Große Könner des Fachs formten aus Äther Regenbogenbrücken und zwielichtige Händler machten aus Schnecken hübsche Schuhe – wobei der Zauber schon bald verflog und der gelinkte Elf in einem Haufen Schleim stand.

Lia hatte das Fach Morphologie Elfonica belegt, weil auch der Körpertauschzauber, mit dem Asalia sie unbeabsichtigt in eine Luftelfe verwandelt hatte, in diesen Bereich gehörte. Eigentlich hatte die Prinzessin lediglich eine Kopie von Lias Körper ziehen wollen, um diese dann wie eine Verkleidung über ihr Äußeres zu legen. In ihrem unnachahmlichen Asalia-Stil hatte sie es jedoch nicht für nötig befunden, das ganze morphologische Rezept durchzulesen, sondern hatte einfach lustig drauflosgezaubert. Mit dem Ergebnis, dass Lia jetzt in Springwasser die Schulbank drückte und dringend etwas über Körpertausch lernen wollte, damit bei der Rückverwandlung bloß nichts schiefging.

Es gab leider nur einen Haken an der ganzen Sache: ihre Lehrerin Miss Pummykin.

Miss Pummykin hatte die Figur eines Kürbis, den jemand in Unmengen rosa und weißem Fondant gewälzt und dann mit Glitter bestäubt hatte. Das Glitzerzeug puffte ihr bei jeder Bewegung aus den Falten ihres Gewands, sodass in der ersten Reihe ständiges Husten und Augenreiben angesagt war. Eine Herausforderung war auch Miss Pummykins extrem hohe Piepsstimme, mit der sie ausgiebig über die morphologische Theorie trällerte. Diese Lehrerin redete so gern über Theorie und die Geschichte der Theorie, dass sie bislang noch nicht einen morphologischen Versuch unternommen hatten. Sogar Merla, die neben Lia saß und ansonsten für jedes x-beliebige Schulfach zu begeistern war, kämpfte gegen die Langeweile an. Es war auch besser, sich nicht beim Gähnen erwischen zu lassen. So kugelrund und zuckersüß Miss Pummykin wirken mochte, wenn sie jemanden beim Eindösen erwischte, verwandelte sie sich ruckzuck in eine kreischende Furie, deren eben noch kürbisartiger Körper sich in die Höhe schraubte, bis man ihre Taille mit den Händen umfassen konnte. Nicht, dass das jemand vorhatte. In diesem Zustand sah Miss Pummykin aus, als könnte sie in guter alter Schlangenmanier freche Elfenkinder fressen. Jedenfalls wusste jede noch so große Schnarchnase nach dieser Demonstration, dass Miss Pummykin ein Ass in Morphologie war und man ihr besser aufmerksam zuhörte.

Auf der anderen Seite von Lia saß ein kleinerer Elfenjunge namens Bim, der bis zu den Hüften in einem plüschigen braunen Sack steckte. Da Bim über zwei Armpaare verfügte, schrieb er immer in doppelter Ausführung Miss Pummykins endlose Ergüsse über die Entstehung der außergewöhnlichen Vierblattform von Klee oder der Bedeutung des Wortes Form mit. Freundlich reichte er immer eine Ausgabe an Lia, die ihm zum Dank bunte Origami-Schmetterlinge schenkte, von denen er offenbar nicht genug bekommen konnte.

Heute fiel es Lia besonders schwer, sich auf Miss Pummykin zu konzentrieren. In ihrer Fantasie überwachte die Birkengarde bereits Serafina beim Packen, um sie dann schnurstracks in Richtung Meer abzuschieben.

Bevor Lia wusste, was sie tat, hob sie den Arm. »Entschuldigen Sie, Miss Pummykin.«

Die Morphologie-Lehrerin redete noch einen Moment weiter, sichtlich irritiert darüber, eine andere als ihre eigene Stimme zu hören. »Prinzessin Asalia, möchtet Ihr meinem Vortrag etwas hinzufügen?« Es lag eine gewisse Schärfe in ihrer Frage.

Lia schluckte. »Ich wüsste wirklich nicht, was man Ihren Ausführungen hinzufügen könnte, so erschöpfend, wie sie sind, liebe Miss Pummykin. Mir ist nur gerade eingefallen, dass ich mich heute Morgen nicht um meine Quartals-Aufgabe gekümmert habe.«

Zu Beginn des Kurses hatte Miss Pummykin ihnen einen Langzeitversuch aufgeben, der genauso langweilig war wie ihr Unterricht. Jeder der Schüler hatte einen Napf mit Anti-Morph-Schleim bekommen und musste diesen nun nach einem pingeligen Zeitplan mit irgendwelchem Zeug, wie Brötchenkrümel, welke Blätter oder abgeschnittene Fußnägel, füttern. Egal, was man in den Anti-Morph-Schleim hineingab, es löste sich auf. Und das musste dann protokoliert werden. Gähn. Mit Gähn war allerdings Schluss, wenn man den Schleim zu füttern vergaß.

Genau daran dachte zweifelsohne auch Miss Pummykin, denn sie wurde kreidebleich. »Ihr habt den Anti-Morpher nicht gefüttert? Obwohl ich lang und breit erläutert habe, was in einem solchen Fall geschieht?«

»In einem solchen Fall entformatisiert der Schleim sein Näpfchen«, zitierte Lia aus dem Gedächtnis.

»Und dann?«, piepste Miss Pummykin schrill.

»Und dann entformatisiert er alles, womit er in Kontakt kommt, wobei er sein Volumen enorm schnell vergrößert. Ich hoffe, meine Wabe hat sich noch nicht in einen monströsen Schleimbolzen verwandelt.«

In diesem Moment explodierte Miss Pummykins zu ihrer vollen Größe und ließ ein gepflegtes Donnerwetter auf Lia niedergehen, während der verängstigte Bim seinen braunen Plüschsack bis unter die Augen zog und Merla sich unterm Tisch versteckte. Lia entschuldigte sich mehrmals auf dem Weg zur Tür, doch sobald sie das Unterrichtszimmer verlassen hatte, grinste sie. Ihr Anti-Morph-Schleim hatte sich gestern Abend an einem welken Blatt von Ludmilla und einem zerlaufenen Geleetaler aus Lias Schultasche gütlich getan. Bis zum Mittag würde er satt und grundzufrieden vor sich hin blubbern.

Im Sauseschritt flitzte Lia zur Nachtflugwabe, bereit, alles zu tun, um ihre Freundin Serafina vor einem Rausschmiss zu bewahren.

Zu ihrer Enttäuschung war die Wabe leer. Doch Serafinas Hab und Gut befand sich in ihrer muschelbesetzten Truhe. Die Undine konnte sich also weder abgesetzt haben noch war sie rausgeschmissen worden.

Das ist gut, entschied Lia. Das bedeutete dann wohl, dass Serafina noch bei Madame Mab Nachtalbe war.

Da Lia nun aber schon mal vor Ort war, konnte sie ja wenigstens überprüfen, ob alle Spuren der geheimnisvollen Nachricht, die sie im Handwaschbecken gefunden hatte, wirklich weg waren.

Lia schaute in die Schale, in der daumenhoch Wasser stand.

Plötzlich durchzogen konzentrische Ringe das Wasser, als sei ein kleiner Stein in die Mitte des Beckens gefallen.

Verdutzt beugte sich Lia dichter darüber – und ein Elfenjunge mit goldenem Haar, einer hellen, silbern schimmernden Haut und Augen so tiefblau wie das Meer schaute zurück. Seine Stirn zierte ein Diadem mit wasserfarbenen Edelsteinen.

Während Lia erstarrte, musterte sie der Elfenjunge nachdenklich. Dann bewegten sich seine Lippen: »Sei gegrüßt, Elfe der über Wasser liegenden Reiche. Ist Serafina da? Ich muss sie unbedingt sprechen.«

Endlich kam wieder Leben in Lias Körper und sie torkelte einige Schritte zurück, bis sie gegen Merlas Bettpfosten stieß und sich den Hinterkopf anschlug. Die Beule kümmerte sie jedoch nicht. Sie war viel zu sehr damit beschäftigt zu verstehen, dass eben ein Junge einer ihr unbekannten Elfensorte durch einen Wasserspiegel mit ihr gesprochen hatte.

Das konnte doch nicht wahr sein! In welche Schwierigkeiten hatte Serafina sich da bloß gebracht?

14.

Clubgründung

Nachdem sich Lia wieder einigermaßen gefangen hatte – auch dank Ludmillas beruhigendem Blättergeraschel –, war sie noch einmal an das Becken getreten, aber von dem Jungengesicht war nichts mehr zu sehen gewesen. Trotzdem hatte sie es nicht mehr allein in der Wabe ausgehalten, und da der Morphologie-Unterricht bei Miss Pummykin gerade vorbei war, ging sie in den Gemeinschaftsraum.

Normalerweise liebte Lia den Gemeinschaftsraum der Einheit Hochhinaus. Der rundliche Raum war groß genug, um sich in eine ruhige Ecke zurückziehen zu können, wenn einem danach zumute war. Außerdem waren hier alle sechs Elemente von Andersreich vertreten: Schimmernde Wasserläufe durchzogen den Boden, in Schalen sorgten Feuersalamander für wohliges Licht und Wärme, an den Wänden hingen Achatscheiben aus dem Erdreich, durch die vielen Fenster strich ein sanfter Wind und von der Decke hing ein Tropfen, groß wie ein Regenfass, randvoll mit lila Ektoplasma, der ähnlich wie ein Fernseher aus der Menschenwelt funktionierte, nur dass man den Ton im Kopf hörte. Dass das sechste Element, der Äther, ebenfalls präsent war, war mehr so ein Gefühl, denn der Äther und die ihm zugehörigen Elfen waren unsichtbar. Man spürte bloß ein Kribbeln auf der Haut und ahnte, dass in Andersreich alles möglich war.

Leider war heute nichts wie sonst, sodass Lia ziemlich angespannt in einem der Blütensessel hockte und auf ein Buch über Atmosphären-Zauber starrte, ohne auch nur ein Wort zu verstehen. Als sich der Gemeinschaftsraum nach und nach mit Schülern füllte, die die Pause nutzten, um sich für den nächsten Unterricht umzuziehen, auf die Schnelle Hausaufgaben fertigzustellen oder einfach nur zu relaxen, regte sich Lia immer noch nicht. Sie war mit ihren Gedanken weit weg. So bemerkte sie nicht, dass Valmariana mit ihrem Gefolge eintrat und auf einen der Tische sprang. Die Kesselglutelfe Razeiandra schob schnell die Feuersalamander zur Seite und die Gebirgselfe Quadrophenia ließ mit einem Fingerstupser die Bilder auf dem von der Decke hängenden Tropfen in einem lila Durcheinander verschwinden.

Es gab ein paar leise Proteste, mehr nicht, dafür war die Gestalt von Quadrophenia zu furchteinflößend.

Valmariana räusperte sich, obwohl das eigentlich unnötig war. Die meisten Mitglieder von Hochhinaus waren daran gewöhnt, dass die Luftelfe mit dem rosagoldenen Haar mindestens einen Auftritt pro Tag hinlegte. Einige lästerten hinter vorgehaltener Hand über ihren Geltungsdrang, aber die meisten fanden, dass Valmariana immer gut für Unterhaltung sorgte – solange man nicht selbst in ihr Fadenkreuz geriet. Tatsächlich hatte die Enkeltochter der Großfürstin des Monsuns – wie Valmariana nicht müde wurde, bei jeder

Gelegenheit zu betonen – sogar eine Schar Verehrerinnen, die alles, was sie machte, bewunderten.

Genau diese Bewunderinnen gaben nun auch ein aufgeregtes Summen von sich, als Valmariana in die Menge lächelte und die Tautropfensammlerin Dasolia einen Regenbogen über ihrem Kopf aufleuchten ließ. Seine Farben waren abgestimmt auf das Kleid, das Valmariana trug. Sie sah so freundlich und farbenfroh aus, dass Lia verstehen konnte, warum die Luftelfe so viele Fans hatte. Nur passte ihr zuckersüßes Äußeres selten zu ihrer scharfen Zunge, sodass Lia auch jetzt auf Alarmbereitschaft schaltete.

»Meine lieben Mitelfen von Hochhinaus, bitte leiht mir für einen Moment euer wertes Ohr, denn ich möchte etwas bekannt geben«, verkündete Valmariana. »Meine drei Freundinnen und ich aus der Schattenschönwabe haben schon länger darüber nachgedacht, aber nach den unglücklichen Ereignissen der letzten Nacht ist es nun höchste Zeit: Ich möchte einen Club ins Leben rufen!«

Falls es noch eine Elfe gab, die bislang mit verträumtem Nasebohren beschäftigt oder in ein Buch versunken war, war nun Schluss damit. Wer sich im Gemeinschaftsraum aufhielt, hing an Valmarianas Lippen. Und so, wie die Luftelfe übers ganze Gesicht strahlte, wusste sie das auch. Nur als Valmariana einen Blick zu Lia warf, drohte der Regenbogen kurz über ihr einzufrieren. Gleich darauf wurde ihr Lächeln extrabreit.

»Es geht dabei nicht um irgendeinen Club, der sich mit langweiligem Kram wie Samenkapsel-Pingpong oder Plantlinge-Verhätscheln beschäftigt, sondern um einen Club für Springwasser, das wir alle lieben. Ich bin zwar erst seit diesem Jahr in Springwasser. Aber die Schule ist mir ans Herz gewachsen, was gewiss an den vielen tollen Elfen liegt, die sie besuchen. Ich habe hier Freundinnen gefunden und genieße es sehr, Mitglied der Einheit Hochhinaus zu sein. Außerdem ist es hübsch hier, und das sage ich als jemand, der in den unvergleichlich großartigen Luftschichten zu Hause ist. Euch geht es vermutlich genauso, oder? Springwasser ist donnerknallschön!«

Lautstarkes Gesumme erklang, sogar Lia erwischte sich dabei, wie sie zustimmend nickte. Für sie als Menschenkind, das bislang nur in stinknormalen Städten gewohnt hatte, war Springwasser mit seinem von wiesenbehangenen Bergen umsäumten Tal, der Quelle und den vielen märchenhaften Plätzen rund um den Großen Baum natürlich überwältigend gewesen. Aber schon bald hatte Lia herausgefunden, dass Springwasser vor allem so angelegt war, um allen Schülern eine gute Zeit an der Schule garantieren zu können. Also ja, wenn Valmariana etwas für Springwasser tun wollte, war Lia mit ganzem Herzen dabei.

»Eigentlich«, setzte Valmariana ihre Ansprache fort, »ist Springwasser so perfekt, dass es keinen Club braucht, der sich für die Schule einsetzt. Aber das hat sich spätestens seit letzter Nacht geändert, in der es einen hinterhältigen Wasserflut-Angriff auf das Tal gegeben hat. Wer kann schon sagen, ob das nicht erst ein Testlauf war? Bei der nächsten Flut steht unsere Schule unter Wasser und uns überrascht das kalte Nass in den Betten. Darum gründe ich hiermit offiziell den Rettet-Springwasser-Club. Hier, an dieser wunderbaren Schule, gibt es Kräfte, die es darauf anlegen, sie zu zerstören. Allein mit ihrer Anwesenheit besudeln sie den guten Ruf von Springwasser.«

Da war er also, der Dorn, den es bei allem, was Valmariana machte, gab. Ihre letzte große Attacke hatte darauf abgezielt, Merla von der Schule zu vertreiben, weil sie eine Erdelfe ist. Jetzt war offensichtlich Seraphina dran.

Lia wollte gerade aufstehen und der aufgeblasenen Luftelfe ihre Meinung geigen, da schoss Blo mit Schwalbenhöchstgeschwindigkeit in den Gemeinschaftsraum und bremste so knapp vor Lias Nase ab, dass sie wegen des Luftzugs niesen musste.

Blo machte einen doppelten Luftsalto, dann hatte sich die Pixie wieder gefangen. »Warum, in Vater Grünliebs Namen, hast du dein Fendrill nach dem Unterricht nicht wieder eingeschaltet? Dorient hat versucht, dich zu erreichen. Du musst sofort mitkommen«, haspelte sie völlig außer Atem.

»Das geht nicht, Valmariana will einen Hater-Club gründen, indem sie so tut, als würde sie sich um Springwasser sorgen«, flüsterte Lia. Als sie jedoch versuchte, Blo aus ihrem Blickfeld zu schieben, schnappte sich die Pixie ihren Finger und zog daran.

Schwups, stand Lia auf ihren Füßen. Es war ein oft gemachter Fehler, Pixies aufgrund ihrer Größe kräftemäßig zu unterschätzen. Die kleinen Blumenfreunde waren echte Muskelprotze.

»Um die verzwirbelte Luftelfe mit ihren bescheuerten Ideen kümmern wir uns später«, zischte Blo. »Jetzt müssen wir hinter Serafina her, bevor die Spur kalt wird und sie verschwunden ist. Vielleicht für immer!«

15.

Der Säulengang

Dorient stand zusammen mit Lofi am Torbogen eines Säulengangs, der sich von einer der oberen Etagen des Schlosses zu einem Teil von Springwasser schlängelte, der direkt in die Felswand gebaut worden war. In dem Laubdach des Säulengangs nisteten unzählige Vögel und sangen um die Wette. Aber weder die beiden Elfenjungen interessierten sich für das Gezwitscher noch Merla, die von Lia erst auf den zweiten Blick entdeckt wurde. Die Erdelfe hatte sich in ihrer Pelzgestalt nämlich so zwischen zwei Säulen gequetscht, dass sie so gut wie unsichtbar war.

Ich muss mit Merla dringend ein Gespräch über ihre Angst vor Jungen führen, dachte Lia. So geht das doch nicht weiter!

»Das wird aber auch Zeit«, knurrte Dorient. »Wenn wir Pech haben, holen wir Serafina nicht mehr ein. Es ist nämlich schon eine Weile her, dass sie in den Gang eingebogen ist.«

Lia winkte ab. »Als Undine braucht sie Ewigkeiten, um

den Säulengang zu durchqueren. Hast du nicht in Kristallgärtnerkunde aufgepasst, Bruderherz? Die Bodenplatten bestehen aus Sonnenstein, der das Tageslicht in sich aufnimmt. Luftelfen werden auf diesem Boden superschnell, die Sinne der Erdelfen hellwach, Ätherelfen sichtbar und Wasserelfen fangen an zu träumen. Bestimmt steht Serafina ein Stück weiter auf dem Gang und schwelgt in Erinnerungen an die glitzernde Gischt des Meeres.«

»Äh«, unterbrach Lofi. »Ich bin – genau wie Dorient – beim Kristallgärtnern immer zu sehr damit beschäftigt, unauffällig ein paar Himbeertraum-Kristall-Pops abzustauben. Da bekommt man dann nicht immer alles so richtig mit … Was macht dieser Sonnenstein denn mit Feuerelfen?«

Ahnungslos zuckte Lia mit der Schulter. »Kannst du dich noch erinnern, Blo?«

»Ich verabscheue Kristallgärtnern«, fauchte Blo. »Diese Kristalle machen bloß einen auf hübsch und lecker, damit man sie unentwegt betüddelt.« Sie schüttelte mächtig sauer ihre Fäustchen.

»Feuerelfen fangen auf Sonnenstein an, von innen heraus zu strahlen, als wären sie selbst kleine Sonnen. Außerdem hat Lia recht, Serafina steht seit längerer Zeit auf einer Stelle, wenn mich mein Gehör nicht täuscht«, sagte Merla leise und hängte trotzig an: »Kristallgärtnern ist eins meiner absoluten Lieblingsfächer, alle Elfen sollten Dankbarkeit im Herzen tragen für das, was die Kristalle unseren Völkern schenken.«

Dorient nickte. »Da hast du unbedingt recht und ich für meinen Teil fange auch sofort mit der Wertschätzung von Kristallen an, wenn wir Serafina gefragt haben, warum sie nicht nach Hochhinaus gegangen ist, wie Madame Nachtalbe es ihr aufgetragen hat, sondern sich in die Berghallen absetzt, wo sie als Erstklässlerin nichts verloren hat. Das ist Oberstufen-Revier, da findet der Unterricht ab der Turmalin-Liga statt.«

»Woher wisst ihr das mit Madame Nachtalbe?«, fragte Lia.

Grinsend deutete Dorient mit dem Daumen auf Lofi. »Dieser Gentleman-Elf will sich unbedingt bei Serafina für die Matsch-Nummer entschuldigen. Er wollte sie abfangen und hat dabei gehört, wie die Birkengarden Madame Nachtalbes Auftrag wiederholt haben und Serafina brav behauptet hat, sie würde die Pause bei ihren Freundinnen im Gemeinschaftsraum verbringen. Stattdessen hat die Kratzalge … äh, ich meine natürlich Serafina … einen anderen Weg eingeschlagen, was angesichts ihrer Lage hochverdächtig ist.«

»Und warum begleitest du ihn?«, fragte Lia.

Dorient grinste. »Meine Wenigkeit ist mit von der Partie, weil Lofi mir versprochen hat, mir eine Mondumdrehung lang jeden Morgen mein Bett zu machen, wenn ich Serafina ebenfalls sage, dass es mir ganz furchtbar leidtut mit meinem Schlamm-Witz und dass ich eigentlich ein großer Undinen-Fan bin.«

Hallo? Geht's noch? Lia konnte es nicht glauben. »Dich muss man also erst kaufen, damit du dich bei Serafina entschuldigst?«

Einen Augenblick lang dachte Dorient nach, dann nickte er. »Das ist ein fairer Deal.«

Bevor Lia richtig sauer werden konnte, räusperte sich Merla. »Serafina setzt sich jetzt wieder in Bewegung«, sagte die Erdelfe, die über ein hervorragendes Gehör verfügte. »Und wenn wir sie nicht in den Berghallen verlieren wollen, sollten wir das auch tun. Ihr könnt euren Geschwisterzwist ja später fortsetzen.«

»Du hast recht«, sagte Lia. »Jetzt steht wirklich Wichtigeres an, als Dorient die Meinung zu geigen.« Vermutlich, dachte sie, würde er mich eh nur hochnehmen. Das konnte Dorient gut, wenn sie wütend auf ihn war. Irgendwann musste sie immer über seine freche Art lachen.

»Auf geht's«, verkündete Blo. »Lasst uns dieser Undine sagen, dass wir sie auf keinen Fall verlieren wollen.«

»Aber achtsam«, beschwichtigte Lia die unternehmungslustige Pixie. »Serafina hat viel durchgemacht, nicht, dass sie sich von uns überfallen fühlt, dann macht sie bestimmt sofort dicht.«

Merla ging voraus, die Ohren so gespitzt, dass ihre Zipfel aus dem Pelz schauten. Dann folgten die beiden Luftelfen samt Blo und mit einigem Abstand Lofi, der wegen der Bodenplatten aus Sonnenstein tatsächlich aussah, als würde er in einer goldenen Leuchtkugel stecken. Sein Licht brachte die Säulen zum Funkeln und ließ die Vögel in aufgeregten Schwärmen aufsteigen. Es war trotz des Abstands ein Wunder, dass Serafina keinen Verdacht schöpfte.

Vermutlich, dachte Lia, ist sie ganz in Gedanken versunken. Was Madame Nachtalbe wohl so lange mit ihr besprochen hat?

Gemeinsam mit ihren Freundinnen hatte Lia einige freie Stunden dafür genutzt, durch Springwasser zu stromern und das Gebäude, diese einzigartige Mischung aus Schloss, Baum und Berg, zu erkunden. Das war nicht nur aufregend, weil sich immer wieder ein neuer Saal oder eine verborgene Wurzelhöhle finden ließ, sondern weil jede von ihnen im Hinterkopf hatte, dass es angeblich auch Ecken von Springwasser gab, die unsichtbar waren, bis man einen Test bestand, eine Liga aufstieg oder eingeladen wurde. Wie etwa der Salon von Madame Nachtalbe. Manchmal hatte sich Lia auf diesen Streifzügen sogar gefragt, ob Springwasser überhaupt irgendwo aufhörte oder immer weiterging. Es gab so viele Elfenvölker und jedes hatte seine eigene Kunst. Falls jedes einen Raum oder gar einen eigenen Trakt in Springwasser hatte … an dieser Stelle begann ihr meist der Kopf zu schwirren.

Und so war es auch jetzt, als sie das andere Ende des Säulengangs erreichten.

Vor ihnen erhob sich eine imposante Felswand, in die ein mächtiges und reich verziertes Tor eingelassen war. Lia fragte sich, warum es ihr nie zuvor aufgefallen war. Ob wohl Elfenstaub über diesem Eingang in den Berg hing, sodass man ihn erst sehen konnte, wenn man davorstand?

Bei einer Sache konnte man sich in Andersreich sicher sein: Hier war nichts so, wie es auf den ersten Blick schien, die Welt der Elfen war einfach zu bunt und vielfältig. Dagegen nahm sich die Menschenwelt als grauer Einheitsbrei aus – zumindest aus Lias Sicht. Asalia sah das natürlich ganz anders. Für sie war die Menschenwelt eine Mega-Zaubertüte mit so crazy Sachen wie mintgrün lackierten Mopeds, die in ihren Augen Rauch speiende Kleindrachen waren, und rechteckig morphologisierte Eissphären, auch Kühlschrank genannt.

Beim Anblick des riesigen Tors pfiff Dorient erstaunt und Blo stand stramm in der Luft, als erwarte sie jeden Augenblick, dass die mächtigen Flügel aufschwangen und ein Trupp

Walküren auf ihren geflügelten Rössern herausschossen. Nur Merla wirkte als Einzige so entspannt, wie sie es in der Nähe von zwei Elfenjungen eben sein konnte.

»Zählt der Berg zum Reich der Erdelfen?«, erkundigte sich Lia.

Merlas Bronzeaugen schimmerten. »Ein Berg gehört immer sich selbst, aber manche von ihnen dulden Untermieter wie Trolle, Schluchtengeister oder auch Erdelfen, die einen besonderen Hang zu Gestein und Bergkunst haben. Mitglieder meines Volkes haben geholfen, diese Hallen zu erschaffen – natürlich mit der Erlaubnis des Berges.«

»Aber was, bei Vulkanus' Namen, macht eine Undine in einem Berg? Weniger Wasser geht doch gar nicht als in diesem Steinklops«, wunderte sich Lofi. Der Feuerelf hatte sie eingeholt, seine Haut glimmte immer noch golden nach, was ihm sichtlich unangenehm war.

»Das werden wir herausfinden, wenn wir Serafina folgen«, sagte Lia. Dann holte sie tief Luft und schritt auf das Tor zu. Bestimmt brauchte es vier Pferde, um seine Flügel zu öffnen.

Doch stattdessen ertönte eine hallende Stimme: »Freunde Springwassers, tretet ein!« Und einer der Flügel öffnete sich lautlos einen Spaltbreit.

»Zweifelsohne ein Kunstwerk der Ätherelfen«, sagte Blo. »Ich habe eine Gänsehaut, sogar an meinen Flügeln.«

Hinter dem Tor erwartete sie eine Halle in der Größe eines Ballsaals, in der steinerne Laternen Malereien an den Wänden beleuchteten. Geplagt von der Angst, eine Lehrkraft oder gar die Birkengarde könne auftauchen und unangenehme Fragen stellen, versuchten sie, möglichst rasch die Halle zu durchqueren. Lia warf nur einen flüchtigen Blick auf die großen

Gemälde, die offenbar Elfen beim Ausführen ihrer magischen Künste zeigten – und blieb erstaunt stehen.

Moment mal!

»Schaut euch dieses Bild an! Darauf schmückt eine Erdelfe eine gläserne Plattform mit Edelsteinen – und zwar mitten in den Wolken!«

Merla klatschte begeistert in die Hände. »Und da drüben wandelt eine Luftelfe durch einen Erdstollen und lächelt übers ganze Gesicht, als würde ihr das ernsthaft Spaß machen.«

»Unglaublich«, staunte auch Dorient, der dicht neben Lia ging und ihre Hand hielt. »Da schwimmt auch eine Feuerelfe, die in einer Bubble steckt, gemeinsam mit einer männlichen Undine durchs Meer. Wenn Lofi das sieht, flippt er vor Begeisterung aus.«

»Bist du dir sicher?«, fragte Lia. »Ich meine, wegen der männlichen Undine. Haben die nicht goldenes Haar und eher silbrig schimmernde Haut? Der Elf auf dem Bild hat nämlich genauso schwarzes Haar und grünliche Haut wie Serafina.«

Dorient warf ihr einen irritierten Seitenblick zu, sagte jedoch nichts, denn im selben Moment stieß Lofi, der hinter ihnen zurückgeblieben war, einen Jubelschrei aus. »Ich habe eine Muschelschale aus Serafinas Haarreif entdeckt«, erklärte der Feuerelf seinen Ausbruch. »Sie muss durch diese Tür gegangen sein.«

»Dann machen wir das jetzt auch«, entschied Blo. »Mach sie schon auf, Flammenzausel!« Pixies waren als Blumenfreunde nicht die größten Fans von allem, was aus Blumen kleine Aschehaufen machen konnte. Und auch wenn Blo sich nichts aus Grünzeug machte, behielt sie den Feuerelf immer achtsam im Auge. Lia fragte sich, ob es in der Halle wohl auch ein Gemälde gab, das eine Pixie entspannt im Meditationssitz auf einem glühenden Kohlestück zeigte.

Lofi lief wegen des Spitznamens Flammenzausel rot an, öffnete jedoch die ziemlich unscheinbare Tür. Lia rechnete fast damit, dass sich dahinter ein Lager für Putzmittel verbarg, stattdessen führte sie zu einer schlichten Wendeltreppe nach unten.

Merla drängelte sich vor, wobei sie peinlichst darauf achtete, keinem der Jungen zu nah zu kommen. »Das ist eine Schnelltreppe, die benutzen wir auch in Gaia-Sama, um rasch die Erdschichten zu wechseln.«

»Sie verwandelt sich aber nicht in eine steile Rutsche?«, vergewisserte sich Lia.

»Natürlich nicht! Wir Erdelfen sind sehr sicherheitsbewusst.«

»Schade«, sagte Dorient mit einem Blinzeln.

»Mit jeder Treppenstufe, die man betritt, überspringt man etwa zehn bis fünfzehn Stufen auf einen Schlag«, erklärte Merla leicht gestresst.

Lia dachte nach. »Das heißt: Ich betrete Stufe 1 und befinde mich plötzlich schon auf Stufe 15?« Das war ja genauso schlimm, wie in der Achterbahn abwärtszusausen. Lia wurde schwummerig und sie hielt sich schnell an Dorients Arm fest.

»Euch dann mal viel Spaß«, rief Blo. »Ich nehme die Luftpost.« Und schon war die Pixie davongeflogen.

»Dann mal ab auf die Treppe, bevor Serafina uns abhängt.« Mit einem Satz sprang Lofi gleich auf die dritte Stufe – und war auch schon im Treppenschacht verschwunden.

»Bei seinem Glück landet er genau auf der Stufe, auf der seine Angebetete gerade steht, und bekommt als Begrüßungsgeschenk eine saftige Ohrfeige.« Dorient schmunzelte, dann wollte er Lia mit sich auf die erste Treppenstufe ziehen.

Doch Lia wich zurück. »Wir sollten so höflich sein und Merla als Erdelfe den Vortritt lassen.«

»Das ist aber lieb.« Merla freute sich hörbar. »Ich mag Schnelltreppen, ehrlich gesagt, total gern. Zu Hause haben wir Elfenkinder immer viel Spaß damit gehabt.« Leichtfüßig sprang sie auf die erste Stufe, um sofort ein Stück tiefer auf der Treppe zu stehen. Sie winkte Lia noch einmal zu, dann war auch sie aus ihrem Blickfeld verschwunden.

»Gut, nehmen wir uns einen Moment«, entschied Dorient. »Was sollte die Frage, ob männliche Undinen keine silberne Haut und goldenes Haar haben? Willst du mir etwas erzählen, Lia?«

Sofort schlug Lias Herz ihr bis zum Hals. Sie vertraute Dorient, aber … vielleicht stand es ihr nicht zu, von dem Elfenjungen im Wasserspiegel zu erzählen. Das musste Serafina tun. »Keine Ahnung, was du meinst«, stellte sie sich deshalb dumm.

Leider fiel Dorient nicht darauf rein. »Hat Serafina vielleicht behauptet, die Männer ihres Volkes würden so aussehen? Warum sollte sie so etwas tun? Lass hören, Lia«, sagte er fordernd.

Wenn Lia sich zwischen einer rasenden Treppe und einem Dorient, der den großen Bruder raushängen ließ, entscheiden musste, dann nahm sie die Treppe. Mit einem Sprung landete sie auf Stufe 5 – was so nicht geplant war – und sah die gemauerten Wände nur so an sich vorbeizischen, während Dorient ihr nachrief. Sie war sich noch nicht ganz sicher, ob sie überhaupt schon wieder stand, da sprang sie auch schon auf die nächsten tiefer liegenden Stufen. Der Prinz der Himmelsreiche war nämlich einer von der schnellen Sorte und sie wollte lieber nicht von ihm eingeholt werden.

Als Lia das Ende der Treppe erreichte, war sie mit den Nerven völlig am Ende. Sie hatte das gruselige Gefühl, dass sie sich so schnell bewegt hatte, dass Teile von ihr im Treppenschacht zurückgeblieben waren. Als Merla ihr hilfreich einen Arm um die Schultern legte, brachte sie statt einem Danke nur ein gestöhntes »Üfff« hervor.

Dorient landete mit einem Sprung neben Lia und funkelte sie aus seinen Sturmaugen an. Obwohl er Lia offensichtlich gern die Meinung gegeigt hätte, nahm er sich zurück, weil Merla trotz Schlotterei tapfer die Stellung neben ihrer Freundin hielt. Dass er sauer war, vergaß Dorient eh in dem Augenblick, in dem er begriff, wohin die Schnelltreppe sie gebracht hatte.

»Das also sucht eine Undine in einem Berg«, sagte er. »Einen Brunnen.«

16.

Auf des Geheimnis' Grund

Es war ein altmodischer runder Brunnen mit einem gemauerten Rand, überdacht von einem Holzgestell, in dessen Mitte ein Gewinde für ein Seil mit Eimer hing. Nur gab es weder Seil noch Eimer.

Lia blickte in den Brunnen und sah nur bodenlose Dunkelheit. Sie warf einen Stein in das schwarz gähnende Loch, aber es dauerte ganz schön lange, bis ein schwaches Aufschlagen zu hören war. Schöner Luftzug, das ging fies weit nach unten. Außerdem schien der Brunnen kein Wasser mehr zu führen, was alles noch übler machte.

»Seid ihr sicher, dass Serafina in den Brunnen gestiegen ist?«, fragte Lia in die Runde. »Sein Schacht ist zu breit, um sich mit Händen und Füßen gleichzeitig einzuklinken, und die Wände sind flutschglatt. Soweit ich weiß, verfügt unsere Undine über keine Spinnenelfen-Vorfahren, und wie man die Schwerkraft aufhebt, hatten wir noch nicht im Unterricht.«

»Am Rand lag eine weitere Muschel, die sich aus ihrem

Haarreif gelöst hat.« Zum Beweis hielt Lofi eine winzige, in sich gedrehte Muschel hoch. »Ich vermute, sie hat sich in dem Eimer in die Tiefe hinabgelassen und dann das Seil nachgezogen.«

»Was darauf schließen lässt, dass Serafina bemerkt hat, dass sie verfolgt wird«, schlussfolgerte Blo. »Und ich weiß auch, warum: Als Undine hat sie die Hitzewallungen dieses Feuerelfs gespürt.« Blo zeigte mit dem Finger auf Lofi, der unglücklich in den Brunnenschacht blickte. »Schade, dass es keinen Eimer gibt, sonst könnten wir uns bei ihm mit einer Ladung Wasser bedanken.«

»Vielleicht könnte ich runterklettern«, dachte Lofi laut nach. »Aber in einem Brunnen ist immer Wasser, ich kann es irgendwo in der Ferne riechen. Ich würde alles geben, um Serafina zu folgen, aber bei Wasser stoße ich an meine Grenzen. Es sei denn, jemand hat zufällig eine Bubble wie auf dem Wandgemälde dabei?«

Kumpelhaft klopfte Dorient seinem Freund auf die Schulter. »Nimm's leicht. So, wie ich Serafina einschätze, hätte sie sich bei deinem Anblick nicht wirklich gefreut. Und da ich immer noch Flugverbot habe und deshalb auch oben bleiben muss, leiste ich dir zusammen mit meiner herzallerliebsten kleinen Schwester Gesellschaft.«

»Von wegen! Ich werde Serafina natürlich folgen, ich darf nämlich fliegen.« Lia zog die Tiara tiefer in die Stirn, um zu zeigen, dass sie auch sofort starten würde. Blöderweise wollten sich ihre Flügel bei dem Gedanken an den dunklen Brunnen jedoch nicht öffnen.

Eine peinliche Sache, die Dorient natürlich nicht entging. Aber er war zu nett, um darauf hinzuweisen. »Du bist echt eine tolle Freundin, nur leider ist ein Sinkflug sehr viel schwieriger als ein Startflug. Deshalb solltest du kein Risiko eingehen. Das verstehst du doch bestimmt, oder?«

Dorient lächelte freundlich und machte einen Schritt auf Lia zu, doch sie war nicht von gestern und wich zurück. Als ob sie so leicht auszutricksen wäre! Der Kerl würde sie einfangen und nicht wieder loslassen, so viel stand fest.

Genervt seufzte Dorient. »Wenn Ludmilla jetzt hier wäre, würde sie dich einwickeln wie eine Würgeschlange ihre Beute, damit du nichts Dummes machst.«

»Da Ludmilla gerade ihr Vormittagsschläfchen hält, kannst du viel behaupten«, sagte Lia und brachte den Brunnen zwischen sich und den Elfenjungen.

»Geronnene Schneckenkotze«, schimpfte Dorient leise, um dann plötzlich den Finger zu heben. »Die Pixie ist doch eine Top-Fliegerin, die kann den Job allein machen, richtig? Dann muss auch deine schüchterne Freundin, die Pelzkugel, nicht allein mit uns beiden Jungen zurückbleiben.«

Diese Taktik erwies sich sofort als Riesenfehler.

Merla schrie auf. »Ich bleibe auf keinen Fall mit zwei Jungen hier!« Und dann sprang sie mit einem Hopser in den Schacht.

Schwups, weg war sie.

»Seit wann können Erdelfen fliegen?«, fragte Lofi verwirrt.

»Seit überhaupt nicht«, antwortete Lia.

Ohne zu zögern, sprang sie ihrer Freundin hinterher.

Ihre eben noch unwilligen Flügel öffneten sich, allerdings nur so weit, dass sie den Fall lenken konnte und nicht gegen die Wände stieß. Vorerst durfte sie nicht langsamer werden. Wenn sie runterschwebte, konnte sie Merla nicht einholen.

Und genau das musste sie, bevor die Erdelfe auf den Grund des Brunnens schlug.

Während sich Lia Merlas Pelzschopf näherte, zischte ein Paar Libellenflügel an ihr vorbei: Blo hatte sich kopfüber in den Sinkflug gestürzt. Diese Pixie war wirklich spitze, so etwas hatte Lia nicht drauf!

Die kleine Blumenelfe landete auf Merlas Kopf, krallte sich im Pelz fest und leitete ein Bremsmanöver ein, das Lia bislang nur im Flugunterrichts-Buch gesehen hatte.

Die Libellenflügel zitterten, hielten jedoch stand.

Es gelang Lia, neben Merla zu gleiten und sie zu umarmen. Dann spannten sich ihre Flügel auf und bremsten den Fall der Erdelfe weiter ab. Trotzdem kam ihnen der Boden viel zu schnell entgegen und sie setzten mit einem Rums auf. Lia spürte, wie der Aufprall durch ihre Füße schoss und ihre Zähne hart aufeinanderschlugen, während ihr Merla aus den Armen rutschte und auf ihrem Allerwertesten landete. Gerade noch konnte sie eine völlig erschöpfte Blo auffangen, bevor sie auf den steinigen Boden fiel.

Einen Moment später landete ein rot leuchtender Gegenstand neben ihnen.

»Das ist Dorients Luxihell«, sagte Lia.

In seinem Licht zeigte sich, dass vom Grund des Brunnens ein Gang abging. Vermutlich war von dort früher das Wasser gekommen. In einer Ecke lagen Eimer und Seil. Lofi hatte mit seiner Vermutung also recht gehabt. Aber wie wollte Serafina ohne diese Hilfsmittel wieder aus dem Brunnen herauskommen?

Mit der freien Hand langte Lia nach dem länglichen Kristall, einer Art Elfen-Taschenlampe. Damit beleuchtete sie

Blo, die schlapp alle viere von sich streckte und zufrieden grinste.

»Wenn das Frau Flatterfein gesehen hätte«, hauchte die Pixie. »Das wäre ein glattes Hervorragend mit Ausrufezeichen gewesen. In null Komma nix die Fluggeschwindigkeit bei einem Gewicht von zwanzig Pixies halbiert. Das macht mir niemand nach. Aber jetzt brauche ich eine Verschnaufpause.« Damit ließ Blo alles hängen, was noch nicht hing.

Beruhigt richtete Lia das Luxihell auf Merla, die ihren Pelz zurückgestreift hatte und nun als Erdelfe erkennbar war: Auf ihrer schneeweißen Haut leuchteten die verschiedensten Edelsteine auf. Allerdings war ihr hübsches Gesicht schmerzverzerrt.

»Mein Fußknöchel tut weh. Ich bin beim Landen umgeknickt«, brachte Merla zwischen aufeinandergebissenen Zähnen hervor. »Nichts, was der Heil-Smaragd auf meinem Handgelenk nicht hinbekommen würde, aber es wird eine Weile in Anspruch nehmen.«

»Hey, ist da unten alles okay mit euch?«, hallte Dorients Stimme den Schacht herab.

Lia legte den Kopf in den Nacken. »Merla hat sich den Knöchel verstaucht, Blo braucht nach ihrer Heldenleistung eine Pause. Von Serafina keine Spur.«

Es dauerte keine Sekunde, bis Dorient antwortete: »Du suchst Serafina nicht allein! Das befehle ich dir als dein großer Bruder.«

»Träum weiter«, flüsterte Lia, während sie laut sagte: »Hier unten liegt der Eimer samt Seil. Sobald Blo sich von ihrem spektakulären Bremsmanöver erholt hat, befördert sie ihn nach oben und ihr könnt nachkommen. Soweit ich sehen kann, gibt es in diesem Brunnen keinen einzigen Tropfen Wasser.«

»Guter Plan«, rief Dorient. »Warte, bis ich unten bin, dann folgen wir zwei deiner verrückten Freundin und Lofi kann die verletzte Erdelfe hochziehen. Einfach warten, hörst du, Lia?«

»Ich höre dich«, flötete Lia. Aber ich höre nicht *auf* dich, fügte sie in Gedanken hinzu.

Vorsichtig platzierte sie die erschöpfte Blo auf Merlas Pelz, den diese unter sich ausgebreitet hatte, um ihren Fußknöchel mit dem grünen Licht ihres Smaragdes zu bearbeiten.

»Pass gut auf Blo auf, ich bin gleich wieder da«, flüsterte Lia, damit die Jungen sie oben am Brunnen nicht hörten.

Merla kaute auf ihrer Unterlippe. »Willst du wirklich allein weitergehen?«

Lia nickte. »Irgendwas stimmt nicht mit unserer Undine, sie hat kein Rückticket für den Brunnen eingeplant. Ich will sie finden, bevor sie aus Springwasser verschwindet. Du kannst das Luxihell behalten, ich mache mir mit der Blitzkunst Licht.«

»Lia, bist du noch da?«, erkundigte sich Dorient. Offenbar traute er ihr nicht über den Weg.

»Nun entspann dich mal, Bruderherz«, rief Lia, während sie auf Zehenspitzen auf den Gang zulief.

Eigentlich war der Gang mehr ein Tunnel mit einer unregelmäßigen Oberfläche, wahrscheinlich eine ehemalige Wasserader, die sich kraftvoll ihren Weg durch das Gestein gebahnt hatte. Lia schickte immer wieder kleine Blitze voraus, die auf die Wände trafen und für wenige Augenblicke den Weg erhellten. Sie kam anfangs nur mühsam voran, weil sie den Kopf einziehen musste. Nach einer Weile weitete sich der Tunnel, bis er in einer riesigen unterirdischen Halle endete, deren Grund von einem dunklen See bedeckt war. Hoch oben an der Decke wuchs ein Stalaktit neben dem anderen. Sie sahen wie eine ganze Armee aus Zuckerguss-türmchen aus, die jemand auf den Kopf gestellt hatte. Von ihnen ging ein funkelndes weißes Licht aus, sodass Lia auf ihre Blitzkunst verzichten konnte.

Das war auch gut so, denn am Ufer des Sees stand Serafina mit verschränkten Armen und starrte auf das Wasser. Ihrem Gesichtsausdruck nach hatte die Undine sturmflutmäßig schlechte Laune.

Lia überlegte gerade, wie sie ihrer Freundin am besten unter die Augen trat, als sich in der Mitte des Sees plötzlich ein Strudel auftat. Zuerst ganz klein, als habe jemand den Stöpsel gezogen, aber dann wurde sein äußerer Ring immer größer und größer. Während Lia noch verblüfft am Ende des Tunnels stand, erhob sich aus dem Zentrum des Strudels der Wasserriese in kniender Haltung. Andernfalls hätte er auch die Decke zum Einsturz gebracht. Wie in der Nacht, in der Lia ihn zum ersten Mal gesehen hatte, öffnete er die Hand, auf der sich eine Gestalt befand. Dann streckte der Riese seinen Arm aus, bis seine Fingerspitzen beinahe Serafina berührten.

Die Gestalt, die auf der Hand des Riesen stand, schlug ihre Kapuze zurück.

Überrascht schnappte Lia nach Luft.

Das war der Elfenjunge, den sie im Wasserspiegel des Waschbeckens gesehen hatte! Das gleiche goldene Haar, die silbrige Haut und die ungewöhnlich tiefblauen Augen. Wäre er ein Menschenjunge gewesen, hätte sie ihn vielleicht auf fünfzehn Jahre geschätzt, auf jeden Fall war er etwas älter als Dorient. Alles an ihm wirkte erhaben, seine edlen Gesichtszüge, seine Körperhaltung und auch die aufwendig bestickte Kleidung. Nur schaute er ziemlich geknickt aus der Wäsche.

»Serafina …«, setzte er schüchtern an.

»Gib dir keine Mühe, Nerlis«, fauchte Serafina den Elfenjungen so wütend an, dass Lia automatisch hinter einem Felsbrocken in Sicherheit ging. »Ich habe dir schon bei unserem letzten Treffen gesagt, dass wir uns nicht wiedersehen dürfen. Akzeptier das endlich!«

»Das kann ich nicht, das ist einfach unmöglich«, sagte Nerlis. »Eine Freundschaft wie unsere, die endet nicht einfach so. Bitte erzähl mir, was vorgefallen ist. Warum hast du plötzlich den Kontakt zu mir abgebrochen und jede Albatros-Nachricht ungelesen zurückgeschickt? Ein Herz kann sich doch nicht von heute auf morgen so wandeln.«

Serafina ballte ihre Hände zu Fäusten. »Das kann es eben doch, finde dich damit ab. Je eher, desto besser.«

Nerlis zuckte zusammen, als hätte sie einen brennenden Pfeil auf ihn abgeschossen. »Nein, das stimmt nicht«, flüsterte er. »Du hast meinen Atemgeber als Geschenk entgegengenommen, das macht man nur, wenn die Freundschaft echt ist.«

»Ach, diese läppische Alge.« Serafina machte eine wegwerfende Handbewegung. »Du kannst sie zurückhaben, wenn du willst. Ich schicke sie dir mit der Luftpost.«

Nicht nur Lia in ihrem Versteck traute ihren Ohren nicht. Serafina vergötterte ihren Plantling Aurus und sie würde ihn niemals und unter gar keinen Umständen als läppische Alge bezeichnen.

Auch Nerlis Augenbrauen fuhren misstrauisch zusammen. »Du willst mir mein Geschenk zurückgeben? Dann beweise es, tu es jetzt gleich.« Der Elfenjunge streckte fordernd die Hand aus.

Serafina wich zurück. »Nein!«, japste sie, dann hatte sie sich wieder im Griff. »Ich schicke ihn dir später, wenn du in deine Heimat zurückgekehrt bist und dich hier lang genug nicht mehr hast blicken lassen. Wenn ich dir Aurus jetzt gebe, dann brauchst du deinen Wasserriesen nicht mehr, weil du dann mithilfe des Atemgebers an Land atmen kannst. Dann werde ich dich ja nie wieder los. Zu guter Letzt fängst du noch als Schüler in Springwasser an, um mich besser verfolgen zu können und mir deine Freundschaft aufzuzwingen.«

»Wäre das denn wirklich so schlimm?«, fragte Nerlis sanft.

Serafina wendete den Blick ab. »Ich will einfach nur, dass du gehst. Verschwinde, Nerlis. Aus Springwasser, aus meinem Leben. Du bringst mir nichts als Unglück.«

Getroffen ließ Nerlis den Kopf hängen. »Ich kann nicht glauben, was du da sagst. War unsere Freundschaft all die Jahre lang nur gespielt?«

Es war so herzzerreißend, dass Lia es kaum noch hinter dem Felsbrocken aushielt. Sie wollte vorspringen und schreien: »Serafina meint es nicht so, sie ist nur unfassbar stur!« Lia kannte Serafina gut genug, um an der Art, wie sie ihre Schultern hochzog, zu erkennen, dass sie Höllenqualen litt.

Nerlis hingegen gab auf. »Dann sage ich jetzt Lebewohl.

Ich werde noch eine Weile in der Nähe bleiben, für den Fall, dass du es dir anders überlegst. Du weißt ja, wie du mich erreichen kannst. Und was den Atemgeber anbelangt … bitte behalt ihn. Du hast ihn damals angenommen und ihm inzwischen einen Namen gegeben. Er gehört jetzt zu dir und ich hoffe, das bedeutet, dass zwischen uns doch noch ein Band besteht.«

»Die Hoffnung ist umsonst.« Serafinas Schultern zitterten, als sie die Kette, an der ihr Planting Aurus in einem Glasflakon hing, abnahm. Wie in Zeitlupe streckte sie die Hand aus und gab Nerlis den Atemgeber. »Nun gibt es nichts mehr, was uns verbindet. Und jetzt geh.«

Als Nerlis sich die Kette um den Hals hängte, glaubte Lia ein Glitzern in seinen Augen zu sehen. Ihr selbst war auch absolut nach Weinen zumute. »Möge eine lebhafte Strömung mit dir sein, Serafina Blauglanz«, verabschiedete sich der Elfenjunge.

Bei diesen Worten schloss der Riese seine Faust um Nerlis und versank in dem Wasserstrudel. Kaum war die monströse Gestalt versunken, schoss das Wasser des unterirdischen Sees mit einer Fontäne zurück in die Höhle.

Serafina sank auf die Knie und beugte sich vornüber. Ihr Rücken bebte, was nur bedeuten konnte, dass sie weinte.

Nun hielt Lia es nicht mehr aus, sie lief zu ihrer Freundin, kniete sich neben sie und zog sie in ihre Arme. Dabei musste sie sich zusammenreißen, um nicht auch in Tränen auszubrechen. Das konnte nun echt niemand gebrauchen.

»Bei allen Tiefseebeben, ich wusste doch, dass ich verfolgt werde«, brachte Serafina zwischen zwei Schluchzern hervor.

»Bist du mir böse?«, fragte Lia.

»Ach, Lia. Ich bin viel zu froh, dass du da bist, um sauer zu sein«, brachte Serafina hervor und lächelte, während sie weiterweinte.

Es ist ja noch viel schlimmer, als ich befürchtet habe, dachte Lia.

17.

Eine zweite Flut in Springwasser

Während Serafina weinte, als könnte sie nie wieder aufhören, spürte Lia ein seltsames Kribbeln im Nacken. Passend zu dem immer lauter werdenden Brodeln der Wassermassen.

Ob der Wasserriese zurückkehrte?

Besorgt spähte Lia hinter sich – und verpasste Serafina statt eines tröstenden Rückentätschelns vor Schreck einen Schlag.

»Aua, warum haust du mich?« Serafina blinzelte aus tränenverschmierten Augen. »Bist du jetzt sauer auf mich?«

Lia schüttelte den Kopf. »Das heb ich mir für später auf. Jetzt ist erst mal Panik angesagt, das Wasser hört nämlich nicht auf zu sprudeln.« Sie deutete auf die Mitte des Sees, in der mittlerweile eine Fontäne bis gegen die Stalaktitendecke schoss. Die von der Decke herabhängenden Zuckerkegel brachen reihenweise ab und sausten wie Pfeile zu Boden. Der See selbst schäumte und blubberte, als sei in seiner Tiefe ein Vulkan ausgebrochen. Mit einem beängstigenden Tempo stieg das Wasser und hätte im nächsten Augenblick auch schon die beiden Mädchen erreicht, wenn sie nicht aufgesprungen und zurückgewichen wären.

»Das ist doch nur Wasser«, sagte Serafina. Doch selbst sie blickte misstrauisch auf den schäumenden See.

»Aber es wird immer mehr! Du bist davon ausgegangen, dass der Wasserriese den unterirdischen See bei seinem Abgang überschwemmen würde, so wie in der letzten Nacht das Tal. Deshalb hast du auch das Seil mit dem Eimer nach unten gezogen. Du wusstest, dass du nach deinem Treffen im Brunnen hochgespült werden würdest.«

»Es ist eine gute Sache, wenn der Brunnen wieder Wasser führt«, behauptete Serafina. »Dann können sich auch wieder Wasservölker wie Schmodderzüchter und Wasserloch-Nymphen ansiedeln. Außerdem dachte ich, dass mir diese Nervensäge Lofi folgt. Wäre mir klar gewesen, dass du es bist, hätte ich mir die Mühe nicht gemacht.«

Mit einem ohrenbetäubenden Gepolter vergrößerte sich die Fontäne und sprudelte jetzt Unmengen an Wasser in die Höhle.

Das war's. Lia musste den Rückzug antreten, bevor der Weg aus der Höhle versperrt war. »Bitte vergiss nicht, dass ich unter Wasser nicht atmen kann. Und das gilt nicht nur für mich, sondern auch für Merla, Dorient und Lofi, die inzwischen vermutlich alle auf dem Brunnengrund auf uns warten. Und die können nicht mal fliegen wie Blo, wenn es drauf ankommt.«

»Ihr seid mir alle gefolgt?« Für einen Augenblick sah Serafina richtig glücklich aus.

»Du wirst es nicht glauben, aber wir mögen dich eben.«

Lia packte ihre Freundin an der Hand und lief in den

Tunnel. Sie musste wieder ihren Kopf einziehen, als die Decke im Tunnel niedriger wurde. Das machte sie langsamer – im Gegensatz zum hineinströmenden Wasser, das bereits ihre Waden umspülte. Es krachte und grollte mächtig im Tunnel. Offenbar bahnte sich immer noch mehr Wasser einen Weg in die Höhle.

Schon stand es Lia bis zu den Hüften. Und von dem rötlichen Schimmer des Luxihells war noch immer nichts zu sehen.

Obwohl sie nur an die rauschende Flut in ihrem Rücken denken konnte, konzentrierte sie sich. Dann hielt sie gegen ihren Instinkt an, drehte sich um und hob die Hände. »Geh hinter mir in Deckung«, wies sie Serafina an.

In der Dunkelheit des Tunnels ahnte Lia die schwarze Flutwelle mehr, als dass sie sie sah. Bitte, bitte, lass es dieses Mal klappen, dachte sie, während sie die Energie zwischen ihren Handflächen sammelte. Erst im letzten Augenblick, als sich die Energie kaum noch bändigen ließ, vereinte Lia sie zu einem Gebündelten Blitz und schickte ihn zur Tunneldecke.

Der Blitz schlug ein wie eine Rakete und brachte die Decke zum Einsturz. Eine Ladung Felsen, Steine und Erde versperrte den Tunnel. Keine Sekunde zu früh, wie das Lärmen bewies, mit dem die Flutwelle gegen die Mauer aus Gesteinsbrocken donnerte.

»Du hast einen Gebündelten Blitz abgeschossen, genau wie in der Anleitung zur Ausübung der Blitzkunst von Emeralda Luftikussa von Hagelkorn«, hauchte Serafina beeindruckt.

Unter anderen Umständen wäre Lia völlig aus dem Häuschen gewesen über diesen Glückstreffer. Aber im Nachglühen der Explosion sah sie, wie bereits erste Steinchen aus dem Wall kullerten und Wasser durch die Ritzen spritzte. »Dieses Bollwerk wird nicht lange halten, der Druck ist zu groß. Komm, wir müssen zu den anderen«, drängte Lia.

Ohne den Wassernachschub aus dem See sank der Wasserspiegel im Tunnel wieder ein Stück, sodass die beiden Elfenmädchen gut vorankamen. Als das rötliche Licht von Dorients Luxihell aufleuchtete, gestattete sich Lia, endlich auszuatmen. Nur um die Luft sofort wieder anzuhalten, denn das Erste, was sie im Brunnen sah, war Dorients Gesicht. Er sah aus, als hätte Lias Gebündelter Blitz ihn direkt in den Allerwertesten getroffen.

»Eine gewisse Lia Sturmgold ist nicht dort, wo sie sein sollte«, knurrte der Elfenjunge. »Darüber hinaus sind meine nagelneuen Stiefel klitschnass. Ich weiß nicht, was mich mehr auf die Sturmzinne bringt.«

Neben Dorient stand Lofi, der bei Serafinas Anblick sofort zu strahlen begann und dabei vergaß, an dem Seil zu ziehen, das er in den Händen hielt. »Warum geht es nicht weiter aufwärts? Ich kann den Brunnenrand schon fast sehen«, erklang Merlas Stimme prompt von oben.

»Wir kabbeln uns später, versprochen«, rief Lia Dorient zu. »Aber jetzt müssen wir sofort aus diesem Brunnen raus, sonst … Ups!«

Aus dem Tunnel kam ein Donnern, das nur eins bedeuten konnte: Das Wasser hatte das Bollwerk gesprengt.

Wie immer voll auf Zack sprang Serafina neben Lofi und zog mit ihm so kräftig am Seil, dass Merla wahrscheinlich aus dem Brunnen rauskatapultiert wurde.

»Blo!«, rief Lia. »Ich brauche sofort deine Hilfe!« Dann schaute sie ihren Bruder an. »Das Wasser wird gleich den Brunnen fluten und ich kann nur einen von euch beiden Jungs nach oben fliegen, mehr schaffe ich nicht.«

Dorient wurde kreidebleich, trotzdem rang er sich ein Lächeln ab. »Schnapp dir Lofi, im Gegensatz zu ihm mag ich nasse Kleidung nur nicht.«

»Ich werde dafür sorgen, dass dein Bruder unbeschadet oben ankommt«, versprach Serafina.

»Du hast nicht zufällig eine Bubble dabei? Dann könnten wir zusammenbleiben«, fragte Lofi schüchtern. So nah war er der Undine noch nie gekommen.

Serafina ignorierte den Feuerelf und reichte stattdessen Dorient die Hand.

Lia fühlte sich furchtbar. Trotzdem öffnete sie die Flügel und flog zu Lofi, um ihn bei den Schultern zu packen. »Wir sehen uns oben.«

»Alles klar«, sagte Dorient. »Und dann rupfe ich ein Phönixchen mit dir.«

Nun musste Lia doch grinsen, während sie mit dem leise jammernden Lofi einen Senkrechten Startflug wie aus dem Lehrbuch hinlegte.

Zuerst startete sie steil durch, angetrieben von Sorge und Entschlossenheit. Doch ungefähr auf der Hälfte des Brunnenschachts machte sich Lofis Gewicht bemerkbar und bremste sie zunehmend ab. Unter ihnen begann das Wasser bereits zu brodeln und sie konnten hören, wie Serafina Dorient anwies, die Luft anzuhalten und sie auf keinen Fall loszulassen. Dorients Antwort wurde vom tosenden Wasser verschluckt.

»Die Flut kommt«, klagte Lofi und zog seine Füße an. »Erwähnte ich, dass ich Wasser zwar toll finde, aber ganz schlecht vertrage?«

Lia biss die Zähne zusammen und trieb ihre schmerzenden Flügel an, während der Halt ihrer Finger nachzugeben drohte.

Der Rand des Brunnens tauchte in Lias Sichtfeld auf, jedoch näherten sie sich ihm langsamer, als das Wasser anstieg.

Gerade als Lia dachte, sie müsse Lofi fallen lassen, sauste Blo an ihr vorbei, brachte sich unter dem Feuerelf in Stellung und verpasste ihm einen Antrieb. Mit gemeinsamer Kraft hievten sie ihn aus dem Brunnen. Lofi landete wenig sanft neben Merla, deren sämtliche Edelsteine auf der Haut gleichzeitig auffunkelten. Aber diesmal wich sie nicht zurück, sondern half ihm auf die Beine.

»Sofort auf die Schnelltreppe«, rief Lia. »Das Wasser kommt!« Sie fing die völlig entkräftete Blo in der Luft auf und presste sie an ihre Brust.

Eigentlich hatte Lia abwarten wollen, bis Dorient mit Serafina hochgespült wurde, aber nun musste sie Blo in Sicherheit bringen. Nachdem Merla und Lofi auf die Treppe gesprungen und außer Sicht waren, nahm Lia so viele Stufen auf einmal, wie es nur ging.

Oben angelangt, sauste Lia durch den Vorraum und hielt erst an, als sie in der Großen Halle war. Einige bange Momente vergingen, dann stolperten Dorient und Serafina durch die Tür, klitschnass und sichtlich mitgenommen. Dorient schlug die Tür hinter sich zu, dann lief er zu Lia, nahm ihre freie Hand und zog sie hinter sich her. »Nichts wie weg hier«, sagte er.

»Zu spät«, wisperte Lia.

Madame Mab Nachtalbe betrat soeben mit einer Schar älterer Schüler die Große Halle und der zielsichere Blick ihres einen Auges hatte die Lage sofort erfasst. Das andere war unter einer Augenklappe verborgen. Obwohl das Haar der Schulleiterin rauchgrau war, sah sie alles andere als alt und gebrechlich aus. Von Madame Nachtalbe ging die Energie jener Elfen aus, die über außergewöhnliche magische Fähigkeiten verfügten. Elegant hob sie ihren rabenfederschwarzen Rock, sodass Nebelschwaden unter dem Saum hervorkräuselten. Dann schien sie, ohne sich weiter zu bewegen, heranzugleiten und stand innerhalb eines Atemzugs auch schon vor dem bunten Haufen Elfenkindern.

Madame Nachtalbe musterte sie eindringlich. »Darf ich fragen, was Schülerinnen und Schüler der unteren Ligen in den Berghallen verloren haben? Und dann auch noch in einem sichtlich derangierten Zustand?«

Triefnass trat Serafina vor. Trotz der misslichen Lage, in der sie steckte, hielt sie sich erstaunlich aufrecht. »Das ist alles meine Schuld«, sagte sie.

»Serafina Blauglanz«, sagte Madame Nachtalbe. »Ich dachte, ich hätte mich klar ausgedrückt. Angesichts der Unruhe unter deinen Mitschülern solltest du auf deine Wabe zurückkehren, damit sich deine Freundinnen deinetwegen keine Sorgen machen. Ich kann mich allerdings nicht daran erinnern, gesagt zu haben, dass du sie zu einem Ausflug in Bereiche von Springwasser überreden sollst, in denen ihr nichts zu suchen habt. Schon gar nicht, wenn ihr eigentlich im Unterricht sitzen solltet.«

»Ehrlich gesagt hat Serafina uns zu nichts überredet«,

platzte es aus Lofi heraus. »Wir sind ihr heimlich gefolgt, weil wir nicht wollten, dass sie abhaut oder was noch Dümmeres macht. Wenn überhaupt, dann tragen wir alle zusammen die Verantwortung für die unterirdische Überflutung.«

Dorient schlug sich stöhnend mit der flachen Hand vor die Stirn, während Blo, die immer noch schlapp auf Lias Arm hing, ungläubig den Kopf schüttelte und etwas von »Das Hirn von diesem Feuerelf hat eindeutig Wasser abbekommen« krächzte.

Lia versuchte, die Lage zu retten. »Das Ganze ist bestimmt ein Missverständnis. Serafina ist vermutlich einfach gedankenverloren auf den Säulengang abgebogen und der Boden aus Sonnenstein hat ihr als Undine dann den Rest gegeben. Wenn wir uns jetzt beeilen, bekommen wir eine Kristallgärtner-Extraschicht, weil wir zu spät zum Unterricht erscheinen. Und die Sache mit dem Brunnen …« Sie dachte im Rekordtempo nach. »Also, dass der Brunnen jetzt wieder Wasser führt, ist doch eine gute Sache. Dann können da wieder Schleimblubberelfen, oder wie die heißen, wohnen. Sie sollten stolz auf uns sein, Madame Nachtalbe.«

Madame Nachtalbe hob eine schmale Augenbraue. Die älteren Schüler, mit denen sie gerade unterwegs gewesen war, tuschelten und schienen ebenfalls nicht recht überzeugt.

»Hinter alldem scheint mir eine interessante Geschichte zu stecken, eine sehr interessante Geschichte.« Wenn Lia sich nicht täuschte, glühte Madame Nachtalbes Auge in seiner Tiefe lilaviolett auf. »Mein werter Verdunklungs- und Entschleierungskurs der Turmalin-Liga«, wendete sie sich an ihre Schüler. »Wir haben es mit dem Rätsel einer Undine im Berg zu tun. Hat jemand einen Vorschlag, wie man am besten Licht in dieses Geheimnis bringt?«

Das kann ja was werden, dachte Lia, während sie und ihre Freunde von neugierigen Augenpaaren gemustert wurden, als wären sie ein Studienobjekt und nicht ein Trupp erschöpfter und teils tropfnasser Elfenkinder.

Dorient trat vor und schob trotzig das Kinn vor. »Es freut mich wirklich ausgesprochen, dass wir so interessant für die Oberstufler zu sein scheinen. Aber ehrlich gesagt, bezweifle ich das. Wir waren besorgt wegen einer Freundin, aber jetzt sind wir wieder alle zusammen. Alles ist gut, Ende der Geschichte.«

»Wenn das schon die ganze Geschichte sein soll«, sagte ein langer Binsenelf mit Nickelbrille, »dann würde ich gern mal wissen, warum der Luftelf tropfnass ist. Seine bestimmt wertvollen Stiefel sind völlig ruiniert. Passiert so etwas, wenn man Undinen zu nah kommt?«

»Davon träumst du Schlauberger wohl«, zischte Serafina.

Madame Nachtalbe betrachtete die Pfütze unter Dorients Stiefeln, als sei ihr die zuvor noch gar nicht aufgefallen. »Ein erster Ansatz, vielleicht sogar ein wegweisender.«

»Was ich damit sagen wollte«, setzte Dorient erneut an. »Wir würden uns jetzt gern zurückziehen, ehrenwerte Madame Nachtalbe.« Unauffällig zupfte er an Lias Ärmel, doch sie traute sich nicht zu gehen, solange Madame Nachtalbe sie ansah, als könne sie ihre Gedanken lesen.

Madame Nachtalbe lächelte. »Selbst für einen Luftelf bist du ganz schön ungeduldig, Dorient. Eine weitere Ansatzmöglichkeit, dieses Geheimnis zu lüften, möchte ich meinen.«

Die Schüler des Verdunklungs- und Entschleierungskurses nickten eifrig, der Binsenelf machte sich sogar Notizen in seine Kladde.

»Warum also die Eile, Dorient? Warum genießt du nicht deinen Besuch in der Großen Halle? Hast du uns vielleicht nicht die ganze Geschichte erzählt?«, erkundigte sich Madame Nachtalbe.

Ein Krachen ertönte durch das uralte Holz der Tür, die zur Wendeltreppe führte.

»Ich habe es eilig, weil wir sonst gleich alle nasse Füße haben«, sagte Dorient schlicht.

Dann brach die Tür und ein Schwall Wasser strömte in die Große Halle.

Die Schüler des Verdunklungs- und Entschleierungskurses schrien auf und flohen vor den sich rasch ausbreitenden Fluten.

»Wirklich sehr interessant und geheimnisvoll«, sagte Madame Nachtalbe, während sie auf ihren Nebelwölckchen emporstieg, damit ihre Röcke nicht nass wurden. »Ich glaube, es wird mir ein Vergnügen sein, dieses Rätsel zu lösen. Also ab mit euch, der Schulrat erwartet euch bereits – und zwar alle, vom Feuerelfen bis zur Undine.«

18.

Nektardrops

Die Abenddämmerung tauchte alles in ein lavendelfarbenes Licht, durch das ein paar apricot Wölkchen schwebten.

Lia stand an der geöffneten Balkontür der Nachtflugwabe, Ludmilla um die Schultern gelegt, damit die Efeuranke den aufkommenden Wind genießen konnte. Ludmilla raschelte vor Begeisterung mit den Blättern, ein so entspannendes Geräusch, dass Lia ihre Gedanken schweifen ließ.

Genauer gesagt, versuchte sie, sich in diesem abendlichen Kitschhimmel einen Palast ganz aufs Glas vorzustellen. Auf den ersten Blick wunderschön, auf Hochglanz poliert und gleichzeitig zerbrechlich. Der berühmte Palast der Luftelfen und Heimstatt der königlichen Familie von Silberhaar. Aber dann fing Lia an, sich die Innenausstattung zusammenzuträumen. Sie stellte sich die Küche vor, in der Dienstgnome den Abwasch machten und der Ofen schwarzen Rauch ausspie, die Waschküche, in der Schmutzwäsche geschleudert wurde, und Toiletten mit ihren Abwasserrohren – und plötzlich kam ihr die Idee von einem Glaspalast ziemlich albern vor. »Ich sollte mich bei der erstbesten Gelegenheit mal bei Dorient erkundigen, was es genau mit diesem Glaspalast auf sich hat, sonst bekomme ich das wenig königliche Wimmelbild nicht mehr aus dem Kopf«, murmelte Lia.

»Was hast du gesagt?«, fragte Blo, die an Lia vorbeiflatterte und es sich auf der Balkonbrüstung bequem machte. Beide Elfenmädchen waren mit Flügeln ausgestattet, aber nur eine von ihnen machte sich keine Sorgen darüber, dass man ja über die Brüstung fallen und in die Tiefe stürzen könnte.

»Ach, ich hab mir nur eine geistige Notiz gemacht, dass ich morgen ein paar neue Supergrün-Mineralstoffe für Ludmilla besorgen will. Jetzt, da es auf den Sommer zugeht, kann sie bestimmt ein bisschen Unterstützung für ihr Blattkleid gebrauchen.« Lia grinste Blo an. »Fescher Strampler übrigens.«

Blo zupfte missmutig an dem über und über mit Bienen bedruckten Schlafanzug-Einteiler rum. »Als wäre ich eine Blüte, die bestäubt werden will. Auf so peinliche Ideen kommt auch nur meine Mutter.«

»Ich finde es süß«, sagte Lia. Ob sie von ihrer Elfenmutter, der Königin Fetania Salira Nox, wohl auch mit einem selbst genähten Wölkchen-Pyjama zu rechnen hatte? Lia sah das schöne Gesicht der Herrscherin über die Himmelsreiche vor sich, umrahmt von silbernem Haar und geschmückt mit einer Diamantenkrone. Diese Elfe dirigierte vielleicht den Mistral und war eine entschlossene Kämpferin für mehr Miteinander in Andersreich, aber ob sie je eine Nähnadel in der Hand gehalten hatte? Wohl eher nicht. Mama Dornmeier daheim in der Menschenwelt übrigens auch nicht: Als Lia in der Schule einen kleinen Teppich weben sollte, hatte Andrea Dornmeier sich hinter ihrem vollen Schreibtisch versteckt und später eine Nachbarin beschwatzt, ihrer Tochter zu helfen.

»Das war heute übrigens eine blizzardheftige Leistung von dir im Brunnen«, wechselte Lia das Thema. »Und auch echt kameradschaftlich, was die Antriebs-Unterstützung bei Lofi anbelangt. Du bist ja nicht gerade eine Anhängerin von Feuerelfen.«

Blo bekam rosenrote Wangen und winkte ab. »War doch Ehrensache, der Zündelspan hätte sonst die nächsten Tage im Kamin bei Dauerfeuer verbringen müssen. Aber du hast auch bewiesen, dass du ein 1-a-Flug-Ass bist, Lia. Valmariana kann sich schon mal auf eine Demütigung bei der Flugprüfung einstellen, die steckst du mit ihren Möchtegern-Flügeln locker in die Tasche.«

Zuerst wollte Lia widersprechen, aber dann erinnerte sie sich, dass sie den Sinkflug im engen Schacht und einen Senkrechten Startflug mit Abschleppservice gemeistert hatte. Und alles, ohne einen einzigen Gedanken an ihre Höhenangst zu verschwenden.

Ein Grinsen breitete sich auf Lias Gesicht aus. »Ich hätte nie gedacht, dass ich das mal sagen würde, aber ich freue mich richtig auf die Flugprüfung.«

Blo erwiderte das Grinsen. »Ganz meine Rede. Das wird der reinste Spaziergang durch die Luftschichten, du wirst Geschichte schreiben. Noch nie zuvor wird jemand aus der Bergkristall-Liga so gleitflugmäßig durchgestartet sein. Weißt du was? Wenn du den Höhepunkt deines Pfeilgeraden Startflugs erreicht hast, musst du ihn mit einem Feuerwerk aus Blitzen garnieren. Dann machst du deinem Titel Sturmgold alle Ehre.«

Mit einem Schaudern dachte Lia an den Gebündelten Blitz, mit dem sie die Tunneldecke zum Einsturz gebracht hatte. In ihr schlummerten Kräfte, von denen sie keine Ahnung hatte. Ludmilla spürte ihre Anspannung und kitzelte sie sanft mit ihren Blattspitzen. Sofort verging das seltsame Gefühl. »Mal schauen, ob so ein Blitzchen drin ist.«

»Egal wie, du wirst sensationell sein«, sagte Blo unverdrossen. »Warum ich eigentlich rausgekommen bin: In der Geschenkbox, die meine Familie mir geschickt hat, war nicht nur dieser alberne Summ-summ-Strampler, sondern auch ein Glas mit Nektardrops. Eine Süßigkeitenspezialität von uns Pixies. Sie hilft angeblich gegen Kummer jeder Art. Die haben mir meine Leute eingepackt, weil sie der festen Überzeugung sind, dass ich in Springwasser schrecklich unter Heimweh leide. Und das nur, weil nicht in jeder Ecke irgendeine Blüte darauf lauert, gehegt und gepflegt zu werden.«

»Für mich klingt das nach einer richtig netten Familie, die an ihr kleines Stängelchen denkt«, sagte Lia.

»Stimmt ja auch«, gab Blo widerwillig zu. »Aber sie verstehen halt nicht, dass ich mir mehr vom Leben erhoffe, als Blätter zu polieren und wegen einer Doppelknospe die Fassung zu verlieren. Jedenfalls dachte ich mir, heute Abend wäre genau der richtige Zeitpunkt, um das Glas mit den Nektardrops zu öffnen. Die Befragung durch den Schulrat nach der Pfütze in der Großen Halle war stressig … besonders für Serafina. Seitdem liegt sie im Bett, starrt den

Baldachin an und ist nicht mal mehr garstig. Sie hat in der Flut auch noch Aurus verloren.«

Automatisch tastete Lia nach der um ihren Arm geringelten Ludmilla und streichelte ihre Blätter, die daraufhin genussvoll vibrierten. Blo hatte recht, seinen Plantling zu verlieren war bestimmt schrecklich, selbst wenn man ihn freiwillig weggab, so wie es Serafina getan hatte. Und sie konnte noch nicht einmal mit ihren Freundinnen darüber reden, weil sie ihr Treffen mit Nerlis verschwiegen hatte. Was hatte der Junge nur getan, dass sie sogar ihren heiß geliebten Plantling aufgegeben hatte?

»Hast du unserer Undine denn schon einen Drops angeboten?«, fragte Lia.

Blo wand sich auf der Balustrade, dass sie fast das Gleichgewicht verlor. »Vielleicht willst du das ja machen. Du weißt als Einzige von uns, was Serafina da unten in dieser Unterwasserhöhle zugestoßen ist. Und warum es überhaupt zu dieser Überflutung gekommen ist. Hat sie doch den Wasserriesen beschworen, vielleicht weil sie das Meer so sehr vermisst? Das könnte man sogar verstehen.«

»Serafina ist nicht schuld an der Überschwemmung«, warf Lia hastig ein. Diesen Satz hatte sie heute schon gefühlte hundertmal gesagt und trotzdem wurde sie den Verdacht nicht los, dass ihr niemand glaubte. Sogar Madame Nachtalbe hatte ein Pokerface aufgesetzt, als Lia behauptet hatte, dass Serafina nur so am Ufer des unterirdischen Sees gestanden habe und der ohne ihr Zutun einfach immer mehr Wasser ausgespuckt hatte. Alles andere behielt sie lieber für sich. Wenn jemand die ganze Geschichte erzählte, dann Serafina.

»Mir ist egal, warum der Fußboden der Großen Halle eine Grundreinigung erhalten hat«, sagte Blo. »Ich will bloß, dass Serafina mit dieser Starrerei aufhört und mich stattdessen wieder anpampt, dass ich nicht überall meine Waffen rumliegen lassen soll, weil sie schon wieder in einen Dorn getreten ist. Ich will unsere alte, schlecht gelaunte Meereshexe zurück!«

»Dann sag ihr das«, ermunterte Lia die Pixie, die vor Aufregung einen Schluckauf bekam. »Serafina kann jetzt jede Freundin und jedes liebe Wort gebrauchen. In der Großen Halle ist zwar kein Schaden entstanden, aber es wird sich schneller als ein Luftzug rumsprechen, dass es eine weitere Überschwemmung gegeben hat. Viele Mitschüler waren heute beim Frühstück ohnehin schon ganz komisch, das wird durch die jüngsten Ereignisse im Brunnenschacht nicht besser werden.«

Blo nickte zustimmend. »Und deshalb solltest du Serafina notfalls zwingen, ein paar Nektardrops zu futtern. Du hast von uns dreien den besten Draht zu ihr, mich und Merla ignoriert sie, seit sie auf ihr Bett gefallen ist. Wir sind keine richtige Einheit, wenn eine von uns sich aus unserem vierblättrigen Kleeblatt ausklinkt. Es ist dein Job, Serafina wieder einzuklinken, damit wir ihr zusammen helfen können.«

»Verstehe. Das ist ein Job für eine Prinzessin, die knallhart ihre Wünsche durchzusetzen weiß.« Lia rückte ihre Tiara zurecht. »Aber du darfst nicht enttäuscht sein, wenn Serafina mich abblitzen lässt.«

Die Nektardrops sahen aus wie Honigtropfen und fühlten sich zwischen den Fingerspitzen ganz wabbelig an. Lia drückte einen Drops zwischen ihren Fingern, bis sie sich einen bösen Blick von Blo einfing. Merla hatte Position am Fußende bezogen und wärmte Serafina die Füße mit ihrem Pelz.

Serafina lag auf den Rücken, die Arme schlapp neben sich, das Haar zu einem nachlässigen Zopf geflochten. Seit sie sich nach ihrer Befragung durch den Schulrat auf die Wabe geschleppt hatte, hatte sie nichts angerührt von dem Abendessen, das Frau Boskoop ihnen entzückenderweise auf einem Servierwagen gebracht hatte. (»Euch Mädchen ist heute Abend gewiss nicht mehr nach einem Essen in der geselligen Runde des Speisesaals zumute. Am besten macht ihr es euch auf der Wabe gemütlich.«) Leider hatte Serafina den Salzkrustenauflauf, ihr Lieblingsgericht, keines einzigen Blickes gewürdigt. Stattdessen hatte sie bloß ihre zerknitterte Schuluniform auf einen Stuhl geschmissen, ihr Nachthemd übergezogen und war dann in diese unheimliche Starre verfallen. Kein Wunder, dass Blo sogar ihren Spezialvorrat an Nektardrops zu opfern bereit war, damit diesem Gruselverhalten ein Ende gesetzt wurde.

Mit Ludmilla um den Hals setzte Lia sich auf die Bettkante. Der Plantling ließ eine Ranke auf Serafina runtergleiten, als wolle er sie liebkosen. »So, jetzt wird schön brav der Mund aufgemacht, damit eine Ladung Glückseligkeit deinen Gaumen verzücken kann«, flötete Lia gegen das Schweigen in der Wabe an.

Eigentlich hätte so viel Unsinn allein schon ausgereicht, um Serafina eine spitze Bemerkung zu entlocken. Jetzt zuckten nicht mal ihre Mundwinkel.

»Komm schon, du ölige Fischschuppeneinlage, sei eine vernünftige Undine und schluck den Drops«, setzte Lia noch einen drauf. »Wir haben alle einen harten Tag hinter uns. Wir sollten es uns zusammen gemütlich machen und Süßigkeiten essen. Du bist als Erste dran. Okay?«

Endlich eine Reaktion, wenn auch keine ermunternde: Serafina schloss die Augen.

»Vielleicht sollten wir ihr versprechen, dass wir nicht über das reden werden, was im Brunnen passiert ist«, schlug Merla vor.

»Oder dass wir auf jeden Fall hinter ihr stehen, egal, was die anderen sagen«, schlug Blo sich in die Brust.

Lia beugte sich vor und flüsterte in Serafinas Ohr. »Wenn du jetzt damit aufhörst, wie eine leblose Puppe herumzuliegen und deine Freundinnen damit in die Verzweiflung zu treiben, verplappere ich mich nicht wegen Nerlis.«

Sofort öffnete Serafina die Augen. »Unfair«, wisperte sie.

»Wie unfair kann es sein, Nektardrops zu essen?« Mit einem Schwups hatte Lia einen der goldenen Sweeties in Serafinas Mund geschoben.

Einen Moment später legte sich bereits ein weicher Zug auf Serafinas Gesicht. Schmatzend setzte sie sich auf und futterte gleich noch einen zweiten Drops hinterher. Großzügig verteilte Blo Drops an Merla und Lia, obwohl das kleine Glas damit fast leer war. Sie selbst wollte keinen. »Ich fand die Aktion im Brunnen frühlingsstark: rein ins Ungewisse und mit Hornissenspeed wieder raus. Aus meiner Sicht gibt es keinen Grund, Trübsal zu blasen.«

»Na ja«, sagte Merla, die sich wie eine Felldecke über die untere Hälfte von Serafinas Bett ausgebreitet hatte. »Wenn ich das richtig einschätze, haben Madame Nachtalbe und der Schulrat uns heute nur zu der Überschwemmung befragt. Das heißt nicht, dass es keine Konsequenzen haben wird.«

»Ihr könnt ganz beruhigt sein«, sagte Serafina. »Ich habe klargestellt, dass ihr nur in der Großen Halle gelandet seid, weil ihr mir heimlich gefolgt seid. Ihr seid eben meine Freunde und macht euch Sorgen um mich, weil ich als einzige Undine in Springwasser ständig unter Heimweh leide.«

»Was wolltest du eigentlich wirklich in diesem ausgetrockneten Brunnen? Du musst nix verraten, wenn du nicht willst, aber neugierig bin ich schon«, gab Blo zu. »Und Lia hat doch bestimmt was mitbekommen, als sie unten bei dir war.«

Serafina wechselte einen Blick mit Lia.

Lia wusste nicht, ob ihre Luftelfenaugen Bände sprechen konnten, aber sie versuchte, ihrer Freundin auf diese Weise mitzuteilen, dass es an ihr lag zu entscheiden, was erzählt werden sollte.

Nach einer Weile blinzelte Serafina, dann sagte sie: »Ich habe mich für den ausgetrockneten Brunnen entschieden, weil ich dachte, dass es dann zu keiner Überschwemmung kommt, so wie im Tal. Was ich dort gemacht habe, darf ich nicht verraten – es ist eine Angelegenheit des Meeresvolkes, und wenn es herauskommen würde, gäbe es sehr viel Ärger, nicht nur für mich, sondern auch für meinen Clan und alle, die mir nahestehen. Du, Lia, hast etwas davon mitbekommen, aber bitte vertrau mir: Du hast keine Ahnung, worum es dabei wirklich ging. Wichtig ist auch nur, dass es jetzt vorbei ist. Es wird keine weitere Überschwemmung geben.«

»Dann ist jetzt alles wieder gut und du bist nur noch so miesmuschelig wie üblich?«, fragte Merla.

Serafina nickte, sah dabei aber nicht sehr überzeugend aus.

Lia ahnte auch, warum. Wenn alles gut gewesen wäre, wäre die stolze Undine doch nicht in Tränen ausgebrochen, nachdem sie diesen Nerlis abgewiesen hatte. »Bist du dir wirklich sicher?«, fragte sie deshalb.

»Es muss gut sein.« Serafina fasste an ihren Hals und für einen Moment sah es aus, als würde sie erneut in Tränen ausbrechen.

Doch so weit kam es nicht, denn in diesem Augenblick flog die Tür auf und Valmariana marschierte ungebeten in die Wabe. Um ihre Stirn hatte sie ein gelbes Tuch gebunden, auf dem das Zeichen von Springwasser, ein Baum mit Wurzelgeflecht, abgebildet war. Ein Symbol dafür, dass die Elemente von Andersreich zusammengehörten: Die Baumkrone berührte den Himmel, sein Stamm die Erde, seine Wurzeln verbanden sich mit dem Wasser, seine Früchte sahen aus wie magische Feuerkugeln und er stand in einem Oval, dem ihn umfließenden Äther.

Hinter Valmariana ragte die Gebirgselfe Quadrophenia auf und an ihrer Seite ging der hochgewachsene Elfenjunge mit den Mottenflügeln, der schon bei Valmarianas Versuch, Merla zu mobben, mit von der Partie gewesen war. Auch sie trugen das gelbe Stirnband mit dem Baumsymbol. Hinter ihnen tummelten sich so viele neugierig dreinblickende Elfen, dass Lia insgeheim schon befürchtete, der Stängelgang könnte sich überlastet fühlen und den Pulk mit einem riesigen Knoten umschließen.

Valmariana hielt eine große Papyrusrolle in den Händen, die sie theatralisch entrollte. »Hiermit verkünde ich, dass am heutigen Tage der Rettet-Springwasser-Club gegründet wurde. Ziel unseres hervorragenden Clubs ist es, diesen Ort des Wissens und Lernens zu schützen. Die Mitglieder des Clubs verpflichten sich, alles in ihrer Macht Stehende zu tun, um frühzeitig ausfindig zu machen, was unserer geliebten Lehrstätte Schaden zufügen könnte, und entsprechend mit weiser Voraussicht zu handeln. Ich, Valmariana, Enkeltochter der Großfürstin des Monsuns, bin von der überragenden Mehrheit zur Ersten Vorsitzenden des Rettet-Springwasser-Clubs gewählt worden. Deshalb ist mein Stirnband, das Erkennungszeichen unserer Clubmitglieder, mit Glitzersteinchen besetzt wie eine Tiara.«

»Herzlichen Glückwunsch«, sagte Blo. »Wenn du die Tür dann bitte von außen zumachen würdest, Erste Vorsitzende? Und das nächste Mal wird höflich angeklopft, bevor du bei uns reinstürmst. Sonst könnte ich das als kriegerische Handlung einstufen und entsprechend zu den Waffen greifen.«

Bei der Aussicht, Blos Akaziendornschwert zu spüren zu bekommen, wich Valmariana zurück, nur um gegen Quadrophenia zu stoßen.

»Wenn man vom Schwert dieser Pixie gepikst wird, juckt das tagelang«, informierte die Gebirgselfe, die bereits Kampferfahrung mit Blo gemacht hatte, ihre Freundin. Vorsichtshalber legte auch sie den Rückwärtsgang ein.

Valmariana sah plötzlich nicht mehr ganz so selbstbewusst aus. »Jedenfalls hat der Club nach der erneuten Überschwemmung innerhalb der Grenzen von Springwasser entschieden, dass es sich bei der Undine Serafina um eine Gefahr für die geliebte Lehrstätte handelt. Und deshalb …« Sie verpasste dem Mottenflügel-Elfen einen Schubs, woraufhin er bis an Serafinas Bett stolperte. »... verpassen wir ihr einen Warnstempel.«

Der Elfenjunge beugte sich hastig vor und berührte Serafinas Schulter, bevor er im Eiltempo die Kehrtwende machte und raus auf den Gang verschwand.

Auch Valamarina wendete sich um, als Blo an ihren Waffengürtel langte. »Alles Weitere später«, sagte sie, dann war sie auch schon wieder zwischen den Zuschauern verschwunden und überließ es Quadrophenia, die Tür hinter sich zuzuziehen.

»Was war das denn für ein Auftritt?«, fragte Lia, die immer noch nicht recht glauben konnte, was sich soeben in der Wabe abgespielt hatte.

Serafina deutete auf einen knallroten Kreis mit einem giftgrünen Kreuz in der Mitte, der auf ihrer Schulter prangte. Sie rubbelte erfolglos daran herum. »Ist das zu glauben? Ich wurde mit einem Warnhinweis aus Gnomenrotz versehen. Selbst wenn ich zehn Mäntel übereinander anziehe, wird das Zeichen immer noch erkennbar sein.«

»Du solltest damit sofort zum Schulrat gehen«, sagte Merla. »Es ist ganz bestimmt verboten, jemanden gegen seinen Willen mit einem Zeichen zu bekleben. So eine Frechheit.«

Doch Serafina winkte ab. »Ich habe für die nächsten Mondumdrehungen genug vom Schulrat. Irgendwann trocknet der Gnomenrotz durch und dann fällt es von allein ab.«

»Bist du dir sicher?«, fragte Lia.

Serafina zuckte mit der Schulter. »Mich interessiert weder Valmariana noch ihr Club. Sollen die doch denken, was sie wollen. Das Einzige, das mich jetzt interessiert, ist mein Bettchen.« Damit schmiegte sie sich in ihre Kissen.

Lia und die anderen Elfenmädchen legten sich ebenfalls in ihre Betten, doch dem Wälzen und Drehen nach zu urteilen, brauchten sie alle eine Weile, bis sie einschliefen.

19.

Königliche Kummerkastentante

In Lias Menschenleben war es häufiger vorgekommen, dass sie ganze freie Nachmittage allein verbrachte. Als Einzelkind, das mit einer berufstätigen Mutter zusammenlebte und wegen der Umzüge oft die Neue in der Klasse war, war sie geübt darin, es sich allein gemütlich zu machen.

Seit Lia die Luftelfenprinzessin geben musste, war damit allerdings Schluss.

Hätte Lia jemand vorher verraten, dass sie demnächst rund um die Uhr mit drei anderen Mädchen zusammen sein würde, sich – sobald sich eine Möglichkeit auftat – mit einem älteren Jungen zum Quatschen treffen und ansonsten mit Begeisterung ein Haustier ... äh, einen Plantling versorgen würde – sie hätte die Hände über dem Kopf zusammengeschlagen. Viel zu stressig! Aber ist das immer noch so?, überlegte Lia, die während der Blauen Stunde in einem Kokon im Zweiggeflecht des Großen Baums saß und feststellte, dass sie zum ersten Mal seit Langem allein war. Abgesehen von den Flatterlingen, die in den Kokons nach Lust und Laune herumsegelten.

Kein Dorient, der in den Kissen lümmelte und Witze machte.

Keine Merla, die Nüsse zu einer Halskette fädelte und dabei leise vor sich hin sang.

Keine Blo, die es darauf anlegte, die Flatterlinge aufzuscheuchen.

Keine Serafina, die eklige Geschichten über das Zukunftslesen aus Fischgedärm erzählte, bis alle sich die Ohren zuhielten.

Nur Lia.

Und natürlich Ludmilla, die sich durch die Zweige des Kokongeflechts schlängelte, bis sie ein Muster ergab.

Lia atmete tief durch und sank in die weichen Kissen.

Was für ein mieser Tag! Es war bereits am Morgen im Badesalon losgegangen. Die Nachtflugwabe hatte Serafina geschlossen dorthin begleitet, nachdem am Tag zuvor der Rettet-Springwasser-Club ihrer Freundin den Krieg erklärt hatte. Kaum waren sie eingetreten, hatte eine Grasgrünelfe mit dem gelben Stirnband des neuen Clubs einen Pfiff ausgestoßen, woraufhin alle Elfen mit gelben Stirnbändern schweigend den Salon verlassen hatten.

»Das Sprudelbecken gehört uns, Wasser marsch!«, hatte Serafina gerufen, aber das Badevergnügen hatte sich schal angefühlt, als immer mehr Elfen mit gesenkten Köpfen den Salon verlassen hatten.

Beim Frühstück wurden nur möglichst unauffällig die Nachbartische abgerückt. Mehr hätte der Zeremonienmeister auch niemals durchgehen lassen. Und in Wortzauberkunde hatte sich eine schöne Nymphe krankgemeldet, nachdem Meister Do-Dobil ihr nicht erlaubt hatte, sich von

Serafina wegzusetzen. Daraufhin hatte sich Serafina im Farben-sind-Freunde-Kurs lieber gleich freiwillig an einen Einzeltisch gesetzt. Wo auch immer die Undine auftauchte, gingen Elfen auf Abstand, auch ohne dass ein Clubmitglied einen schrillen Pfiff ausstieß. Beim Mittagessen hatte dann kaum eines der Mädchen einen Bissen runterbekommen, weil um sie herum eisiges Schweigen herrschte.

»Valmariana ist schlimmer als jede laue Brise«, ließ Lia in dem Kokon so ganz allein für sich Dampf ab. »Gleich morgen gründe ich den Anti-üblen-Schnepfen-Verein und werde als erste Amtshandlung die Oberziege mit Gnomrotz-Stickern zupflastern, auf denen *Ich bin igitt* steht.«

»Ich würde auch ein paar Sticker mit *Wenn's stinkt, war's ich* hinzufügen«, kicherte eine supergut gelaunte Stimme.

Lia zuckte zusammen.

Dann kapierte sie, dass sich ihr Fendrill in einen Mund verwandelt hatte und sie mit Asalia in der Menschenwelt verbunden war.

»Warum hat das Fendrill denn nicht getutet?«, wunderte sich Lia.

»Lag bestimmt am Zeitumrechner, die sind aktuell wohl überlastet, weil halb Andersreich gerade wegen der Bekanntgabe des Blumenzauber-Turniers im Fendrill-Netz rumhängt.« Asalia hielt inne. »Da fällt mir übrigens was ein: Wenn das Blumenzauber-Turnier stattfindet, muss ich meinen Körper vorübergehend zurückhaben. Die sommerliche Pixie-Veranstaltung ist der absolute Nagel!«

»Du meinst Hammer«, sagte Lia.

»Du triffst es auf den Kopf!« Asalia brach in Gekicher aus, während Lia die Augen verdrehte. »Aber genug des Amüsements. Wen willst du mit Igitt-Stickern pflastern und warum?«

»Du willst echt wissen, was bei mir los ist?« Lia war verblüfft. »Ist alles in Ordnung bei dir, bist du vielleicht krank oder hast du beim Hockeytraining einen Ball mit Karacho an den Kopf bekommen?«

»Ich nicht, aber die Kapitänin aus unserer Mannschaft. Ein ganz sauber platzierter Treffer. Daraufhin hatte ich ein laaaanges Gespräch mit unserer Trainerin über falschen Ehrgeiz. Seit wann ist es falscher Ehrgeiz, wenn man um den Platz auf dem Feld kämpft, der einem zusteht? Kaum zu glauben, wie wenig ihr Menschen über die Rechte echten Adels wisst.«

Wenn Asalia in Springwasser wäre, bekäme sie bestimmt noch vor Valmariana einen Igitt-Sticker vom Anti-üble-Schnepfen-Club verpasst, dachte Lia. Bei der Luftprinzessin drehte sich einfach alles um sie selbst. Trotzdem war Asalia anders als Valmariana. Sie war nicht wirklich gemein und sie würde niemals Pläne schmieden, um jemanden auszugrenzen und damit toll dazustehen.

Eine Idee begann in Lias Kopf Form anzunehmen. Es gab doch dieses alte Sprichwort: den Teufel mit dem Beelzebub austreiben. Wenn man einer überheblichen Luftelfe die Stirn bieten wollte, fragte man am besten die Prinzessin der Lüfte, wie man das anstellte.

Lia beschloss, es auf einen Versuch ankommen zu lassen. »Asalia, stell dir mal vor, eine Freundin von dir wird verdächtigt, etwas Schlimmes angestellt zu haben. In Wirklichkeit hat sie zwar etwas damit zu tun, ist aber nicht dafür verantwortlich.«

»O verdammeldeiter Kugelblitz!«, kreischte Asalia. »Du bist aufgeflogen und alle wissen jetzt, dass du ein Menschenkind bist. Nur fürs Protokoll: Ich habe nicht vor, meine wohlverdiente Auszeit in der Menschenwelt zu unterbrechen, nur weil die in Springwasser rausbekommen haben, dass du ein Menschenmädchen in einem Elfenkörper bist. Leugne einfach alles, und wenn das nicht hilft, stell dich dumm. Das funktioniert bestimmt, schließlich hält ganz Andersreich die Menschen für geistig zurückgeblieben.«

Den Tipp merke ich mir, falls ich tatsächlich mal auffliegen sollte, beschloss Lia. »Du kannst durchatmen, Asalia. Ich bin nicht aufgeflogen. Bei meiner Geschichte geht es wirklich um eine Freundin, die ein Problem hat und nicht verraten darf oder kann, um was es sich handelt. Und eine Luftelfe macht ihr deshalb das Leben schwer.«

Der Mund des Fendrills stand still. So still, dass Lia ihr Handgelenk mit dem Ornament an ihr Ohr führte. »Huhu, Asalia, bist du noch da?«

Asalia schnaufte. »Logo. Ich spring doch nicht sofort auf und renn nach Springwasser, nur weil deine Freundin so dusselig ist und sich vom niederen Himmelsvolk schikanieren lässt. Eine Frage, bevor ich meine hoheitliche Weisheit zur Verfügung stelle: Steht diese armselige Person unter deinem persönlichen Schutz?«

Lia musste einen Moment nachdenken, was damit gemeint war. So eine Frage konnte doch nur jemand stellen, der mit einer Tiara auf dem Kopf aufgewachsen war. Jemand, der königlich dachte. Ha! Genau das, was es brauchte, um Valmariana die Stirn zu bieten.

»Die besagte Freundin gehört meiner Wabeneinheit an,

also ja, so gesehen steht sie unter meinem Schutz«, sagte Lia.

Aus dem Fendrill kam ein nachdenkliches »Mhhh«. Schließlich sagte Asalia: »Als natürliches Oberhaupt deiner Einheit musst du wissen, was genau das Problem dieser Freundin ist. Nur dann kannst du entsprechende Maßnahmen gegen den übergriffigen Störenfried ergreifen.«

Lia schluckte. Asalia war zwar ein waschechter Luftkopf, aber wenn es drauf ankam, konnte sie ganz schön die zukünftige Königin der Himmelsreiche rauskehren. »Serafina wird aber auf keinen Fall mit der Geschichte rausrücken, lieber geht sie in Sack und Asche.«

»Bereitet dir etwa schon wieder diese Spinnensalat essende Erdelfe Probleme?«, vermutete Asalia.

Ich erhöhe auf zwei Igitt-Sticker für Asalia, grummelte Lia innerlich. »Du bringst die Namen durcheinander: Die Erdelfe heißt Merla, Serafina ist eine Undine.«

»Die haben mich wirklich mit jemandem in eine Wabe gesteckt, der nach Fisch riecht? Unglaublich.« Man konnte es regelrecht hören, wie Asalia sich angeekelt schüttelte. Lia gestand sich gerade ein, dass es ein Fehler gewesen war, die Luftprinzessin um Hilfe zu bitten, als die sagte: »Dann wende dich eben an einen Wahrheitsfinder, um herauszufinden, was Sache ist. Die Schulleitung dürfte einen besitzen.«

»Asalia, wärst du so freundlich, mir zu erklären, was ein Wahrheitsfinder ist?«

»Menschen«, seufzte die Luftprinzessin, die Klebstoff für einen leckeren Snack hielt. »Ein Wahrheitsfinder ist ein Ätheralb, der von seinem Stamm wegen groben Unfugs verbannt wurde. Albe mögen Lügen, Dunkelheit und schlechte Träume. Für jemanden, der die Wahrheit findet und ausspricht, haben sie in ihren Reihen keinen Platz. Magisch hoch versierte Elfen bieten den ausgestoßenen Wahrheitsfindern deshalb ein Zuhause an. Im Gegenzug helfen sie Elfen, die Wahrheit ans Licht zu holen, wo sie ansonsten verschleiert bleiben würde.«

»Das klingt ganz nach etwas, das Madame Mab Nachtalbe als Spezialistin für Verdunklungs- und Entschleierungskunde besitzen könnte. Darüber hinaus sitzt sie auch der Schulleitung vor.«

»Treffer!«, jubelte Asalia. »Verlang, den Wahrheitsfinder von dieser Nachteule gebrauchen zu dürfen. Und sobald du über das Undinen-Problem Bescheid weißt, schmieden wir einen passgenauen Plan, um deine Schutzbefohlene aus der Schusslinie dieser Wichtigtuerin zu nehmen.«

»Ich glaube zwar nicht, dass sich Madame Nachtalbe irgendetwas von mir befehlen lässt, aber die Idee mit dem Wahrheitsfinder ist super. Vielen Dank.«

»Als Luftprinzessin gilt es, einen Ruf zu verteidigen«, näselte Asalia königlich. »Nachdem wir uns jetzt so lange mit Springwasser-Angelegenheiten herumgeschlagen haben, wenden wir uns erfreulicheren Dingen zu. Sprechen wir über mich. Ich habe mit dem Handy ein sensationelles Foto gemacht, das ich gleich auf Insta stellen werde. Rate mal, was es zeigt.«

»Hoffentlich nicht deine frisch grün gefärbten Augenbrauen«, sagte Lia.

Asalia machte ein Würgegeräusch. »Grün?! Natürlich nicht, so etwas Scheußliches würde ich nie mit meinen Augenbrauen anstellen.«

»Ich dachte, weil Grün die Farbe der Natur und der Elfen ist«, erklärte Lia ihren Gag.

»Da gehst du seit Wochen in Springwasser zur Schule und hast immer noch keine Ahnung von den Basics. Du bist echt eine Langsam-Schneckerin.«

»Checkerin. Es heißt Langsam-Checkerin«, sagte Lia, während sie schmunzeln musste. Irgendwie war Asalia ja auch lustig, kein Wunder, dass die Mädchen in ihrer Klasse sie mochten, auch wenn sie manchmal bestimmt seltsam rüberkam.

Wie gewöhnlich ignorierte Asalia den Verbesserungsvorschlag. »Jedenfalls habe ich den Wasserkasten über der Toilette aufgemacht und festgestellt, dass da gar kein Gargoyle drinsitzt. Ich dachte, der sei für die Flutung der Toilettenschüssel zuständig. Stattdessen funktioniert das Ganze mechanisch. Ungelogen! Es ist ein ausgeklügeltes System, völlig faszinierend. Mein Foto ist der Beweis, dass man auf diese ständig schlecht gelaunten Kreaturen verzichten kann, wenn man sich aufs stille Örtchen zurückziehen will. Im Glaspalast muss man sich immer ihr Genörgel anhören: ›Das nächste Mal gefälligst nicht so viele Stürmchen-Beeren naschen!‹ oder ›Da hört man mal, was dabei rauskommt, wenn es Sturm-Pastete zum Abendessen gab‹. Ätzend hoch unendlich. Das findet nur mein Bruder lustig. Aber er ist auch mit dem Gargoyle in seinen Privaträumen befreundet. Wenn ich wieder in Andersreich bin, wird als Erstes überall ein neues Spülsystem eingeführt. Bis dahin beglücke ich schon mal die Menschenwelt mit meiner Erkenntnis.«

Angestrengt unterdrückte Lia ein Kichern. Jetzt galt es, ernst zu bleiben, sonst würde unter ihrem Namen gleich das

Foto vom Innenleben eines Spülkastens ins Netz gestellt werden. »Das ist wirklich ganz toll, Asalia. Aber hast du mal drüber nachgedacht, dass die Menschenwelt eh schon über die Magie von Spülkästen Bescheid weiß? Sie baut diese Installationen schließlich.«

Der Mund des Fendrills spitzte sich nachdenklich. »Du meinst, die Kästen wachsen nicht so an der Wand, wie Pilze aus dem Boden?«

»Vertrau mir, es sind Produkte aus Menschenhand. Für uns ist das so natürlich wie für euch Kristallgärtnern.«

Nach kurzem Schweigen verkündete Asalia: »Jetzt, da du mich darauf hinweist ... Eigentlich habe ich mir das schon selbst gedacht. Menschen machen Dinge, weil sie keine Ahnung von Magie haben. Ist doch logisch, sonnenblumenklar!«

»Dann hast du das Foto noch nicht hochgeladen?«, vergewisserte sich Lia.

»Ähmm ... Sorry, aber ich muss sofort aufhören mit dem Geplaudere, Mama Dornmeier verlangt augenblicklich nach mir. Flatter frohgemut!« Damit schloss sich der Mund und das Fendrill nahm wieder die Form eines goldenen Ornaments auf Lias Handgelenk an.

Lia seufzte. Entweder hielten alle Kontakte in ihrem Handy das Foto vom Innenleben einer Klospülung für einen Witz ... oder sie würde einen Spitznamen bekommen. Vermutlich Klo-Schneckerin. Aber es machte keinen Sinn, sich darüber den Kopf zu zerbrechen. Es gab Wichtigeres: Sie musste herausfinden, wie man zu Madame Nachtalbes Verborgenem Salon Eintritt fand.

20.

Staub ansetzen wie die Profis

Über das Kristallgärtnern gab es unter den Schülern von Springwasser verschiedene Meinungen. Die meisten sahen es als eine lästige Pflicht an, mit Pinseln, Staubtüchern und Pipetten voll verschiedener Lösungen zwischen den Pflanztischen umherzuwuseln. Zu ihnen gehörte eindeutig auch Lia. Sie fand Kristallgärtnern ungefähr so aufregend, wie zu Hause die Blumenkisten auf dem Balkon zu versorgen: dröge, aber okay. Für manche war es jedoch ein Traumjob, weil sie entweder Kristall-Pops heiß und innig liebten oder sie – wie Merla – ein Interesse an allem hatten, was wuchs und gedieh. Tja, und dann gab es noch die echten Hater, zu denen an vorderster Front Blo gehörte. Ihre Abneigung stammte aus ihrer Pixie-Kindheit, die ihren Erzählungen nach nur aus Blumen-Betüddelung bestanden hatte. Für Blo war das Kristallgärtnern besonders hart, weil sie als kleine Elfe besonders gut in die feinen verstaubten Ritzen der Kristalle kam und sich für sie deshalb jedes Mal eine Arbeit finden ließ. Trotzdem aß Blo Kristall-Pops genauso gern wie alle anderen Elfen, was vermutlich der Grund war, dass der Kristallgarten noch keinem geheimen Anschlag zum Opfer gefallen war.

Im Kristallgarten gab es Tische mit Wasserschalen, in denen Salz- oder Algenkristalle wuchsen, aus denen die pikanten Snack-Pops gemacht wurden. Auf anderen lagen Holztabletts, auf denen getrocknete Minzblätter, Kieselsteine oder kandierte Zitronenschalen ausgebreitet waren, die für das Wachstum vieler Kristalle wichtig waren. An diesen Tischen wurde vor allem Staub gewedelt, die Zutaten ausgewechselt oder mit verschiedenen Lösungen herumgespritzt. In den Ecken hingen spinnenseidenfeine Fangnetze, in denen sich nach und nach blaue Luftkristalle sammelten, und auf einem Feld wuchsen mannshohe Berg- und Rosenquarze. Aber es gab auch Höhlen, in denen Lava blubberte und deren Decken mit rubinfarbenen Kristallen überzogen waren – eindeutig das Revier der Feuerelfen. Und dann waren da natürlich auch noch Abteilungen, die nur von speziell ausgebildeten Elfen besucht werden durften. Sie züchteten dort Kristalle aus dem Reich der Magie. Sie wurden von den Heilern und Alchemisten verwertet, dienten aber auch als Baumaterialien. Soviel Lia erfahren hatte, bestand der gesamte Glaspalast der Familie von Silberhaar aus einer besonders fein zusammengesetzten Sorte magischer Luftkristalle.

Wie immer, wenn die Elfenmädchen aus der Nachtflugwabe Kristallgärtner-Dienst hatten, verschwand Serafina sofort in den Unterwasserhöhlen. Die drei anderen trugen sich nach einem raschen Blickwechsel für die Pflege der Staubkristalle ein, eine recht unbeliebte Aufgabe. »Ihr wisst Bescheid?«, hatte der hagere Borkenelf gefragt und dabei nur Merla angeschaut, die sich innerhalb einiger Wochen bereits einen Ruf als Kristallkennerin erworben hatte. Sie hatte eifrig genickt und sofort mit einem extrem öden Bericht über die Wachstumsförderung von Staubkristallen losgelegt, der nicht mal den Borkenelf interessiert hatte.

Nach kurzer Zeit waren sie, wie geplant, alleine in der Kammer, die komplett mit einer grauen Staubschicht überzogen war. Überall wuchsen im Zeitlupentempo die Staubkristalle, die eher wie Trauben aus Kieselsteinen aussahen und angeblich nach Langeweile schmeckten. Ansonsten gab es eine Standuhr, die unlustig vor sich hin tickte, eine altmodische Sitzecke aus Lehnsesseln und ein Regal mit Wälzern über Staubkristalle, die vermutlich die perfekte Einschlaflektüre waren.

»Eins steht mal fest«, sagte Lia. »Hier wird uns niemand stören.«

»Was nicht weiter verwunderlich ist. Kaum setzt man einen Fuß in dieser Kammer, fängt man an zu gähnen.« Blo verpasste einer Staubflocke im Flug einen Kick gegen die dröge Stimmung.

»Einige Heiltinkturen basieren auf dieser speziellen Kristallart, außerdem sind Staubkristalle sehr wichtig für die Beruhigungs-Bräue der Drachenforstelfen«, begann Merla zu erläutern.

Doch Blo gab nur einen Lippenpups auf den Wert von Staubkristallen. »Drachen mit chronisch schlechter Laune sollen halt im Hinterland bleiben, für die verfächle ich doch keinen Staub. Das ist ja noch verwelkter, als Rosen im Sommer frische Luft zuzuwedeln.« Mit saurer Miene gab sie der nächsten Flocke einen Tritt.

Unauffällig trat Lia neben Merla, die als Einzige ihr Geheimnis kannte und der sie deshalb Fragen stellen konnte, die sie bei allen anderen sofort als Mensch entlarvt hätten. »Es gibt Drachen in Andersreich?«

Zuerst zog Merla verblüfft die Brauen hoch. Dann lächelte sie. »Manchmal vergesse ich, dass du keine echte Elfe bist. Natürlich gibt es Drachen, wir leben schon seit Jahrtausenden in friedlicher Koexistenz. Genauer gesagt, nachdem das herrliche Volk der Dracos Andersreich um Asyl gebeten hat. Der Glaspalast deiner Familie hat sogar einen extra Drachenhangar, weil die Luftelfen und die geflügelten Drachen besonders eng miteinander befreundet sind. Jedes Element hat seine eigene Drachenart, aber über jede lässt sich sagen, dass sie großartige, überaus gebildete Kreaturen sind. Sogar die etwas wilderen Exemplare aus dem Erdreich, die auf Staubkristall-Trank zur Bezähmung ihres Temperaments angewiesen sind.«

Was in Merla-Sprache dann wohl bedeutete, dass Erddrachen mit Vorsicht zu genießen waren.

»Sobald wir etwas Ruhe haben, musst du mir unbedingt noch mehr von den Drachen erzählen, ich bin nämlich ein riesiger Fan«, flüsterte Lia aufgeregt. »Ich habe zu Hause ganze Buchreihen über Drachen und auch ein paar Figuren im Regal stehen. Drachen sind so cool.«

Merla nickte. »Ich würde alles dafür geben, um ihre Sommerschule während der Ferien besuchen zu dürfen. Sie ist ein berühmter Hort der Weisheit und der schönen Künste.«

»Die Drachen bieten eine Sommerschule an? Jetzt bekomme ich Herzrasen.« Das klang in Lias Ohren wie ein Dauerabo für Erdbeereis – oder noch besser: ein Ticket, mit dem sie je nach Laune zwischen Menschen- und Elfenwelt switchen konnte.

»Vielleicht bekommen wir beide ja eins der heiß begehrten Stipendien für die Sommerschule auf dem Roten Berg«, tagträumte Merla. Dann löste sie pflichtbewusst den Beutel von ihrem Gürtel und begann, frischen Staub in der Luft zu verteilen, den Blo schimpfend mit ihren Flügeln zu verfächeln begann.

Lia hingegen nahm den Wedel zu Hand, mit dem sie Bodensatz aus altem Staub aufwirbelte. Ganz vorsichtig, damit nicht zu viel aufstieg und sie keinen Niesanfall erlitt.

»Was machen wir denn jetzt wegen Serafina?«, rief Blo. »Von Stunde zu Stunde tauchen mehr gelbe Stirnbänder auf, obwohl Madame Nachtalbe heute beim Morgenappell klargestellt hat, dass Serafina weder für die Überflutung des Tals noch für das Überlaufen des Brunnens verantwortlich ist. Das hätten Untersuchungen ergeben, die für die Flut eine Frequenz verantwortlich machen, die nicht mit der magischen Undinen-Linie übereinstimmt. Trotzdem halten immer mehr Dumpfelfen Serafina für schuldig. Und unsere Undine macht es auch nicht besser, indem sie sich weigert, eine Erklärung für die nassen Umstände abzugeben. Diese sture Miesmuschel.«

»Ich mache mir Sorgen, dass Serafina ins Meer zurückkehrt«, sagte Merla. »Sie hat doch ohnehin ständig Heimweh, und wenn jetzt alle gemein zu ihr sind und sie wie eine Aussätzige behandeln, dann hält sie bald nichts mehr in

Springwasser. Es wäre fürchterlich, wenn sie plötzlich nicht mehr da wäre, sie gehört doch zu unserer Einheit.«

»Keine Sorge, ich hab schon eine Idee«, sagte Lia, bevor Merla noch in Tränen ausbrach. »Wir müssen herausfinden, warum Serafina so in der Klemme steckt. Hinter dem Besuch des Wasserriesens verbrigt sich mehr, etwas, das Serafina uns nicht verraten kann.«

»Ein Geheimnis, das sie aus dem Meeresreich mitgebracht hat – darüber habe ich auch schon nachgedacht.« Blos Libellenflügel klirrten vor Aufregung. »Gut möglich, dass sie eine Wassergöttin erzürnt hat, als sie das Meer verlassen hat, um nach Springwasser zu kommen.«

Merla bekam ganz rosige Wangen. »Oder ihre Familie hat sie gegen ihren Willen mit einem Seeteufel verlobt und der Riese soll sie davon überzeugen, ins Meer zurückzukehren.«

»Was immer es ist«, sagte Lia, »Serafina wird es uns nicht verraten. Wir sind diejenigen, die sich der Sache annehmen müssen. Wenn wir hinter Serafinas Geheimnis kommen, dann können wir sie auch ganz anders gegen Valmariana und ihren gemeinen Blitzbirnen-Verein verteidigen.«

Blo landete auf der Standuhr und setzte ihre Denkermiene auf. »Das klingt vernünftig. Viel besser als meine Idee, Valmariana im Schlaf ihre heiß geliebte Haarmähne zu verzotteln, damit sie die nächsten Tage Strähnen entknotet, anstatt Unruhe zu stiften.«

Merla streichelte gedankenverloren über die winzigen Türkissplitter auf ihrem Oberarm, die wie blaugrüne Sommersprossen aussahen. »Ich finde die Idee auch gut, aber wie sollen wir die Wahrheit herausfinden, wenn Serafina selbst dir gegenüber schweigt?«

Auf diesen Moment hatte Lia seit ihrem Gespräch mit Asalia gewartet. »Wir brauchen einen Wahrheitsfinder, der uns erzählt, was Serafina zugestoßen ist.«

Blo stieß einen schrillen Schrei aus, bei dem prompt ein paar Staubkristalle zerbröckelten. »Du willst dich mit einem Alb einlassen? Dir hat wohl der Staub den Verstand vernebelt! Albe sind furchtbar, die haben mein Volk in grauer Vorzeit in Käfigen gehalten und gezwungen, ihre Pilzkolonien zu pflegen. Pilze sind noch aufmerksamkeitssüchtiger als Blumen, der absolute Schimmelbefall!«

»Die Albe waren früher zu keinem Elfenvolk nett«, sagte Merla. »Und heute sind sie auch nicht unbedingt freundlicher. Sie benehmen sich nur, weil wir Elfenvölker gegen sie zusammenhalten und auf der Einhaltung der Anstandsregeln bestehen.«

»Das ist doch jetzt alles egal«, sagte Lia, obwohl ihr etwas flau im Magen wurde. Dass Albe so gemein waren, hatte Asalia nicht erwähnt. »Ein Wahrheitsfinder kann wegen seiner Natur nicht bei seinem Stamm leben und sucht deshalb Unterschlupf bei auf Magie spezialisierten Elfen. Wenn wir so einem Wahrheitsfinder eine Frage stellen, wird er sie uns bestimmt gern beantworten. Das entspricht schließlich seiner Natur.«

»Selbst, wenn das so einfach wäre, müsstest du zunächst mal wissen, wo du einen Wahrheitsfinder antreffen kannst«, gab Merla zu bedenken.

Blo flatterte auf Lia zu, wobei sie einige dicke Staubwolken umschiffte. »Ich verwette meinen Vorrat an Nektardrops, dass unsere Prinzessin schon weiß, wo wir einen solchen Alb antreffen können.«

Merlas Mund formte sich zu einem überraschten O, dann blitzte es in ihren Bronzeaugen. »Im Salon von Madame Mab Nachtalbe, unserer geheimnisvollen Schulleiterin, von der niemand weiß, welchem Elfenvolk sie entstammt, weil es keinem gelingt, ihren magischen Schleier zu durchdringen. Eine solche Meisterin der verborgenen Künste gewährt bestimmt einem Wahrheitsfinder Obhut.«

Lia grinste breit. »Treffer und versenkt.«

»Kein Grund zum Feiern«, sagte Blo. »Auch wenn wir eine Ahnung haben, wo sich ein Wahrheitsfinder aufhalten könnte, stehen wir trotzdem vor einem großen, nicht zu sagen monstergroßen Problem: Niemand aus der Bergkristall-Liga weiß, wo sich in Springwasser Madame Nachtalbes Verborgener Salon befindet. Es heißt, wer in ihren Kurs für Verdunklungs- und Entschleierungskunde aufgenommen werden will, muss als Aufnahmeprüfung den Eingang finden. Dorient ist zwar schon in der Amethyst-Liga, aber das reicht nicht, die Schüler schaffen es frühestens in der Turmalin-Liga, das Rätsel um Madames Salon zu knacken. Und die es geschafft haben, werden dir nicht verraten, wie.«

»Das brauchen sie auch nicht, ich werde es nämlich ganz allein herausbekommen. Zu irgendwas muss der Ehrentitel Sturmgold ja gut sein.« Lia streckte sich und wischte ein paar Staubfussel von ihrer Schulter. Sie musste ihre Freundinnen unbedingt von ihrem Plan überzeugen. In Wirklichkeit hatte sie nämlich selbst Zweifel, ob ihre Idee zünden würde. »Eine Regel der Blitzkunst lautet: Jeder Blitz trifft ein Ziel. Das bedeutet, dass ein Blitz, den ich losschicke, nicht irgendein Ziel trifft, sondern das von mir ausgewählte. Alles, was ich tun muss, ist, einen Sucher-Blitz loszuschicken, der die Tür von Madame Nachtalbes Salon der Geheimnisse treffen soll. Dann folgen wir ihm ganz entspannt und statten dem Wahrheitsfinder einen Besuch ab.«

»Bist du dir sicher, dass deine Gabe schon so weit gediehen ist? Das klingt nach fortgeschrittener Blitzkunst«, sagte Merla. »Wenn ich mich richtig erinnere, bekommst du bislang nur ein paar Miniblitze hin. Und die auch nur dann, wenn sie wollen.«

»Du vergisst den Gebündelten Blitz im Brunnenschacht«, fügte Lia an. »Ich brauche nur ein bisschen Unterstützung von euch, dann klappt das bestimmt.« Das muss es einfach, fügte sie in Gedanken hinzu. Ich habe nämlich keinen Plan B. »Seid ihr dabei, ihr stolzen Mitglieder der Nachtflugwabe?«

Blo dachte nicht groß nach. »Unbedingt! Wir Mädels halten zusammen wie Honigkruste.«

Merla kräuselte nachdenklich die Stirn. »Das klingt alles sehr gefährlich. Die Blitzkunst birgt Risiken und mit Alben lässt man sich besser gar nicht erst ein. Sie haben fiese Tricks auf Lager.«

»Hast du eine andere Idee, um Serafina zu helfen?«, fragte Lia. Insgeheim hoffte sie, dass die Erdelfe eine Überraschung auf Lager hatte, denn ganz wohl war ihr bei der Aussicht auf einen Plausch mit einem Alb auch nicht.

Doch Merla schüttelte den Kopf. »Leider nicht. Aber ich möchte auch nicht, dass Serafina unglücklich ist und von den anderen in Springwasser schlecht behandelt wird. Ich bin bei der Aktion dabei, wenn du mir versprichst, dass wir aufhören, sobald es gefährlich wird oder wir in ernsthafte Schwierigkeiten geraten.«

»Großes Luftehrenwort«, versprach Lia. Dann legte sie der Erdelfe einen Arm um die Schultern, wobei sie achtgab, die Rubine auf ihrer Haut nicht zu berühren. Die konnten nämlich ganz schön heiß werden. »Außerdem darfst du mir ruhig etwas mehr zutrauen, schließlich habe ich in kürzester Zeit gelernt, wie man einen Senkrechten Startflug hinlegt.« Leise fügte sie hinzu: »Trotz Höhenangst.«

Merla atmete tief durch. »Alles wird gut, versprochen?«

Lia blinzelte ihr zu. »Versprochen.«

21.

Ein Blitz geht auf Reisen

»Und du bist dir sicher, dass du das willst?« Der Zweifel war Serafina ins Gesicht geschrieben, wie sie da so auf ihrer Bettkante saß und die Arme vor der Brust verschränkt hielt.

»Klaro«, sagte Lia. »Meine Eltern erwarten von mir zu Recht Fortschritte in der Blitzkunst. Deshalb haben sie mir ja auch diese wertvolle Schriftrolle mit den Anleitungen geschickt. Bestimmt schmeißen sie zu Beginn der Sommerferien eine Party, um meinen Ehrentitel Sturmgold groß zu feiern. Ich will dann nicht wie ein Gödel dastehen, der mit ein paar konfus herumzuckenden Blitzen das Bankett in Brand steckt.«

So leicht ließ Serafina sich nicht bequatschen. »Stattdessen willst du sie mit einem Sucher-Blitz beeindrucken, einer Kunstfertigkeit, die auf der Schriftrolle mit einem *Für Fortgeschrittene* samt Totenkopf markiert ist.« Sie schaute zu Merla, der vernünftigsten unter den Freundinnen. »Und du unterstützt unsere größenwahnsinnige Blitze-Schleuderin, obwohl sie dir bei ihrem letzten Experiment Löcher in den Pelz gebrannt hat?«

Glücklicherweise war Merla in ihren Pelz eingemummelt, ansonsten hätte ihr Gesichtsausdruck sofort ihre Panik verraten. »Ich helfe Lia, wenn sie mich darum bittet.«

»Und du, Blo?«, fragte Serafina.

Blo schaute von dem Buch über Waffenkunde auf, in dem sie seit Pausenbeginn schmökerte. »Lia hat's drauf, also bin ich dabei.« Und dann, weil das etwas schwach klang: »Wenn wir unserer Prinzessin nicht helfen, fragt sie bestimmt Dorient und seinen dusseligen Freund, den Feuerelf. Und dann endet es auf jeden Fall in einer Katastrophe.«

Allein bei der Vorstellung schüttelte sich Serafina. »So sicher, wie Wasser nass ist, würde dieses Chaos-Duo die Schule abfackeln. Lofi würde angeben und dem Sucher-Blitz einen feurigen Antrieb verpassen, während Dorient ihn mit einer Extraportion Sturmwind versorgt.«

Lia schauderte. So eine Nummer war den beiden Elfenjungen unbedingt zuzutrauen. Wie gut, dass Lia ihre Freundinnen hatte. Merla war zwar manchmal übervorsichtig, Serafina entdeckte in jeder Suppe ein Haar und Blo fand es erst richtig super, wenn es heftig wurde. Aber mit ihnen an der Seite flutschte es. Sie waren einfach ein fantastisches Team, eine untrennbare Einheit.

Serafina strich ihr Kleid, das an weißlichen Meerschaum erinnerte, glatt. Das heißt, sie versuchte es, aber der Stoff fluffte sofort wieder auf. Leider verschwand der Gnomrotz-Sticker nicht unter den vielen Rüschen, er war immer gut sichtbar. »Einen Vorteil hätte es, wenn Lia und die Jungs ein Blitz-Chaos anrichten würden. Dann könnten sich die Mitglieder des Rettet-Springwasser-Clubs zur Abwechslung mal damit beschäftigen …

Während Lia und die beiden anderen Elfenmädchen bekümmert dreinblickten, lächelte Serafina in die Runde. Es war ein herzzerreißend trauriges Lächeln.

Die Undine war zwar von Natur aus etwas mürrisch, aber selbst ihr ging es an die Substanz, dass sie von immer mehr Elfenkindern gemieden wurde. Laut Serafinas Lieblingslehrer Sir Falling-Bumquest, seines Zeichens Lebende-Farben-Spezialist und darüber hinaus Vertrauenslehrer, konnte man niemanden zwingen, auf dem Pausenhof zu bleiben, sobald eine bestimmte Elfe auftauchte. Die Mädchen von der Nachtflugwabe hatten Gerüchte darüber gehört, dass die Anführer des Rettet-Springwasser-Clubs von Lehrern beiseitegenommen worden waren und ein paar Takte zu hören bekommen hatten. Doch letztendlich hatte das bloß dazu geführt, dass noch mehr gelbe Stirnbänder aufgetaucht waren. Der stumme Protest gegen Serafina stellte die Lehrerschaft von Springwasser vor eine echte Herausforderung.

Da war Valmariana, dieser Tiefschlammgrundel, wirklich ein gemeiner Coup gelungen!

Und man konnte nichts dagegen tun, denn der Club war nach den Springwasser-Regeln gegründet worden und seine Mitglieder durften ihre gelben Stirnbänder tragen, so viel sie wollten. Valmariana hatte es sogar gewagt, Lia persönlich ein Eintrittsformular für den Club in die Hand zu drücken. »Als oberste Vertreterin der Himmelsreiche ist es deine Pflicht, dich für die Sicherheit von Springwasser einzusetzen«, hatte die Luftelfe frech behauptet.

Die Freundinnen hatten versucht, Serafina zu überreden, Valmariana wegen des Gnomrotz-Stickers anzuschwärzen, doch davon wollte die Undine nichts hören. »Dann bin ich nicht nur eine Gefahr für Springwasser, sondern auch noch eine blöde Petze. Nein, danke, auf den Ehrentitel verzichte ich lieber.«

Es blieb also dabei: Wenn sie dem Rettet-Springwasser-Club den Boden unter den Füßen wegziehen wollten, musste Serafina schleunigst entlastet werden. Und dafür mussten sie die Wahrheit, warum der Wasserriese Springwasser heimgesucht hatte, herausfinden. Zwar hatte Serafina den goldhaarigen Elfen Nerlis abgewiesen, aber Lia wurde den Verdacht nicht los, dass der Junge noch nicht aufgegeben hatte. Und wer konnte schon sagen, wohin eine weitere Überschwemmung der Schule führen würde?

Es musste etwas passieren. Und zwar jetzt!

Entschlossen strich Lia ihre Spezialtunika glatt. Der Blitz auf der Vorderseite war im Moment noch unsichtbar, sobald sie jedoch seine Macht wachrief, würde er sich mit gleißendem Licht füllen. Dann würde sie die magische Kraft der Himmelsreiche in einem Sucher-Blitz bündeln, koste es, was es wolle.

Das ist wie Salzteig-Kneten, redete Lia sich gut zu. Die Energie zwischen meinen Händen ist der Teig und ich gebe ihm eine Form. Die Anleitung in der Pergamentrolle war zwar etwas anspruchsvoller. Aber im Prinzip ging es genau darum. Wenn ich nur fest genug daran glaube … uuuuh.

»Dann sind wir uns also einig: Ihr drei helft mir, einen Sucher-Blitz zu formen«, sagte Lia in die Runde. »Für dich, Serafina, ist es am leichtesten: Du musst nur eine Wasserpfütze in Schach halten, damit sie nicht versickert. Ich sollte während der Beschwörungsphase sohlentief im Wasser stehen, um die Energie erst mal in Ruhe sammeln zu können. Merla erdet mich für den Fall, dass was schiefgeht und ich den Blitz in den Blumentopf umleiten muss.« Sie deutete auf einen großen Tontopf voll frischer Gartenerde, den sie mit vereinten Kräften auf die Wabe geschleppt hatten.

Bei der Aussicht, als Blitzableiter zu dienen, schauderte Merla, legte aber keinen Protest ein.

Dafür schmiss sich Blo in die Brust. »Und dann kommt mein Einsatz«, verkündete die Pixie. »Ich werde dem Blitz so schnell folgen, dass er mich für seinen Schatten hält.«

»Aber nur, falls ich nicht sofort nach seinem Absenden in den Sauseschritt wechseln kann. Du fliegst ihm hinterher – und wartest, wenn er sein Ziel gefunden hat. Im Zweifelsfall folge ich dir mithilfe meines Fendrills, das ich auf deinen Standort ausrichte. Wenn du vor lauter Ungeduld allein Madame Nachtalbes Salon betrittst, findet dich das Fendrill nicht mehr.«

»Verstanden, Eure Hoheit!« Blo salutierte zackig.

Lia wusste, wovon sie sprach: Nach dem Essen hatte sie dem Fendrill den Auftrag gegeben, sie zu Madame Nachtalbes Salon zu führen. Dann war sie seinen Anweisungen gefolgt, und nachdem sie zum dritten Mal am Springbrunnen der Guten Wassergeister vorbeigekommen war, war ihr klar geworden, dass sie immer wieder hoffnungslos ihm Kreis lief. Der besagte Salon wirkte auf Lias Fendrill offenbar wie ein Magnet auf eine Kompassnadel. Es wäre ja auch eine Überraschung gewesen, wenn Madame Nachtalbes Rätsel so leicht zu lösen gewesen wäre.

»Dann wollen wir mal!«

Entschlossen holte Lia den Waschkrug. Sie wechselte einen Blick mit Serafina, die ihre Arme ausbreitete, und goss dann das Wasser auf den Boden. Wie von Zauberhand nahm die Lache eine kreisrunde Form an und stand gut daumendick hoch, als hätte Lia das Wasser in eine Glasform gefüllt. Merla hockte sich im Schneidersitz daneben, wobei sie einen Finger in die Pfütze und den anderen in die Blumenerde steckte. Sie hatte ihren Pelz zurückgestreift und die braunen Rauchquarze an ihrem Haaransatz leuchteten auf. Währenddessen ging Blo in die Starthaltung, das Gesicht schmal vor Konzentration.

Nun pochte Lia doch das Herz. Schnell ging sie in Gedanken die Anleitungen in der Schriftrolle durch, bevor sie in die Wasserpfütze trat. »Wenn es nicht klappen sollte, habe ich wenigstens saubere Booties«, witzelte sie. Dann suchte sie nach der Energie, die unablässig durch die Luft brizzelte und die sie als Sturmgold zwischen ihren Händen einfangen konnte. Falls es ihr nicht gelang, sie zu einem Sucher-Blitz zu formen, wäre trotzdem eine Unmenge an Energie vorhanden. Hoffentlich würde sie damit lediglich den Blumentopf sprengen …

Lia hob ihre Hände.

Himmelsreich-Energie strömte auf sie zu und sammelte sich zwischen ihren Handflächen. Mehr Energie als je zuvor. Ein Knistern erfüllte die Luft, in Lias Nacken kribbelte es und Merlas Pelz stand in alle Richtungen ab.

Aber es reichte noch nicht. Lia hielt die Hände fest in Position, selbst als sich rotgoldene Funken aus dem unsichtbaren Energieball lösten und ihre Füße in den Stiefeln so heiß wurden, dass die Wasserpfütze anfing zu dampfen.

Dann stellte Lia sich das gesuchte Ziel vor: eine geheimnisvolle Tür, über der in nachtblauer Schnörkelschrift Madame Nachtalbes Name geschrieben stand. Nebelschwaden quollen unter ihr hervor.

Das Bild in ihrem Kopf wurde so echt, dass Lia für einen Moment vergaß, dass sie noch in der Wabe stand. Sie streckte die Hand aus, um die Tür zu Madames Verborgenem Salon aufzustoßen – und riss mit einem Schrei die Hand zurück, als sich ein Blitz von ihren Fingern löste.

Mit klirrenden Libellenflügeln startete Blo durch. »Nehme die Verfolgung auf!«

»Du hast es geschafft, Lia«, rief Merla, deren Rauchquarze ihrem Namen alle Ehre machten. »Der Sucher-Blitz ist mit Jagdfalkenspeed abgezischt.«

Lia gönnte sich einen Augenblick der Freude. Dann rannte sie los, so schnell sie konnte, bevor sich der goldene Schweif, den der Sucher-Blitz hinter sich herzog, auflöste.

22.

Dem Blitz auf der Spur

Lia raste mit derartigem Speed durch Springwasser, den Blick fest auf den Lichtschweif des Sucher-Blitzes gerichtet, dass sie nicht mitbekam, an wem oder was sie vorbeiraste. Später würden Glockenblumen-Jalla und ihre Freundinnen aus Wortzauberkunde ihr erzählen, sie hätten sie für einen Elfengeist gehalten, weil sie wie ein Schemen an ihnen vorbeigezischt war. Und Frau Brausegut Prickwick, die Ertüchtigungs- und Sportspiellehrerin, versuchte, sie danach für das Fliegball-Team zu gewinnen, ein Spiel, bei dem es neben der Tauchkunst vor allem auf Schnelligkeit ankam. Gespielt wurde nämlich auf einem Sumpfgebiet, und wer zu langsam war oder vom Gegner ausgetrickst wurde, versank blubbernd in einem Sumpfloch, bis die eigenen Leute einen rauszogen … falls man vor lauter Geschwindigkeitsfieber nicht vergessen wurde.

Was Lia anbelangte, so erinnerte sie sich nur noch daran, dass ein paar Kurven erstaunlich eng ausgefallen waren und sie die ein oder andere Wendeltreppe und einen Blattfahrstuhl der Stängelpost benutzt hatte. Und sie lernte, dass die Kobolde es gar nicht gut fanden, wenn man, ohne zu fragen, ihr Katapult benutzte. Das teilten sie ihr zumindest später per Einschreiben mit.

Die größte Herausforderung war aber dann das Stoppen des Sauseschritts, als vor Lia ziemlich plötzlich eine große Tür auftauchte, in der der wild blinkende Sucher-Blitz steckte. Sie kam so schnell auf Lia zu, dass sie nur noch »Ups, gleich schaut meine Nase zum Hinterkopf raus« denken konnte.

Im selben Moment klirrten Libellenflügel und Lia wurde an der Kapuze gepackt. Für einen Herzschlag ruderten ihre Füße wild in der Luft herum. Dann plumpste sie auch schon auf den Steinboden.

»Autsch«, klagte Lia. »Ich muss dringend herausfinden, wie man den Sauseschritt stoppt, ohne dabei seinen Hintern einzusetzen. Sonst bekomme ich noch Hornhaut auf meiner Kehrseite.«

»Hast du im Glaspalast Zofen, die dich abfangen?«, erkundigte sich Blo, die sich auf ihre Hände pustete, mit denen sie Lia eben abgebremst hatte.

»Es gibt extra Auffangnetze«, flunkerte Lia. »Vielen Dank jedenfalls.«

Dann rappelte sie sich auf und untersuchte die Tür samt Sucher-Blitz genauer. Sie hatte eine ovale Form und war mit einem glänzenden schwarzen Lack überzogen. Wenn man richtig hinsah, tauchten aus seiner Tiefe Symbole, Schriftzeichen und komplizierte Formeln auf, um kurz darauf wieder zu verschwinden. Die Angeln und der aufwendig verzierte Türgriff, der in einem Medusenkopf endete, waren aus poliertem Silber. Der Rahmen war aus … etwas, das an ausgeblichene Knochen erinnerte, in die Fratzen ziehende Trolle, die Zunge rausstreckende Gnome und Derwische, die … hüstel … ihren blanken Allerwertesten zeigten, geschnitzt waren. Die Wand, in die die Tür eingelassen war, bestand aus Steinquadern, in deren Fugen Moose und winzige Farne wucherten. Dass sie hier richtig waren, bewies der Nebel, der unten und seitlich aus der Tür quoll und seine Fangarme über den Boden gleiten ließ. Als Lia über ihre Schulter zurückblickte, konnte sie nicht erkennen, was im Gang hinter ihr lag, denn er verschwand völlig im dichten Nebel.

Lia erschauderte. »In welchem Teil von Springwasser sind wir eigentlich?«

Verlegen zuckte Blo mit der Schulter. »Keine Ahnung, ich habe mich voll auf den Blitz konzentriert. Vielleicht sind wir gar nicht mehr in Springwasser, sondern haben ein im Nebel verstecktes Portal durchquert.«

»Das klingt ganz nach Madame Nachtalbe«, stimmte Lia zu.

Mit klopfendem Herzen trat Lia auf die Tür zu und griff nach dem blinkenden Sucher-Blitz, der sich bei ihrer Berührung in Luft auflöste. Zu ihrer Erleichterung hatte er keine Spuren im Lack hinterlassen. Gerade als sie ihre Hand auf die silberne Türklinke legte, dröhnte plötzlich eine tiefe Stimme.

Hastig zog Lia die Hand zurück. Konnte der Medusenkopf etwa sprechen?

»Herzlich willkommen, Elfenkind. Madame Nachtalbe freut sich, dass du den Weg zu ihrem Salon gefunden hast. Eine beachtliche Leistung. Leider ist die Herrin dieser

Räumlichkeiten zurzeit nicht da. Möchtest du ihr eine Nachricht hinterlassen oder auf sie warten?«

Lias Gedanken überschlugen sich, während sie den Medusenkopf im Auge behielt. Hatten die Schlangen auf dem Haupt eben gezuckt? »Also …«, setzte sie an. »Wenn es erlaubt ist, würde ich gern warten.«

»Selbstverständlich«, dröhnte die Stimme.

Und schon schwang die Tür auf, ohne einen einzigen Laut von sich zu geben. Hinter ihr verbarg sich nicht, wie zu vermuten gewesen wäre, eine geballte Ladung Nebel, sondern ein halbkreisförmiger, gemütlicher Empfangsraum mit samtbezogenen Sesseln und einem Kamin, in dem ein Feuer loderte.

»Das nenne ich ein stilvolles Willkommen«, freute sich Blo – doch als die Pixie durch die Tür fliegen wollte, prallte sie gegen eine unsichtbare Wand. Glücklicherweise schien sie aus einem gummiartigen Material zu sein, denn Blo federte mit einem »Boing« zurück. »He, was soll der Raupendreck?«, schimpfte sie aufgebracht.

Erneut ertönte die tiefe Stimme: »Es darf nur eintreten, wer den Weg zu dem Verborgenen Salon aus eigenen Kräften gefunden hat. Wer sich nur an die Spur eines Finders heftet, wird von den Nebelschwaden hinfortbefördert – falls er nicht freiwillig den Platz räumt.«

Blo bekam rote Wangen. »Ach so. Dann mach ich wohl lieber die Flatter. Auf einen Nebelabtransport bin ich nämlich nicht erpicht.«

Lia war nicht bereit, gleich aufzugeben. »Das ist aber ganz schön streng, schließlich haben Blo und ich als Team gearbeitet.«

»Wenn das so ist, darf die Pixie hier draußen warten, bis Madame Nachtalbe erscheint und darüber befindet.« Dieses Mal stand es fest, dass die Stimme vom Türknauf stammte: Die Medusa blinzelte Lia nämlich zu.

Schnell wechselten Lia und Blo einen Blick.

»Klingt fair«, sagte Blo. »Du gehst rein und ich warte hier draußen. Macht mir nichts, ich übe einfach ein bisschen mit dem Schwert.«

»Einverstanden«, stimmte Lia zu. »Dann sehen wir uns gleich wieder?«

Blo nickte. »Ich gebe dir mit meinem berühmten Walküren-Pfiff Bescheid, wenn Madame Nachtalbe erscheint. Damit du dich auf ihre Ankunft vorbereiten kannst.«

Super Idee, dachte Lia. Dann werde ich wenigstens nicht beim Rumschnüffeln erwischt.

Kaum hatte Lia den Vorraum betreten, schwang die Tür hinter ihr lautlos zu und wie auf einen geheimen Befehl hin flammten Lüster an den Wänden auf.

Lia konnte nicht anders und betrachtete neugierig einige Gemälde an den Wänden. Sie zeigten ausnahmslos düstere Landschaften, in denen vermutlich geheimnisvolle Kreaturen oder Pflanzen beheimatet waren. Bestimmt verbrachten Madame Nachtalbes Schüler viel Zeit vor diesen Gemälden, um herauszufinden, was vor ihrem Auge verborgen wurde. Doch dafür fehlte Lia jetzt die Zeit. Es gab auch einen Stapel mit Büchern, aber Lia interessierte sich nur für die lila Tür, die vermutlich in den besagten Salon führte. Ob sie einfach durchgehen konnte? Wenn sie den Wahrheitsfinder aufspüren wollte, musste sie es probieren.

»Möchtet Ihr wissen, was es mit dieser Tür auf sich hat?«, wisperte eine Stimme.

Zuerst dachte Lia, dass wieder der Medusenkopf mit ihr sprach, doch ihre spitzen Elfenohren behaupteten, dass das Gewispere von der Decke kam.

Lia legte den Kopf in den Nacken und entdeckte eine blasse Gestalt von der Größe einer Katze, die sich an der Wand festhielt. Ihrer Erscheinung nach handelte es sich um eine Elfe mit schwarzen, ledrigen Flügeln. Doch ihr Gesicht und ihre Hände, die aus einem dunklen Umhang hervorschauten, waren geisterhaft durchscheinend und ihr Kopf war kahl. Alles an diesem Geschöpf sagte: Ich bin zwar klein, aber du kommst mir trotzdem besser nicht dumm.

»Was möchtest du mir denn über die lila Tür erzählen?«, fragte Lia zurück.

Die Gestalt machte ein gurgelndes Geräusch, von dem nicht klar war, ob es ein Lachen oder ein unzufriedenes Grunzen war. »Eine Frage beantwortet man doch nicht mit einer Frage, Prinzessin der Lüfte. Ich darf Euch doch so nennen, oder?«

»Warum nicht?« Lia versuchte, freundlich zu lächeln, aber ihr Gesicht war viel zu angespannt.

»Ich dachte, es gäbe da vielleicht auch einen anderen Namen, einen, der besser nicht laut in Springwasser genannt wird.« Jetzt lachte das Wesen, so viel stand fest.

Während Lia innerlich vor Schreck in die Knie ging, übernahm ihr Elfenkörper die Regie. Lässig stupste er die Tiara in Richtung Haaransatz. »Für kleine Krabbler, die an der Decke hängen und den Türwächter für angesehene Lehrerinnen spielen dürfen, ist die Bezeichnung Eure stürmische Durchlauchtigkeit der Himmelssphären durchaus angemessen. Wie darf ich dich nennen, Fledermäuschen?«

Urg, dieses Prinzessinnengehabe war wirklich ein Ding.

Doch der Gestalt schien es zu gefallen, sie blinzelte nämlich mit ihren nachtschwarzen Augen. »Sehr hoheitlich, dieses Benehmen. Ganz anders als diese ewige Freundlichkeit, mit der sich in diesen Räumlichkeiten üblicherweise begegnet wird«, bekannte sie. »Ihr dürft mich gern Mekriz nennen, mein wahrer Name geht leider nur sehr schwer über Elfenlippen.«

Diese Formulierung ließ Lia aufhorchen. Handelte es sich bei Mekriz überhaupt um einen Elfen … oder viel eher um einen Alb? War dieses seltsame Geschöpf etwa der Wahrheitsfinder, wegen dem sie den Verborgenen Salon aufgesucht hatte? Sie musste vorsichtig vorgehen, da Albe als gefährlich galten – auch wenn dieser geflügelte Wicht eher einen armseligen Eindruck machte.

»Du möchtest mir also etwas über die lila Tür verraten«, sagte Lia.

Mekriz lächelte, was wohl einnehmend aussehend sollte, aber die vielen spitzen gelben Zähne machten den Eindruck sofort zunichte. »Das würde ich Euch gerne anbieten, Eure Hoheit.«

»Aus reiner Freundlichkeit?«

»Gewiss.« In Mekriz' Augen blitzte es auf. »Aber auch in der Hoffnung auf einen kleinen Tausch. Schaut mich an, ich habe nicht viel mehr als mein Wissen zu bieten, denn ich bin nur ein armer Bittsteller in Springwasser, der seine tägliche Portion Fliegen damit verdient, dass er diese alberne Türschwelle bewacht. Auch wenn ich Eurer Großartigkeit zu gern umsonst zu Diensten wäre, so bin ich leider darauf angewiesen, dass Ihr mir im Gegenzug für eine Antwort eine milde Gabe zukommen lasst. Das versteht Eure königliche Großzügigkeit doch gewiss?«

Lia inspizierte ihre Fingernägel, um zu verbergen, dass ihr das Herz vor Aufregung bis in die Kehle hüpfte. »Und was käme als milde Gabe infrage? Zum Beispiel ein mit Schimmelstreuseln überbackener Käferstrudel?«

»Klingt deliziös.« Eine schwarze Zunge fuhr über Mekriz' Lippen. »Aber noch besser schmecken mir Erinnerungen. Möchtet Ihr, dass ich Euch eine Eurer Erinnerungen nenne, die zum Tausch gegen die gewünschte Information geeignet wäre?«

Nun wurde Lia noch mulmiger zumute. Kannte dieser Alb etwa nicht nur die Wahrheit, sondern konnte er auch in ihren Gedanken lesen? Wenn sie sich nicht täuschte, wusste er auch, dass nur ihre äußere Hülle aus Andersreich stammte. Vielleicht war es klüger, Reißaus zu nehmen und in der Bibliothek nach einem Wahrheitsserum zu suchen, mit dem sie Serafina zum Reden bringen konnte.

Mekriz entging Lias Zögern nicht. »Wenn Ihr gestattet, gewähre ich Euch eine Kostprobe meiner Künste – völlig gratis.«

Lia nickte unsicher.

»Dann wollen wir mal.« Mekriz hangelte sich zum Türrahmen und hielt sich mit seinen langen Zehen an der Zierleiste fest. Auch seine Finger waren ungewöhnlich lang und endeten in dunklen, spitzen Nägeln, mit denen er sich nun nachdenklich am Kinn kratzte. »Wie ich sehe, habt Ihr eine liebe Freundin, die in Schwierigkeiten steckt, weil man sie einiger unliebsamer Überflutungen bezichtigt. Dabei ist sie nur insofern schuldig, als sie ein Geheimnis wahrt. Dafür nimmt sie viel in Kauf, sogar eine innige Freundschaft hat sie dafür aufgegeben. Dabei ließe sich bestimmt eine Lösung finden, wenn die Geschichte hinter ihrem Geheimnis ans Licht käme. Leider, leider hat besagte Freundin viel zu große Angst, um die Wahrheit auszusprechen. Traurig.« Mekriz stieß einen Seufzer aus, der ziemlich schlechtes Theater war. Im nächsten Augenblick funkelte er Lia auch schon gierig an. »Und, seid Ihr nun an meinen Künsten interessiert?«

»Was möchtest du für das Geheimnis meiner Freundin haben?«, entfuhr es Lia, bevor sie richtig nachgedacht hatte. Wenn sie erst mal anfing nachzudenken, würde sie bestimmt zu dem Schluss kommen, dass diesem Alb nicht über den Weg zu trauen war.

Mekriz' winzige Stupsnase zuckte vor Vorfreude. »Ich möchte gern eine Erinnerung, nur eine winzig kleine, gemessen an dem riesigen Vorrat, über den Ihr verfügt. Und darüber hinaus handelt es sich auch noch um eine Erinnerung, die Euch nicht sonderlich zusagt. Eigentlich ist es eine gute Tat, wenn ich Euch von diesem Stück Erfahrung befreie.«

»So sehr, wie du um den heißen Brei herumredest, mache ich mir langsam Sorgen«, sagte Lia.

»Ist das so?« Mekriz überdachte seine Taktik. »Also geradeheraus: Ich biete Euch im Tausch gegen Eure Erinnerung an den geglückten Senkrechten Startflug dank der Unterstützung des Luftelfen Dorient Feniris von Silberhaar und des Feuerelfen Lofi Glutstaub das Geheimnis von Serafina Blauglanz, das sie in diese missliche Lage gebracht hat. Falls Ihr vorhabt einzuwilligen, würde ich Euch Eile ans Herz legen, Madame Mab Nachtalbe hat soeben ihren Lektürekurs über die Ungelösten Rätsel von Andersreich beendet und wird schon bald hier erscheinen, um Euch zum Auffinden des Verborgenen Salons zu gratulieren.«

Verflixt, das ging alles so schnell! Das war Lias Chance, Serafina zu helfen – aber wenn sie sich auf den Handel einließ, stand sie morgen komplett ahnungslos in der Flugprüfung. Und wenn sie die Prüfung vermasselte, dann konnte sie nicht zu den Wasserfällen von Zaarz, was bedeutete, dass sie erst einmal auf nicht absehbare Zeit in Springwasser bleiben musste, weil sich der Körperzauber nicht rückgängig machen ließ ohne Taukristalle.

Der Wahrheitsfinder merkte Lia ihre Zerrissenheit offenbar an. »Falls es Euch die Entscheidung leichter macht, so kann ich noch verraten, dass Eure Freundin Serafina völlig umsonst den ganzen Kummer auf sich nimmt. Kommt die Wahrheit ans Licht, wird sich ihr Herzschmerz und die Angst, die sie gefangen hält, in nichts auflösen. Und vermutlich wird sie sogar ihren verzweifelt vermissten Atemgeber Aurus zurückbekommen.«

Damit hatte der Wahrheitsfinder Lia. Wenn es um Plantlinge ging, wurde sie schwach. »Einverstanden, aber du bist zuerst dran, erzähl mir die Wahrheit«, forderte sie.

»Nichts lieber als das, die Geschichte kribbelt mir nämlich ordentlich unter den Krallen«, sagte Mekriz. »Was Ihr vorab wissen müsst, Eure Durchlauchtheit: Unter der Meeresoberfläche leben zwei Völker. Da wären zum einen die Gemeinen Undinen, zu denen Serafina Blauglanz gehört. Diese Sorte Meereselfe kann sowohl unter Wasser als auch an Land atmen. Im Gegensatz zu den anderen Meeresbewohnern, dem Hohen Volk von Atlantis, mit seinem goldenen Haar und seiner silbern schimmernden Haut. In den Adern der Atlantianer fließt Salzwasser. Sie sind mit dem Meer auf besondere Weise verbunden und wirken deshalb Magie, die den Gemeinen Undinen verborgen bleibt. Mit der Zeit hat dieser Unterschied dazu geführt, dass sich das Hohe Volk über die Gemeinen Undinen gestellt hat und darauf achtet, mit den »Luftatmern«, wie es die Undinen verächtlich nennt, möglichst wenig zu tun haben. Die Luftatmer dürfen sich in ihre Dienste stellen, mehr nicht.«

Lia seufzte. Sie hatte schon mitbekommen, dass in Andersreich nicht alles so blumig und bunt war, wie es auf den ersten Blick schien. Trotzdem versetzte es ihr jedes Mal einen Stich, wenn die sonst so zauberhaften Elfen einander auszugrenzen versuchten.

Mekriz beobachtete Lia so aufmerksam, als lese er ihre Gedanken. Gerade, als ihr dämmerte, dass der Wahrheitsfinder das bestimmt konnte, setzte er seine Rede fort.

»Die Regel, dass es keine Freundschaft zwischen den beiden Meeresvölkern geben darf, kennt auch Eure Freundin Serafina Blauglanz. Und nicht nur sie, sondern auch der Atlantianer Nerlis, seines Zeichens Sohn des Obersten Tempelwächters, ein Rang, der mit der Königskrone der Himmelsreiche vergleichbar ist. Serafinas Familie dient schon seit vielen Generationen im Goldenen Tempel, sie ist für die Pflege der Azurenen Fischschwärme zuständig, die die Tempelanlage umkreisen und mit ihren Schuppen Licht auf die Mauern werfen, sodass trotz der Tiefe alles in schönstem Glanz erstrahlt. Außerdem ist die Familie Blauglanz auch für die Korallengärten zuständig. Serafinas Mutter ist eine berühmte Fachfrau für Korallen und steht dem Gärtnerteam vor. So kam es, dass Serafina und Nerlis sich als Kinder im Garten der Seefedern, einem verwilderten und abseits liegenden Teil der Korallenanlage, kennenlernten. Dort gibt es Höhlen und andere Verstecke, ein Paradies für kleine Meereselfen.«

Unwillkürlich sah Lia das Gesicht des Elfenjungen vor sich, das sie aus der Lache in der Waschschale angeblickt hatte. Dieser Nerlis war also Serafinas bester Freund seit Kindheitstagen. Kein Wunder, dass er ein solches Risiko einging, um sie wiederzusehen … Nur wenn das so war, warum hatte sie ihn dann so harsch abgewiesen, obwohl es ihr fast das Herz gebrochen hatte?

»Es ist nicht übertrieben zu sagen, dass die beiden Elfenkinder einander vom ersten Moment an ins Herz schlossen«, brachte Mekriz es auf den Punkt. »Obwohl sie noch so jung waren, waren sie vorsichtig, damit ihre wachsende Freundschaft nicht entdeckt wurde. Doch nichts lässt sich ewig verbergen, die Wahrheit kommt immer ans Licht.« Ein zufriedenes Grinsen breitete sich auf dem Gesicht des Albs aus. »Über die Jahre war Nerlis seine Freundin nämlich so wichtig geworden, dass er ihr ein Geschenk machte: seinen persönlichen Atemgeber, den sein Vater ihm zur Unabhängigkeitsweihe überreicht hatte.«

»Aurus!«, entfuhr es Lia.

Mekriz nickte. »Du kennst also den Plantling, von dem hier die Rede ist. Atemgeber sind seltene Algen, mit deren Hilfe die Atlantianer einige Stunden außerhalb des Meeres überleben können. Aber unter ihnen gibt es eine noch seltenere

Sorte, die es dem Hohen Volk der Meere möglich macht, ohne Zeitbegrenzung an Land zu leben. Nur die auserwählten Atlantianer haben solche Atemgeber für den Fall, dass das Meer eines Tages durch einen missglückten Zauber unbewohnbar sein sollte und sie an Land flüchten müssen. Wem ein Atlantianer einen solchen Atemgeber schenkt, dem legt er sein Leben in die Hände. Serafina nahm das Geschenk überglücklich an, nicht ahnend, dass sie damit das Ende ihrer Freundschaft besiegeln würde. Denn sie wurden verraten.«

Weil Lias Brille momentan auf Asalias Nase saß, ruckelte sie vor Aufregung an ihrer Tiara rum, bis der Silberreif ihre Spitzohren abzuknicken drohte. Und dabei würde es jetzt erst richtig spannend werden!

»Serafinas Familie wurde abgemahnt für die Dreistigkeit, sich einem Familienmitglied des Obersten Tempelwächters genähert zu haben«, fuhr Mekriz genüsslich fort. »Ihrer Mutter wurde angedroht, dass man sie der Korallengärten verweisen würde, wenn ihre Tochter es noch einmal wagen würde, Nerlis zu treffen.«

»Das kann doch nicht wahr sein!«, entfuhr es Lia. »Wie grausam ist es bitte schön, eine so enge Freundschaft zu zerstören, nur weil das eine Volk auf das andere herabschaut? Jetzt ist mir klar, warum Serafina oft so traurig ist. Sie hat nicht nur ihren besten Freund verloren, es wurde auch versucht, einen Keil zwischen sie und ihre Familie zu treiben.« Es kamen zwar ständig Pakete und Briefe aus dem Meeresreich in der Nachtflugwabe an, was darauf schließen ließ, dass Serafinas Eltern ihre Tochter trotz allem liebten. Aber Serafina hatte das Meer offensichtlich nicht freiwillig verlassen. Lia wurde überschwemmt von einer Welle des Mitgefühls, aber da war auch eine brennende Wut auf die erwachsenen Elfen, die an so herzlosen Regeln festhielten, anstatt dagegen anzugehen.

»Die Geschichte ist noch nicht zu Ende erzählt«, riss Mekriz Lia aus ihrem Gefühlstaumel. »Niemand wusste, dass noch am selben Abend, an dem ein Bote des Tempels der Familie Blauglanz die Abmahnung überbrachte, eine junge Atlantianerin aus bestem Hause namens Oligana die am Boden zerstörte Serafina in ihrer Kammer aufsuchte. Oligana bezeichnete sich als enge Vertraute Nerlis', die nur das Beste für ihren Freund wolle. Als reiche Atlantianerin bot sie Serafina ein Stipendium für Springwasser an, denn innerhalb der Mauern von Atlantis würde die Undine nach ihrer Dreistigkeit ohnehin keine Zukunft haben. Viel schlimmer noch: Wahrscheinlich würde sie ihre Familie mit in den Abgrund reißen. Als Gegenleistung erwartete Oligana, dass Serafina über ihre Vereinbarung schwieg und sich künftig von Nerlis fernhielt. Denn es sei dem jungen Atlantianer durchaus zuzutrauen, dass er sich gegen seine Familie stellte und auf seiner Freundschaft zu Serafina bestand. Mit ihrem Angebot, so meinte Oligana, würde sie sowohl Serafina als auch Nerlis vor schlimmen Folgen beschützen. Nerlis' Vater, erzählte Oligana unter dem Siegel der Verschwiegenheit, habe seinem Sohn mit Verbannung gedroht, falls er sich der Gemeinen Undine noch einmal nähern sollte. Und das bedeutete für einen jungen Atlantianer den sicheren Tod, denn nur im Goldenen Tempel konnte dafür gesorgt werden, dass das Salzwasser in seinen Adern ihn nicht schleichend vergiftete, bis er ausgewachsen war. Als Serafina von der Drohung des Obersten Tempelwächters erfuhr, gab sie alle Hoffnung auf und willigte ein, sofort nach Springwasser aufzubrechen. Serafina hat nie erfahren, dass Oligana gelogen hatte, weil sie in Nerlis verliebt und eifersüchtig auf Serafina war. Natürlich war der Oberste Tempelwächter sehr aufgebracht, als er von der Freundschaft seines einzigen Sohnes zu einer Gemeinen Undine erfuhr. Er zog eine Reihe von Strafen und Sanktionen in Erwägung, und sollten alle Stricke reißen, würde er unter Umständen Serafinas Familie des Landes verweisen. Aber seinen Sohn verbannen? Niemals, dafür liebte er Nerlis viel zu sehr. Nach dem Tod von Nerlis' Mutter war der Junge schließlich sein Ein und Alles. Doch die Lüge war in der Welt und zog ihre Kreise – bis jetzt, da du Bescheid weißt, Lia Dornmeier.« Mekriz blinzelte listig. »Oh, entschuldige, natürlich meinte ich Lia Sturmgold.«

Als der Wahrheitsfinder ihren echten Namen nannte, zuckte Lia zusammen. Mekriz wusste, dass sie ein Mensch war! Es kostete sie viel Kraft, jetzt nicht über die Folgen nachzudenken. Nun stand Wichtigeres an. Sie musste Serafina sofort erzählen, dass Nerlis vermutlich eine gewaschene Standpauke drohte wegen seines Besuchs in Springwasser, aber nicht mehr. Zu keinem Zeitpunkt hatte ihm die Verbannung gedroht. Vielleicht konnten sie den Atlantianer zurückrufen, damit sich die beiden Freunde aussprechen konnten. Vielleicht bestand sogar Hoffnung für ihre Freundschaft. Und Serafina konnte dann auch Madame Nachtalbe und der ganzen Schule erklären, wie es zu den Überflutungen gekommen war. Nerlis war auf die Unterstützung des Wasserriesens angewesen gewesen, weil er ansonsten an Land umgekommen wäre. Bestimmt würden viele der Elfenschüler Verständnis haben, jedenfalls alle, die echte Freundschaft kannten.

»Vielen Dank, Mekriz«, sagte Lia. »Du bist mir wirklich eine große Hilfe.«

Die Wangen des Wahrheitsfinders verfärbten sich rot. »Dann werdet Ihr jetzt bestimmt nichts dagegen haben, wenn ich mir als Lohn die Erinnerung an den geglückten Startflug nehme?«

Lia schüttelte den Kopf. »Habe ich nicht, ganz im Gegenteil. Ich gebe dir diese Erinnerung gern, denn das, was du mir gegeben hast, ist sehr viel wertvoller als eine bestandene Flugprüfung.«

»Wenn Eure Windbrisenhaftigkeit mir dann tief in die Augen schauen würden?«, bat Mekriz.

Der Wahrheitsfinder breitete seine schwarzen Lederflügel aus und schien auf Lia zuzufliegen, zumindest wurden seine Augen immer größer und größer. Glitzernde Wirbel, die Lia hypnotisierten, bis ihr ganz schwindelig wurde. Lia hörte sich seufzen, während sich hinter ihrer Stirn Nebel ausbreitete und sich dann plötzlich wie auf einen geheimen Befehl zurückzog.

Benommen blinzelte Lia.

»Mekriz!«, erklang die volltönende Stimme von Madame Mab Nachtalbe. »Was tust du?«

23.

Überraschung!

Madame Mab Nachtalbe stand hoch aufgerichtet in der ovalen Eingangstür. Ihr eines Auge blitzte wütend auf, glücklicherweise nicht in Lias Richtung. Die Schulleiterin hatte den Wahrheitsfinder im Blick, der sich mit einem Quieken in seine schwarzen Flügel wickelte, bis er wie eine Wurst mit Zipfelohren aussah.

»Wie kannst du es wagen?«, knurrte Madame Nachtalbe, »Erinnerungen von einer Schülerin zu nehmen?« Sie streckte ihren Zeigefinger aus, dessen Nagel lang, spitz und lilafarben war. Damit zeigte sie auf den Alb, der schuldbewusst seine Ohren hängen ließ.

Hastig schob sich Lia zwischen Mekriz und den lila Nagel. »Es ist alles okay, ich habe ihm meine Erinnerung freiwillig geschenkt«, sagte Lia. Dann versuchte sie sich zu erinnern, um welches Stück ihrer Vergangenheit es sich gehandelt hatte, kam aber nicht drauf. Irgendwie gab es da an einer bestimmten Stelle eine Lücke. »Bestimmt war es keine wichtige Erinnerung«, mutmaßte sie. »Jedenfalls bin ich dem Herrn Wahrheitsfinder superdankbar für seine Hilfe.«

»Ist das so, Mekriz?«, erkundigte sich Madame Nachtalbe.

»Es ist die absolute Wahrheit«, krächzte der Alb und schnürte sich noch fester in seine Flügel. Es sah so leberwurstig aus, dass Lia ein Kichern unterdrücken musste.

Einen Augenblick lang starrte Madame Nachtalbe den Alb an, als beherrsche sie ebenfalls einen Röntgenblick, der jede Lüge zutage fördert. Dann wandte sie sich an Lia, die zwar Flügel hatte, nur leider keine, hinter denen sie sich verstecken konnte.

»Man sollte meinen«, sagte Madame Nachtalbe streng, »dass eine Schülerin der Bergkristall-Liga nicht einmal ahnen kann, wie man den Verborgenen Salon entdeckt. Bisher ist es jedenfalls noch niemandem aus dem ersten Jahrgang gelungen. Wer käme allerdings jemals auf die Idee, dass eine solche Schülerin die Mühen auf sich nehmen würde, um einen Plausch mit einem Wahrheitsfinder zu halten?«

Lia wand sich. »Klingt für mich völlig verrückt.«

»So unwahrscheinlich wie Schneefall im Zentralvulkan der Erdelfen«, setzte Mekriz noch einen drauf.

Ein rätselhaftes Lächeln schlich sich auf Madame Nachtalbes Lippen. »Wenn das so ist … Was auch immer sich hinter diesem ungewöhnlichen Zusammentreffen verbergen mag, jetzt gilt es erst einmal, Lia dazu zu gratulieren, dass sie – als Bergkristall-Ligistin – den Weg in meinen Salon gefunden hat. Ich bin beeindruckt, Asalia Laliala Pergusta Sturmgold von Silberhaar, wirklich beeindruckt.«

Lia machte eine Verbeugung – oder vielmehr ihr Elfenkörper, der diese Höflichkeitsbekundung hinbekam, ohne einen Knoten in die Beine zu machen. »Die Sturmkunst kam mir zu Hilfe«, gestand sie.

»Und deine Freundin Blo, wie ich gehört habe«, sagte Madame Nachtalbe. »Darum habe ich mir auch erlaubt, Blo in den Salon zu bitten.

»Die draufgängerische Pixie hätte sich eh nicht davon abhalten lassen einzutreten«, fügte Mekriz, ganz der Wahrheitsfinder, hinzu.

Mit vor Aufregung klirrenden Libellenflügeln schwirrte Blo an Madame Nachtalbe vorbei und landete auf Lias ausgestreckter Hand. »Knoten im Stängel, diese Eingangstür ist vielleicht dick, da dringt bestimmt kein Pieps durch. Da kann man pfeifen und lärmen, so viel man will, hier drinnen bleibt es hübsch still.« Das war Blos Art, Lia mitzuteilen, dass sie gepfiffen hatte wie ein Weltmeister, als Madame Nachtalbe aus den Nebelschwaden aufgetaucht war – ohne etwas ausrichten zu können.

Die Schulleiterin war allem Anschein nach nicht allein zum Salon gekommen, denn hinter Blo betrat nun ein Elfenjunge den Empfangsraum, vorsichtig, als taste er sich durchs Dunkel oder durch ein ihm bislang unvertrautes Element.

»Nerlis!«, entfuhr es Lia.

Der Atlantianer mit seinem unverkennbar goldenen Haar, in dem das Diadem mit den meeresfarbenen Edelsteinen saß, blickte sie verblüfft an. Dann lächelte er. »Du bist das Mädchen, das ich durch den Wasserspiegel gesehen habe, richtig?«

»Genau! Ich bin Lia, eine gute Freundin von Serafina, für den Fall, dass du das als Nächstes fragen wolltest«, bestätigte Lia so überschwänglich, dass Madame Nachtalbe verwundert eine Braue hochzog. »Serafina hat mir von ihrem besten Freund in Atlantis erzählt, und als er dann mal per Wasserspiegel durchgerufen hat …« Lia konnte nur hoffen, dass man das wirklich so nannte. »… da hab ich in die Schale gesehen. Leider war die Verbindung nicht so gut.«

Madame Nachtalbes Augenbraue rutschte noch ein Stück höher, bis sie wie ein schmaler schwarzer Zacken aussah, während Mekriz sich mit einer Grimasse den Bauch hielt, als habe er plötzlich Bauchgrimmen. Bestimmt waren Flunkereien unverdaulich für den Wahrheitsfinder.

»Wie auch immer«, versuchte Lia die Kurve zu kriegen. »Ich bin echt überrascht, dich hier in Springwasser zu sehen, Nerlis.«

Der Elfenjunge zuckte verlegen mit den Schultern. »Ich wollte Serafina einen Besuch abstatten und wurde stattdessen von Madame Nachtalbe begrüßt, als ich an Land kam.«

»Als Schulleiterin gehört es zu meinen Aufgaben, Springwassers Pforten im Auge zu behalten, falls sich Besucher anmelden. Seit Neuestem haben wir einen Melder für Meeresrauschen. Bislang war das unnötig, weil die Elfenvölker des Meeres unsere Einladung, ihre Kinder Springwasser besuchen zu lassen, ausgeschlagen haben.« Madame Nachtalbe klang betrübt, dann lächelte sie. »Ich freue mich doppelt über deinen Besuch, Nerlis. In der letzten Zeit hatten wir nämlich Ärger mit Überschwemmungen, die viel Salz mit sich geführt haben. Darüber würde ich mich mit dir als Spezialist für Salzwasser gern austauschen.« Was wohl so viel hieß, dass der Sohn des hochrangigen Atlantianers demnächst mit einem Wischmopp die Große Halle wienern durfte.

Nerlis stand kerzengerade, als würde er für jeden einzelnen Tropfen die volle Verantwortung übernehmen. Lia konnte gut verstehen, dass Serafina gern mit ihm befreundet war. »Es freut mich, Ihnen mitteilen zu können, dass mit solchen Vorfällen künftig nicht mehr zu rechnen ist.«

»Sehr schön. Unter diesen Umständen können wir weitere Nachforschungen zur Überschwemmung ja einstellen«, sagte Madame Nachtalbe. »Widmen wir uns stattdessen der erfreulichen Tatsache, dass wir mit Serafina Blauglanz eine Vertreterin der Undinen als Schülerin gewinnen konnten und nun auch noch einen jungen Atlantianer aus dem Meer zu Besuch haben.«

»Ich kann leider nicht allzu lange bleiben«, sagte Nerlis. »Wenn ich dem Goldenen Tempel zu lange fernbleibe, gerate ich in Schwierigkeiten.«

»Und ich weiß auch, warum: wegen des Salzwassers in deinen Adern«, half Lia dem Meereselfen aus. Das brachte ihr einen fragenden Blick von Blo ein, die ohnehin schon reichlich verwirrt aus der Wäsche schaute. Auf das ganze Gerede von Atlantianern, einem Goldenen Tempel und Jungen, die aus Wasserlachen schauten, konnte sie sich keinen Reim machen. Was die Pixie wohl zu der verbotenen Freundschaft von Serafina und Nerlis sagen würde? Lia konnte es kaum erwarten, Blo einzuweihen.

»Auch wenn Nerlis nur kurz bleiben kann, so würde ich doch vorschlagen, dass wir unsere Unterhaltung im Salon bei einer Tasse Wildblütentee oder einem Glas mit kühler Hafenwasserlimo fortsetzen«, schlug Madame Nachtalbe vor.

Die bislang verschlossene Tür, über der Mekriz wie ein Gargoyle hing, öffnete sich lautlos.

24.

Nichts als die Wahrheit

Im Verborgenen Salon herrschte Dämmerlicht, sodass man nicht erkennen konnte, wie groß der Raum tatsächlich war. Und auch nicht, wie hoch, denn seine Decke verschwand in der schattigen Höhe.

Als Lia ihre Augen zu Schlitzen verengte, erkannte sie einen mächtigen Schreibtisch, dessen Seiten mit Schnitzarbeiten verziert waren. Wenn sie sich nicht täuschte, blinzelten die Wesen, die dort abgebildet waren, und die geschnitzten Ranken kräuselten sich in Zeitlupe. Es gab scheinbar unendlich viele Reihen von Regalen, vollgestopft mit Büchern und geheimnisvollen magischen Artefakten, für die Lia keine Namen hatte. Auf einer Seite entdeckte sie eine Wendeltreppe, die zu einer offenen Mansarde führte, auf der es weitere Buchregale gab. Lia hatte den Verdacht, dass der Verborgene Salon von Madame Mab Nachtalbe ein Labyrinth war, in dem Besucher nur zu sehen bekamen, was sie auch sehen durften. Der Rest verschwand im Dämmerlicht.

Als Madame Nachtalbe ihren Schnallenschuh auf den dicken Teppich aus purpurfarbenen Flechten setzte, knisterte im offenen Kamin mitten im Raum ein Feuer auf. Daneben entzündeten einige Öllampen ihr warmes Licht und beschienen eine gemütliche Sitzgruppe. Auf einer verwitterten Säule begann ein Zierbrunnen zu plätschern und auf einem Beistelltischchen stand ein Goldfischglas, in dem ein Schwarm Fische große Augen machte, als Nerlis den Salon betrat. Madame Nachtalbe nahm Platz in einem hohen Ohrensessel mit Spitzendeckchen, auf dessen Lehne sich Mekriz wie eine Katze zusammenrollte. Nerlis setzte sich auf einen dunkelblauen Samtsessel und Lia mit Blo auf ein zierliches Sofa, das fast ganz unter einem Berg Zierkissen verschwand. Kaum saßen alle, schoss ein altersschwacher Servierwagen mit quietschenden Reifen heran, auf dem ein Teeservice, eine Kristallkaraffe und ein Minibecher mit Blütennektar für Pixies bereitstanden. Bevor das Wägelchen mit einem Sessel kollidierte, blieb es wie von Zauberhand stehen.

»Vielen Dank, das wäre es vorerst«, sagte Madame Nachtalbe zu niemand Sichtbarem, dann wendete sie sich ihren Gästen zu. »Bitte bedient euch. Normalerweise würde Florentina, mein Hausgeist, servieren, aber ihr ist die Nähe des Atlantianers nicht ganz geheuer. Geister vertragen kein Salz, müsst ihr wissen.«

Nachdem sich alle etwas zu trinken eingeschenkt hatten – von Mekriz abgesehen, der nuschelte, er würde einen anständigen Schluck Whiskey jedem Plörre-Tee vorziehen –, lehnte sich Madame Nachtalbe in ihrem Sessel zurück und sah abwechselnd zu Nerlis und Lia.

»Mir liegen viele Fragen auf der Zunge«, gab die Schulleiterin zu. »Ich werde jedoch den Verdacht nicht los, dass sich vieles von selbst klären wird, wenn wir noch einen weiteren Gast in unsere Runde bitten.« Sie wischte mit der Hand durch die Luft und ein altmodischer violetter Füllfederhalter erschien, die tintige Spitze aufgeregt zuckend. »Bitte sende eine Nachricht an die Birkengarde, sie möge umgehend Serafina Blauglanz zu mir bringen«, wies Madame Nachtalbe ihn an.

Es machte puff! – und der Füllfederhalter war verschwunden.

Während Lia vor Verwunderung vergaß, in ihre dampfende Teetasse zu pusten, und sich beim Trinken prompt die Zungenspitze verbrannte, stand auf einmal Serafina neben ihrem Sofa. Sichtlich verwirrt blinzelte die Undine Lia an.

»Ähmm«, machte Serafina. »Gerade eben erschien wie aus dem Nichts die Birkengarde in der Wabe, in der ich mit Merla die Stellung gehalten habe, und sagte: ›Du wirst erwartet, Verehrteste.‹ Ich wollte fragen, von wem, aber … jetzt bin ich ja schon hier. Seit wann kannst du die Birkengarde mit Aufträgen losschicken, Lia Sturmgold?« Serafina schob das Kinn vor. »Ist das so eine Prinzessinnen-Sondererlaubnis? Falls ja, dann lass dir gesagt sein, dass ich nichts, absolut gar nichts davon halte. Weder von Sondererlaubnissen noch davon, plötzlich in einem anderen Raum zu sein, ohne darum gebeten zu haben.«

»Das war ich nicht«, sagte Lia wahrheitsgemäß. »Madame Nachtalbe hat nach dir schicken lassen.«

Serafina zog die Schultern bis an die Ohrläppchen, ehe sie sich umdrehte, um den Rest der Teegesellschaft in Augenschein zu nehmen.

Madame Nachtalbe lächelte sie freundlich an. »Herzlich willkommen im Verborgenen Salon.«

»Danke, sehr freundlich«, sagte Serafina höflich. Nicht einmal die Undine wagte es, der Schulleiterin gegenüber schnippisch zu sein. Im nächsten Moment war Madame Nachtalbe jedoch vergessen, denn Serafinas Blick blieb an Nerlis hängen. »Ich bin auf meinem Bett eingeschlafen und träume«, sagte sie.

Nerlis deutete auf die Kette um seinen Hals, an der in einem Anhänger der Atemgeber Aurus schwamm. »Ich wollte dir Aurus zurückbringen, bevor ich abreise. Es erschien mir nicht richtig, ihn zu behalten. Egal, was du behauptet hast. Ein Geschenk ist ein Geschenk, Serafina.«

Tränen stiegen in Serafinas schwarze Augen. »Ich habe es dir schon mal gesagt: Das Einzige, was ich von dir verlange, ist, dass du dich von mir fernhältst. Unsere Freundschaft ist vorbei – und wenn ich die Zeit zurückdrehen könnte, hätte es sie nie gegeben, zu unser beider Wohl und dem unserer Familien.«

Bevor Nerlis etwas erwidern konnte, sprang Lia vom Sofa auf. »Das sagst du doch bloß, weil diese gemeine Flunkertante Oligana dich angelogen hat! Sie ist nämlich in Nerlis verknallt und will ihn ganz für sich allein haben«, platzte es aus ihr heraus.

Der Grünstich in Serafinas Gesicht nahm so stark zu, als würde sie gleich ohnmächtig werden. »Woher weißt du von Oligana? Ich habe niemandem von meinem Gespräch mit ihr erzählt, keiner Sterbensseele.«

Lia winkte ab. »Das ist jetzt doch völlig unwichtig. Das Einzige, was zählt, ist, dass Oligana dir eine dicke Lüge aufgetischt hat. Sie hat behauptet, dass Nerlis' Vater ihn verbannen würde, wenn er sich weiterhin mit dir trifft, was für deinen Freund den sicheren Tod bedeutet hätte.«

»Bei allen Göttern der Tiefe, so etwas würde mein Vater niemals tun.« Aufgebracht sprang Nerlis auf die Beine. »Er war wütend auf mich, weil ich eine geheime Freundschaft zu einer Undine eingegangen bin. Etwas, das er mir niemals erlaubt hätte. Und es hätte bestimmt viel Streit gegeben und Strafen gehagelt, weil ich mir von ihm nicht hätte vorschreiben lassen, wen ich mögen darf und wen nicht. Das sehen übrigens viele von uns jüngeren Atlantianern so. Was Oligana behauptet hat, ist nicht nur eine Beleidigung für meinen Vater, auch wenn er ziemlich altmodisch ist. Sondern auch für mich. Als ob ich Serafina so leicht aufgeben würde! Wie konnte Oligana nur! Ich kenne sie seit Kindesbeinen und fand sie immer nett.«

»*Nett* hat Oligana nicht gereicht, weil sie in dich – jetzt noch mal zum Mitschreiben, Nerlis – verknallt ist. Richtig heftig verknallt, wenn man sich anschaut, was sie angestellt hat. Das kapiere sogar ich, obwohl ich keine Spezialistin in Liebesdingen bin«, sagte Lia.

Mit Liebeskummer kannte Lia sich zwar noch nicht aus, aber irgendwie kam ihr der Verdacht, dass Oligana sich nicht anders zu helfen gewusst hatte, als Serafina dicke Lügen aufzutischen. Kein Wunder, Nerlis war einer der hübschesten Elfenjungen, den Lia bislang zu sehen bekommen hatte. Außerdem musste er ein toller Typ sein, sonst hätte Serafina sich keine Pusteblume für ihn interessiert. Und dass er all die Mühe auf sich nahm, um seine Freundin wiederzusehen, und sich wegen Serafinas abweisender Art nicht gleich beleidigt zurückzog, sprach definitiv für ihn. Lia konnte also davon ausgehen, dass Nerlis echt heiß war. Oder echt salzig, wie die älteren Meereselfenkids vermutlich sagen würden. Lia wurde ein bisschen flau im Magen. Romantische Gefühle machten scheinbar alles ganz schön kompliziert.

»Dann hat Oligana mich wirklich angelogen – und dein Vater würde dich gar nicht verbannen wegen unserer Freundschaft?«, versicherte sich Serafina.

Nerlis schüttelte den Kopf, was die Fische im Glas mit Flossenwedeln belohnten. »Niemals.«

»Aber er würde meiner Mutter die Aufsicht über die Korallengärten entziehen und meine Familie aus Atlantis verjagen«, sagte Serafina, die sich offenbar nicht an den Gedanken gewöhnen konnte, dass es vielleicht doch eine Aussicht auf ihre Freundschaft mit Nerlis gab.

»Viele von uns Atlantianern tun zwar so, als wärt ihr Undinen weniger wert, weil ihr die Magie des Meeres nicht genauso gut wie wir Atlantianer bezähmen könnt. Aber das ist doch bloß dummes Gehabe und wird sich bestimmt bald ändern. In Wirklichkeit ist deine Familie und ihr Können für den Tempel viel zu wichtig, als dass mein Vater euch einfach vor die Tür setzen würde. Schon gar nicht wegen eines angeblichen Fehlverhaltens seines Sohnes. Wir hätten einfach zusammenhalten und Widerstand leisten müssen. Zu zweit, so wie man das unter Freunden macht, Serafina. Dann hätten wir es zusammen ausgestanden. Stattdessen bist du einfach verschwunden.«

»Weil ich dich und meine Familie beschützen wollte. Es war die schwierigste Entscheidung, die ich jemals treffen musste.« Serafinas sonst so kräftige Stimme war nicht mehr als ein Hauchen.

Blo schluchzte auf und schlug sich dann rasch die Hände vors Gesicht, damit niemand sehen konnte, dass bei der sonst so kriegerischen Pixie ein paar Tränchen kullerten. Während Lia ein Kloß im Hals steckte und sie das dringende Bedürfnis hatte, an ihrer Tiara herumzuruckeln.

Das war jedoch vergessen, als Nerlis auf Serafina zuging und ihr seine Hände reichte. Einen Augenblick lang sah es aus, als würde Serafina sich umdrehen und flüchten, aber dann ergriff sie sie.

»Du bist mit Abstand die sturste Undine, die mir je begegnet ist«, sagte Nerlis. »Die härteste Miesmuschel von allen.«

Serafina erwiderte seinen Blick. »Ich dachte, ich tue das Richtige.«

»Das denkst du immer – und zwar ohne jede Ausnahme«, neckte Nerlis seine Freundin. »Schon bei unserem ersten Treffen hast du mir erklärt, dass deiner Mutter der Korallengarten gehört, weil sie ihn liebt und pflegt. Damit hättest du das Recht, jederzeit im Garten zu spielen, während ich höchstens was im Goldenen Tempel zu melden hätte. Wenn überhaupt.«

»Vielleicht hat Serafina in diesem Fall auch tatsächlich genau das Richtige getan«, sagte Madame Nachtalbe, die als Einzige aus der Teerunde noch auf ihrem Platz saß und an ihrer Teetasse nippte. Mit abgespreiztem kleinem Finger. Als sämtliche Blicke auf sie gerichtet waren, spitzte sie ihre dunkelrot geschminkten Lippen. »Es tut mir sehr leid, dass Serafina nach Springwasser kam, weil ihr nichts anderes übrig zu bleiben schien. Dadurch ist sie jedoch seit Ewigkeiten die erste Undine an unserer formidablen Schule, an der alle Elfenkinder gleich sind, egal, welchem Volk sie entstammen.«

»Wenn sie nicht gerade von Valmariana gemobbt werden«, murmelte Lia.

Madame Nachtalbe warf ihr einen Blick zu, der wohl bedeutete: Ich habe den Kommentar zur Kenntnis genommen. »Nerlis erwähnte, dass unter den jungen Meereselfen gerade einiges in Bewegung kommt. Sie wollen die Trennungen der beiden Völker nicht länger hinnehmen. Möglicherweise kommt ihnen sogar der Gedanke, dass sie sich nicht länger von den anderen Elfenvölkern in Andersreich fernhalten müssen und dass wir alle mit unseren Eigenarten und besonderen Fähigkeiten eine Bereicherung füreinander sind. So hart die Erfahrung für euch beide gewesen sein mag, sie könnte der Stein sein, der unterm Meeresspiegel etwas ins Rollen bringt. Und das könnte für ganz Andersreich von Bedeutung sein.« Damit stand Madame Nachtalbe auf und Mekriz nutzte die Gelegenheit, es sich auf ihrem warm gesessenen Platz gemütlich zu machen. »Da Nerlis recht bald nach Atlantis zurückkehren muss, möchte ich unseren beiden Freunden einen Moment unter vier Augen zugestehen. Danach kannst du, Nerlis, gern meinen Springbrunnen als Portal in den Stürmischen Ozean benutzen, um keine weitere Reisezeit zu vergeuden. Allerdings nur, wenn du mir versprichst, deinen nächsten Besuch in Springwasser anzukündigen, damit wir dich gebührend empfangen können.«

Nerlis verbeugte sich. »Selbstverständlich, ich gebe Ihnen mein Ehrenwort. Und auch vielen Dank für Ihr Verständnis und Ihre Unterstützung, Madame. Es würde mich freuen, wenn ich als Vertreter der jungen Atlantianer mit Ihnen in Kontakt bleiben könnte, um die Frage zu klären, ob es nicht vielleicht eine Möglichkeit für mein Volk gäbe, Ihre Schule zu besuchen.«

»Sehr gern.« Madame Nachtalbe deutete ein würdevolles Nicken an, dann schnipste sie mit den Fingern. »Mekriz, komm bitte her. Du hast dich lang genug in den Polstern gewälzt und dich an unserer Unterhaltung gelabt. Jetzt sieh zu, dass du wieder deinen Pflichten nachkommst und die Spinnen unter der Glaskuppel jagst, bevor mein Salon in einem riesigen Netz verschwindet.«

Etwas unter seiner Stupsnase murmelnd öffnete der Wahrheitsfinder seine schwarzen Lederflügel und flatterte in die Höhe. Bevor er jedoch im Dämmerlicht verschwand, blinzelte er Lia zu. »Bis bald, Lia Dornmeier. Ups … Entschuldigung, natürlich meinte ich: Lia von Silberhaar.« Damit verschwand der Alb und ließ Lia mit einem Gefühl des Unbehagens zurück.

Madame Nachtalbe legte ihr eine Hand auf die Schulter und begleitete sie zur Tür, gefolgt von einer seufzenden Blo mit rosa Wangen. Zurück blieben Serafina und Nerlis, der erneut Serafinas Hand nahm.

Im Vorraum lächelte die Schulleiterin Lia an. »Dieser Wahrheitsfinder lebt schon eine halbe Ewigkeit bei mir, aber er ist eben trotzdem ein Alb, die Dunkelheit entspricht seiner Natur. Was immer Mekriz in Erfahrung gebracht hat, es wird den Salon nicht verlassen, dafür verbürge ich mich.«

Zuerst verspürte Lia Erleichterung, aber dann fiel ihr ein, dass ja Madame Nachtalbe in diesem Salon zu Hause war.

Was, wenn Mekriz ihr verriet, dass Lia in Wirklichkeit ein Menschenkind im Körper einer Elfe war? Uijuijuijui. Lia senkte den Blick und wollte nur noch zurück auf die Wabe, um sich dort in Ruhe den Kopf zu zerbrechen.

»Ein Wort noch zum Rettet-Springwasser-Club«, riss Madame Nachtalbe sie aus ihren Gedanken. »Natürlich ist weder mir noch der Lehrerschaft entgangen, worauf Valmariana und ihre Anhänger tatsächlich aus sind. Aber ein guter Lehrer weiß, wann er sich zurückhält, damit seine Schüler zeigen können, wozu sie bereits imstande sind. Springwasser hat sich auf die Fahnen geschrieben, alle Elfenkinder gleich zu behandeln, weil sie das sind. Manche von euch müssen das erst verstehen – und das würden sie nicht, nur weil ich ihnen etwas verbiete. Der Rettet-Springwasser-Club ist eine gute Gelegenheit, euch gegenseitig etwas beizubringen. Verstehst du, worauf ich hinauswill?«

Lia nickte und sagte gleichzeitig: »Nein.« Doch tief in ihrem Inneren wusste sie, was die Schulleiterin meinte.

Blo hingegen wuschelte sich durchs ohnehin schon strubbelige Haar. »Ist das eins von Ihren berühmten Rätseln? Weil … was Sie eben gesagt haben, das klang ziemlich geheimnisvoll.«

Madame Nachtalbe lächelte. »So viel erst einmal für heute, ihr werdet schon noch dahinterkommen. Lia, lass mich bitte wissen, ob du Interesse daran hast, den Verdunklungs- und Entschleierungskunde-Kurs nach den Sommerferien zu besuchen. Das Recht dazu hast du dir mit dem Auffinden meines Salons erworben, auch wenn es dir wohl als bislang Einzige nicht darum ging.«

Noch eine Sache mehr, über die Lia dringend nachdenken

musste. »Es wäre mir eine Ehre«, sagte ihr Prinzessinnenmund, bevor sie ihn daran hindern konnte.

»Und du, Blo, hast zwar nicht allein den Weg zum Salon gefunden, aber falls du ebenfalls Interesse hättest, könntest du einen Extratest machen.«

Der Pixie klappte die Kinnlade runter. »Sie meinen, ich als Blumenelfe hätte das Zeug dazu?«

»Auf jeden Fall«, sagte Madame Nachtalbe.

»Entschleierungskunst wäre der absolute Hit bei jeder Walkürentätigkeit. Dann kann ich mir einen Künstlernamen zulegen, etwa *Der tödliche Pollenflug.*« Blo legte vor Begeisterung einen Schrägen Luftzwirbler hin, der sie direkt zur offen stehenden Eingangstür hinaustrug.

»Dann vielen Dank für die Gastfreundschaft«, verabschiedete sich Lia.

»Eine Sache noch«, sagte Madame Nachtalbe. »Im Zentralvulkan der Erdelfen hat es tatsächlich einmal geschneit. Verantwortlich dafür war ein höchst unwahrscheinliches Zusammentreffen eines fehlgeleiteten Wetterboten aus dem Norden, einer jungen Erdelfe, die gegen Anraten ihrer Lehrer mit der Innentemperatur des Vulkanschlots experimentierte, und eines gelangweilten Lavatrolls. Der Schneefall dauerte exakt sieben Minuten und gilt als große Peinlichkeit, über die man in Gaia-Sama nicht gern spricht. Nur sehr wenige Außenstehende wissen über den Vorfall Bescheid.«

Lia schluckte. Vorhin hatte Mekriz Madame Nachtalbes Vermutung, Lia sei bloß in den Salon gekommen, um einen Plausch mit dem Wahrheitsfinder zu halten, für »so unwahrscheinlich wie Schneefall im Zentralvulkan der Erdelfen« abgetan. Ein Wahrheitsfinder konnte eben nicht lügen …

aber offenbar wusste Madame Nachtalbe die Wahrheit auch so. Dieser Elfe blieb nichts verborgen.

Bevor es noch weitere Enthüllungen gab – etwa über vergeigte Körpertauschzauber und ihre Folgen –, verabschiedete sich Lia und trat in den Nebel, der sie schon nach ein paar Schritten verschluckte und kurz darauf vor dem Eingang zur Nachtflugwabe wieder entließ.

Lia öffnete die Tür mit so bleischweren Gliedern, als habe sie einen Marathon hinter sich.

Blo schwirrte schnurstracks in die Wabe und grölte Siegeslieder, während Merla auf Lia zuschoss. »Was ist passiert? Ihr wart eine Ewigkeit weg. Ich war hier ganz allein mit meiner Fantasie und habe mir ausgemalt, was wohl alles Schreckliches passiert sein könnte. Der Club! Die Überschwemmung! Schulverweis!!«

»Beruhig dich, alles ist gut«, sagte Lia, die sich kaum noch auf den Beinen halten konnte. »Serafina und ihr bester Freund Nerlis sind wieder vereint, mit den Überflutungen ist es vorbei, Madame Nachtalbe bereitet die Ankunft weiterer Undinen und sogar Atlantianer vor und Blo wird vielleicht am Kurs für Verdunklungs- und Entschleierungskunde teilnehmen, was sie vor Begeisterung völlig um den Verstand bringt. Und ich … ich bin jetzt bettreif. Morgen Früh erwartet mich außerdem eine spektakuläre Niederlage bei der Flugprüfung.« Damit kippte Lia ins Bett und zog sich das Kissen über den Kopf.

25.

Die Invasion der Gnomrotz-Sticker

Den Morgen nach ihrem Besuch im Salon von Madame Nachtalbe erlebte Lia wie durch einen dichten Nebelschleier, obwohl die Nachtflugwabe vor guter Laune nur so vibrierte. Besonders Serafina war der reinste Sonnenschein, tatsächlich war sie noch besser drauf als Merla, die geborene Frühaufsteherin. Sogar Blo war verträglich und erklärte sich ungefragt bereit, Lias Flügel für die Flugprüfung mit einem speziellen Federschwamm zu polieren.

»Der gestrige Tag ist eigentlich nicht mehr an Großartigkeit zu übertreffen«, flötete Blo, während sie Lias Flügel glatt strich. »Aber dein Sieg bei der Flugprüfung wird gleich alles in den Schatten stellen.«

Lia brachte nur ein unverständliches Gemurmel zustande, weil ihr Magen bei dem Wort Prüfung einen Dreher machte. Das war wohl das Signal dafür, das Frühstück besser ausfallen zu lassen. Benommen drückte sie an der Kleiderschrank-Schatulle den Edelstein für den Flugunterricht, doch sie bekam kaum mit, wie sie eine steife Brise umkreiste, ihr die Tunika mit den Flügelschlitzen und die anthrazitfarbenen Leggins überstreifte, während unsichtbare Finger in Höchstgeschwindigkeit ihr silbriges Haar hochzwirbelten, damit ihr beim Fliegen keine Strähnen die Sicht versperrten. Völlig überflüssig, die ganze Mühe, dachte Lia. Ich werde als erster Flugprüfling wie angewurzelt stehen bleiben. Das Einzige, was mir entgegenwehen wird, wird Valmarianas Spott sein. Ein Seufzer wollte über ihre Lippen dringen, aber sie war selbst dafür zu schwach.

Pfeifend staubte Blo noch einmal Lias Flügel ab. »Alles ordnungsgemäß auf Hochglanz poliert und abschwirrbereit, Prinzessin Lia«, verkündete sie und schlug im Flug die Fersen zusammen. »Pixie Blo empfiehlt sich, es gilt den Luftkanal für die Prüfung vorzubereiten. Unter uns gesagt, machen ein paar Backenblasbolde Schwierigkeiten. Die Kerle kriegen sich ständig in die Haare und pusten dann in alle Richtungen, bloß nicht in die vorgesehene. Und es gibt nichts Übleres als Verwirbelungen im eh schon schwierig zu fliegenden Kanal.«

»Danke, Blo. Wir sehen uns dann nach der Prüfung.« Lia winkte schlapp.

Blo kratzte sich an der Nase, dann grinste sie. »Verstehe, du sparst sämtliche Power für deinen Flug auf. Schlau von dir.«

Lia zwang ihre Mundwinkel in die Höhe.

Als Blo zum Fenster rausgeflogen war, legte Serafina einen Arm um Lias Schultern. Die Undine war so herzig, dass es fast unheimlich war. »Du hast dich gestern wohl völlig verausgabt, der Sucher-Blitz war bestimmt nicht ohne. Wie kann ich das nur wiedergutmachen, nachdem du so viel für mich und Nerlis getan hast?«

»Das brauchst du nicht«, sagte Lia. »Ich bin froh über das, was passiert ist. Du hast ja gehört, was Madame Nachtalbe gesagt hat: Vielleicht haben wir den Stein ins Rollen gebracht, damit das Meeresvolk sich wieder als Teil von Andersreich versteht. Als Prinzessin war ich quasi im diplomatischen Dienst unterwegs.«

Merla rutschte von der anderen Seite dicht an Lia ran und flüsterte ihr ins Ohr: »Und das ist der einzige Grund, warum du ein Gesicht machst, als hätte man dir das extraschimmelige Frühstück eines Stinkekäslers vorgesetzt?«

»Urgs«, machte Lia. »Vielen Dank, mir ist schon schlecht.«

»Alles klar, du hast eine üble Panikattacke«, sagte Merla, die ja als Einzige von Lias Höhenangst wusste. »Ich werde dich zur Prüfung begleiten und erst von deiner Seite weichen, wenn Frau Flatterfein mich höchstpersönlich wegschickt.«

Serafina verstärkte den Griff um Lias Schultern. »Ich gebe dir auch Begleitschutz, für den Fall, dass ein Junge in Merlas Richtung schaut und sie die Flucht ergreift.«

Lia atmete zum ersten Mal an diesem Morgen tief durch. Zwischen ihren beiden Freundinnen wirkte die Aussicht darauf, die Flugprüfung mit Pauken und Trompeten zu versemmeln und gezwungenermaßen noch länger die Elfenprinzessin in Springwasser geben zu müssen, schon nicht mehr ganz so schlimm. »Das ist lieb von euch, ich kann heute jede Unterstützung gebrauchen«, gab Lia zu. »Valmariana wird zu Höchstleistungen auflaufen, wenn ich mich als Rohrkrepierer erweise.«

»Glühsteinmäßig!«, jubelte Merla. »So läuft das in der Nachtflugwabe: Du bist für uns da – wir sind für dich da.«

»Eine für alle, alle für eine«, schniefte Lia gerührt.

Serafina grinste. »Das Motto gefällt mir. Das hauen wir dem Rettet-Springwasser-Club um die Spitzohren, wenn der uns noch mal dumm kommt.«

Sofort sackte Lia ein Stück in sich zusammen. »Den Dumpfelfen-Verein hatte ich bei dem Trubel ganz vergessen. Die wissen noch gar nicht, dass es mit den Überschwemmungen vorbei ist. Das wird Madame Nachtalbe bestimmt erst beim heutigen Mittagssonnentanz verkünden, an dem alle Ligen teilnehmen.«

»Den Clubmitgliedern geht es doch gar nicht wirklich um die Sicherheit von Springwasser. Die meisten machen bloß mit, weil sie es spannend finden. Und Valmariana will sich um jeden Preis aufspielen. Selbst wenn Madame Nachtalbe alles ganz genau erklären würde, gäbe es den Club weiterhin, sie würde einfach dem nächsten Elfenkind einen Gnomrotz-Sticker anpappen und es zur neuen Gefahr erklären. Es braucht mehr als die Wahrheit, um dem Club ein Ende zu bereiten.«

Da lag Serafina richtig. Es ging tatsächlich um mehr. Es ging um die Frage, ob in Springwasser noch alle gleich waren oder ob einzelne Elfenkinder zu schwarzen Schafen erklärt werden durften. Himmelzeltabwärts, es war zum Mäusemelken! Da hatte Lia geglaubt, wenn sie Asalias Tipp, den wahren Grund für die Überschwemmungen herauszufinden, befolgte, würde sich alles in Wohlgefallen auflösen. Aber so leicht würden sie den Club nicht loswerden …

Lia war so mit diesem Problem beschäftigt, dass sie ihre Prüfungsangst ganz vergaß. Gemeinsam mit Merla und Serafina – die beiden hatten die Erlaubnis bekommen, der beliebten Flugprüfung beizuwohnen – ging sie zum Blauen

Diamanten. Ein paar Elfenschüler mit den gelben Club-Stirnbändern wichen demonstrativ zurück, als sie Serafina sahen. Mit »Das ist aber nett von euch, dass ihr uns Platz macht« und »Vielen Dank, wie aufmerksam« bedankten sich die drei Mädchen überschwänglich – und zu ihrer Überraschung ertappte sich Lia sogar dabei, dass sie lachte und Merla an ihrem Pelz zupfte, was die Erdelfe zum Gniggeln brachte. Vielleicht war eine vergeigte Flugprüfung nicht das Schlimmste, was ihr passieren konnte. Und noch ein paar Wochen in Springwasser und damit bei ihren Freundinnen bleiben zu können war doch eigentlich eine gute Aussicht. Die Menschenwelt lief ihr schließlich nicht davon, richtig?

Doch als Lia im Inneren des Blauen Diamanten ankam und mit ihren Freundinnen zur Tribüne ging, die für die Zuschauer errichtet worden war, vergaß sie ihre gute Laune sofort. Sie wurden von einer Delegation gelber Stirnbandträger in Empfang genommen, die die Mädchen der Nachtflugwabe mit verschränkten Armen kühl anstarrten. Valmariana stand im Sicherheitsabstand daneben, ihre durchscheinenden, amethystfarbenen Flügel bereits startklar ausgebreitet.

»Da das Risiko sehr hoch ist, dass die Undine die Prüfung als Gelegenheit nutzt, um den Blauen Diamanten zu überschwemmen, werden die treuesten Mitglieder des Clubs sie überwachen«, erklärte Valmariana mit ihrer unnachahmlichen Hochnäsigkeit.

Lia holte gerade tief Luft, um Valmariana ihre Meinung zu sagen, als sie von hinten gezwickt wurde.

»Guten Morgen. Solltest du nicht ein paar Aufwärmübungen machen, Schwesterchen?«

»Dorient!« Lia war überglücklich, den Elfenjungen mit dem Sturmhaar zu sehen, auch wenn sie ihn am liebsten zurückgezwickt hätte. Der Kerl war wirklich unmöglich. »Was machst du denn hier?«

»Nun ja, Lofi und ich werden die Zuschauer auf der Tribüne mit unserer Anwesenheit beehren. Wir sind als Aufpasser eingeteilt, weil die Schüler der Bergkristall-Liga bei einem guten Startflug immer ganz aus dem Häuschen geraten. Sie vergessen vor lauter Begeisterung zu atmen, werden ohnmächtig, fallen rücklings von den Bänken und so. Aber Lofi und ich werden sie retten. Das ist unser Job als ältere und vernünftige Elflinge. Nicht wahr, mein Freund?« Der Feuerelf nickte und versuchte unauffällig, näher an Serafina zu rücken, die ihm – kein bisschen unauffällig – auswich. Dann deutete Dorient auf die Schar der Clubmitglieder, die sie umringte. »Wahnsinn, Lia, du hast ja schon einen richtigen Fanclub. Tja, meiner kleinen Schwester eilt eben der Ruf voraus, eine tollkühne Fliegerin zu sein.«

»Ganz bestimmt nicht!«, krakelte Valmariana, die sich gerade darüber ärgerte, sich abseits positioniert zu haben, und nun leicht mit den Flügeln schlagen musste, um über die Köpfe schauen zu können. »Der Club, den ich höchstpersönlich gegründet habe, wird die gemeingefährliche Undine überwachen, mit der deine königliche Schwester sich abgibt.«

»Und wir überwachen den Club«, warf Lofi sich in die Brust.

Für einen Moment sah es so aus, als würde Serafina dem Feuerelf vor allen eine Abfuhr erteilen, aber stattdessen lächelte sie ihn an. Nur ganz kurz, aber es reichte, um Lofis Haar in Brand zu stecken.

»Diesen Feuerelf sollten wir ebenfalls auf unsere Liste setzen, der ist ja brandgefährlich«, verkündete Valmariana.

»Dann könnt ihr mich gleich mit draufsetzen«, erklärte Dorient mit seiner kräftigen Stimme so laut, dass wirklich alle ihn hören konnten. »Der himmelhohe Stapel Blauer Briefe, den meine Eltern von der Schulleitung bekommen haben, beweist es: Ich bin ein amtlicher Störenfried. Ganz ehrlich, Valmariana, ich wäre schwer beleidigt, wenn dein ehrenwerter Club mich nicht für gefährlich hält.«

Merla trat einen Schritt vor und ließ ihren Pelz zurückgleiten, obwohl sie vor Angst vom Kopf bis zu den Zehen zitterte. Im klaren Licht des Blauen Diamanten funkelten die Edelsteine auf ihrer Haut auf. »Und mich als Erdelfe auch. Dass ich die Gefahr in Person bin, steht ja außer Frage.«

»Mich auch … auch wenn ich bloß ein harmloser Tagfalterling bin«, sagte der Elfenjunge Bim, den Lia aus Miss Pummykins Morphologie-Kurs kannte und der wie immer bis zur Brust in seinem Plüschsack steckte. Nun holte er mit seinem doppelten Armpaar etwas hervor und klebte es sich an die Schulter.

Es war ein Gnomrotz-Sticker.

Um Bim herum brach wie auf ein geheimes Kommando hin eifriges Geraschel aus, als sich auch andere Elfenschüler Gnomrotz-Sticker an ihre Schultern hefteten und laut »Mich auch!« riefen.

»Gleitflugmäßig«, sagte Dorient. »Ich will auch so einen Sticker.«

Eine Froschelfe machte einen Sprung auf ihn zu, kicherte verlegen, weil sie dem königlichen Nachwuchs der Aurelianten so nah kam, und überreichte ihm einen Sticker, mit dem sich Dorient, ohne zu zögern, schmückte.

Nun gab es kein Halten mehr, überall wurden die Sticker verteilt und mit großem Buhei aufgeklebt. Es dauerte in dem Gewusel nicht lange und an den ersten Clubmitgliedern hafteten ebenfalls Sticker, wenn auch nicht immer freiwillig. Ein paar von ihnen nahmen unauffällig ihre Stirnbänder ab und machten keine Anstalten, die Gnomrotz-Sticker abzureißen. Man brauchte keinen Blick in eine Kristallkugel zu werfen, um zu erkennen, dass die Tage des Rettet-Springwasser-Clubs gezählt waren. Ganz ohne Streit und Trara. Stattdessen wurde rumgealbert und gelacht, als würde eine Party gefeiert.

Madame Nachtalbe hatte recht, sich nicht einzumischen oder den Club zu verbieten, dachte Lia. Wir haben das ganz allein hinbekommen. Wie toll ist das denn bitte schön?

Valmariana kam angeflattert, das Gesicht so sonnenuntergangsrot wie ihre Haarpracht. Allem Anschein nach wollte sie Lia unbedingt etwas sagen, doch vor Wut bekam sie kein Wort über ihre Lippen. Also zeigte sie mit dem Finger auf Lia, als wolle sie sie damit erdolchen. Hinter ihr hopste ihre Freundin, die Gebirgselfe Quadrophenia, gut gelaunt durch die Menge, wobei auf ihrem gelben Stirnband über dem Baumsymbol ein Gnomrotz-Sticker prangte. Wer auch immer das geschafft hatte, der würde von Lia eine Portion Minz-Kristall-Pops spendiert bekommen. Die arme Valmariana, sie gab sich so viel Mühe, eine hochnäsige Anführerin zu sein, und musste doch jedes Mal eine Schlappe hinnehmen.

»Soll ich dich zum Trost knuddeln, weil dein Club soeben aufgelöst wurde?«, fragte Lia.

Valmarianas Zeigefinger blieb in der Luft hängen, das ganze Elfenmädchen erstarrte, als habe Lia ihm angedroht, ihm mit einem Geschwader Miniblitze die Tunika zu verkokeln. »Knuddeln?«, echote sie angewidert, dann machte sie kehrt und floh.

Dorient, der inzwischen fünf Sticker trug, stellte sich neben Lia. »Ist das deine neue Vergraultaktik für Valmariana? Die muss ich mir merken.« Er grinste Lia an, und bevor sie sich versah, stupste er ihre Nasenspitze. »Ich wollte dir gestern Abend noch einen Besuch abstatten, doch auf eurer Wabe saß bloß die Pelzkugel, die so aufgeregt war, dass sie mich gar nicht bemerkt hat. Was war denn los?«

»Ach«, sagte Lia. »Blo und ich haben nur Madame Nachtalbes Verborgenen Salon dank eines Sucher-Blitzes gefunden, und dann kamen noch Serafina und ihr bester Freund Nerlis aus Atlantis dazu. Die beiden hatte nämlich eine faustdicke Lüge getrennt, aber die konnte ich mithilfe eines Wahrheitsfinders entkräften.«

Dorients Augen wurden so groß, dass Lia sich darin spiegeln konnte. »Du warst im Salon …«, setzte der Elfenjunge sichtlich überrumpelt an. »Sucher-Blitz und Atlantis … und … äh … Wahrheitsfinder, also ein Alb, mit dem du geredet hast?«

»Dorient, brennen bei dir gerade einige Sicherungen durch?«, fragte Lia besorgt.

Der Elfenjunge fuhr sich mit der Hand durchs Haar. »Brennen wird Lofi, wenn er hört, dass Serafina einen besten Freund hat. Bist du dir wirklich sicher, dass das alles gestern Abend passiert ist?«

Lia winkte ab. »Du weißt ja, wie das mit der Zeit in Andersreich ist, manchmal dehnt sie sich aus, ein anderes

Mal schrumpft sie zusammen. Wenn es nach mir ginge, können wir die anstehende Prüfung gern überspringen.«

»Du packst das«, sagte Dorient. »Wer so ganz nebenbei den geheimsten Ort in ganz Springwasser findet, auf ein Elfenvolk trifft, das seit Jahrhunderten niemand mehr an Land gesehen hat, und mit einem Alb plaudert, wird ja wohl eine läppische Flugprüfung bestehen.«

Dass Dorient so fest an sie glaubte, machte es Lia unmöglich, ihm zu sagen, wie ihre Chancen wirklich standen. Stattdessen drückte sie ihn kurz und lief dann zu der Gruppe Prüflinge, die sich bereits im Dom zusammengefunden hatte. Die Stunde der Wahrheit war gekommen.

26.

Flugprüfung

Die gute Stimmung auf der Tribüne riss nicht ab, als die Flugprüfung losging und die ersten Schülerinnen und Schüler ihre erlernten Techniken vorführten.

»Und da kommt Sonila Blumenkind mit ihren pollenbetriebenen Aufstiegsdrüsen und dreht eine beeindruckende Anzahl von Loopings!« Frau Flatterfein kommentierte jeden einzelnen Auftritt mit ihrer Flüstertüte, als sei sie die Moderatorin einer Sportshow. »Man beachte, wie sich nun die Kapsel für den Fallschirm aus Löwenzahnblüten öffnet und das Elfenkind sanft zu Boden schweben lässt. Eine wunderschöne Landung, liebe Sonila. Ich gratu… Hatschi, hatschi, zu viele Pollen!«

Der Niesanfall der Flugunterricht-Lehrerin ging im lauten Summen von der Tribüne unter und endete erst, als Frau Flatterfein ihre Nase geputzt hatte und »Weiter fliegt's!« in die Flüstertüte rief. »Und nun startet Valmariana aus der ehrenwerten Monsunfamilie. Das Temperament der Lüfte! Es lässt sich nicht leugnen, diese Elfe ist schneller als der

Wind auf der Startposition … der Pfiff ertönt … und sie steigt senkrecht in den Luftkanal ein. Großartiger Start, vielleicht etwas zu schnell … es wäre gut, Tempo rauszunehmen, um auf die Strömungen beim Einstieg in den Kanal reagieren zu können … oh, jetzt wird sie zur Seite geworfen und verliert deutlich an Tempo … kann sich aber wieder fangen und … ja, Valmariana steigt wieder … lässt die 20-Meter-Marke hinter sich … Wird sie es schaffen? Ihre Flügel verfärben sich vor Anstrengung dunkelpink … da! Ein Seitenschwall Starkluft hat sie erwischt … sie kommt ins Trudeln. Aber sie hat Glück, sie stößt gegen eine andere Starkluftfront und wird nach oben geschleudert. Und jetzt setzt sie ihre Flügel geschickt ein, steigt, steigt … und passiert gerade so die 30-Meter-Marke – bevor sie mit angelegten Flügeln nach unten trudelt. Nicht gerade der sportlichste Abstieg, aber ein beeindruckender Senkrechter Startflug mit ein paar winzigen Abstrichen. Gigantös!«

Nach jedem Durchgang im Luftkanal – für die Prüfung war er extra durchsichtig gemacht worden, während die Luftströme türkisblau eingefärbt waren – führten Blo und der Kugelblitzelf Sumelum einen Check durch. Beide trugen als Frau Flatterfeins Hilfsteam stolze Mienen zur Schau, doch wenn sie mit dem Check fertig waren, sahen sie jedes Mal ganz gerupft aus. Offenbar machten die Backenblasbolde weiterhin Schwierigkeiten.

Lia konnte das egal sein, sie würde es eh nicht bis in den Luftkanal schaffen, sondern sich mit einem Salto in der Waagerechten zufriedengeben und auf den nächsten Besuch im Zaarz-Tal warten. Sollte Valmariana ruhig den Applaus für ihren Flug einheimsen. Nach der Schlappe, die sie gerade mit dem Club erlitten hatte, konnte die Luftelfe etwas Erfolg gut gebrauchen.

Eine schlecht gelaunte Valmariana kommt nur auf dumme Ideen, dachte Lia. Dann finden wir in unserem Abendessen Stinkemorcheln, die uns wochenlang wie ein verstopfter Abfluss müffeln lassen. Oder sie verbreitet das Gerücht, dass in der Nachtflugwabe Berge von Süßigkeiten gelagert werden, und die Einheit Hochhinaus stürmt unser Zimmer und stellt alles auf den Kopf.

Lia freundete sich gerade mit ihrem Schicksal an, als Blo ihr einen Besuch in der Wartereihe abstattete.

»Bereit, den spektakulärsten Senkrechten Startflug aller Äonen hinzulegen?«, fragte die Pixie mit leuchtenden Augen.

»Ich gehe es heute eine Nummer ruhiger an«, gestand Lia.

»Ruhiger? Ich hab mich wohl verhört. Hast du den pfeilschnellen Startflug gesehen, den Valmariana hingelegt hat? Den gilt es *mindestens* zu überbieten! Dorient und Lofi haben doch mit dir geübt und meinten, dass du es richtig gut draufhättest. Wenn du schon keine Top-Prüfung für dich hinlegen willst, dann tu es für die beiden Jungen.«

Da war natürlich etwas dran. Und unter anderen Umständen hätte Lia sich diese Chance nicht entgehen lassen, nur … »Ich habe dem Wahrheitsfinder Mekriz für seine Hilfe eine Erinnerung geben«, flüsterte Lia. »So, wie es aussieht, ging es in dieser Erinnerung darum, wie man einen Senkrechten Startflug hinlegt.«

»Verstehe, du hast, um Serafina zu helfen, auf deine Valmariana-in-den-Boden-flieg-Chance verzichtet.« Blo flatterte gedankenversunken auf der Stelle. »Dein Kopf weiß also nicht, was zu tun ist. Aber dein Körper hat es erlebt und wird es schon richtig machen. Er braucht nur den nötigen Ansporn.«

»Und der wäre?«, fragte Lia ratlos.

»Lass das mal meine Sorge sein. Ich sage nur: Eine für alle und alle für eine. Du gehst an den Start und nimmst die Ausgangsposition für einen Senkrechten Startflug ein, den Rest erledige ich.«

»Das kann ja lustig werden«, murmelte Lia.

Die Schlange, in der Lia auf ihren Einsatz wartete, verkürzte sich für ihren Geschmack viel zu schnell, und bevor sie sich versah, trat sie auch schon auf die glänzende Startrampe des Blauen Diamanten.

»Und hier kommt jemand, durch dessen Adern der Wind tobt: Lia Sturmgold«, rief Frau Flatterfein in ihre Flüstertüte. »Im Vorfeld wurde von einem Senkrechten Startflug über vierzig Meter geredet, inklusive eines Wirblers obendrauf. Das wäre sensationell, aber vielleicht hat die Prinzessin der Lüfte heute ja auch etwas anderes für uns vorbereitet. Auf jeden Fall wird es spannend!«

Von der Tribüne erklang lautstarkes Gesumme. Lia glaubte, trotz der Stimmenvielzahl Dorients Donnerklang herauszuhören, und ihr Mut sank. Alle hielten große Stücke auf sie, sogar Blo traute ihr ein Wunder zu, obwohl sie wusste, was Lia getan hatte. Ihre Arme und Beine wurden bleischwer und es fühlte sich an, als würden sich ihre Flügel regelrecht zusammenrollen, statt aufgeregt zu vibrieren wie sonst, wenn es ums Fliegen ging. Trotzdem ging Lia – wie sie es Blo versprochen hatte – in die Startposition.

Bevor es peinlich werden konnte, ertönte ein Pixie-Pfiff.

»Stopp!«, befahl Blo, als habe Lia eben vorgehabt abzuheben. »Mir fällt gerade auf, dass Backenblasbold Krgz der Aufgeblähte seine Position verlassen hat, um Flzip dem Ruhelosen die Meinung zu sagen. Diesem Unruhestifter stoße ich noch rasch den Kopf zurecht, dann kann die Prinzessin starten.«

»Blo, warte!«, rief Fräulein Flatterfein. »Mit wütenden Backenblasbolden ist nicht zu spaßen, das übernehme ich.«

Doch die Pixie war bereits im Luftkanal verschwunden und man konnte sehen, wie sie geschickt durch die türkisen Luftströmungen aufstieg, bis sich ein riesiges Gesicht mit dick aufgeblähten Backen vor ihr abzeichnete. Das musste Krgz der Aufgeblähte sein. Als die Pixie drohend ihre Zeigefinger reckte, wurden die Backen noch dicker … und dann pustete er die zierliche Blo einfach weg. Es sah aus, als habe man die Pixie mit einer Kanone abgeschossen, so wurde sie in die Höhe geschleudert. Dann ergriff sie eine Luftströmung und wirbelte sie so umher, dass ihre Libellenflügel nur noch nutzlos umherschlackerten.

»Blo hat das Bewusstsein verloren!«, rief Frau Flatterfein, schmiss die Flüstertüte weg und flog los. Aber von ihrem Standort aus würde es zu lange dauern, bis sie bei Blo war – das war Lia klar. Wenn jemand Blo helfen konnte, dann sie.

Senkrechter Startflug, dachte Lia entschlossen.

Doch ihr Körper reagierte nicht.

Nun komm schon, bitte, bitte, du bist doch durch und durch Luftelfenkörper, nun beweise es.

Immer noch keine Regung.

Unterdessen wirbelte Blo wie ein Blatt im Sturm herum.

Okay, dachte Lia. Wenn es mit dem Startflug nichts wird, was habe ich dann auf Lager? Wie ein Blitz schoss die Erinnerung an den ausgetrockneten Brunnen, in den sie sich gestürzt hatte, um Merla vor dem Aufprall zu bewahren, in ihr Gedächtnis.

Ein umgedrehter Sinkflug – das war's!

In der nächsten Sekunde startete Lia auch schon mit den Füßen voran mit Höchstbeschleunigung in den Luftkanal hinein. Die verschiedenen Strömungen griffen nach ihr, wollten sie herumschleudern, doch ihr Körper passte sich so geschickt an, als handele es sich um einen Tanz, und nutzte die Strömungen, um noch mehr zu beschleunigen. Als sie an Krgz dem Aufgeblähten vorbeiwollte, pumpte er seine Wangen bis zum Anschlag auf. Doch statt Angst machte sich in Lia die kribbelnde Blitzenergie bemerkbar. Sie stieg Lia in die Kehle, und als sie den Mund aufmachte, kam ein »Aus dem Weg!« mit der Lautstärke eines Donners heraus. Augenblicklich ließ Krgz die Luft ab und blickte sie erstaunt an, aber da war sie schon am Backenblasbold vorbeigesaust.

»Lia Sturmgold hat soeben die 30-Meter-Marke überschritten und beschleunigt weiter«, stotterte Sumelsum aufgeregt in die Flüstertüte, die seine Lehrerin ihm in die Hand gedrückt hatte. »Frau Flatterfein ist gerade bei zwanzig Metern angekommen. Wer wird der taumelnden Pixie als Erste zu Hilfe kommen?«

Lia konnte Blo bereits vor sich sehen, so nah, dass sie bloß die Hand nach ihr ausstreckten musste. Doch da fuhr ein Wind in die Libellenflügel und riss die handtellergroße Pixie erneut in die Höhe.

»El misto«, schimpfte Lia. Ihre Flügel schmerzten, außerdem hatten sich Haarsträhnen aus ihrer Frisur gelöst und versperrten ihr die Sicht. Es half nichts, sie musste noch höher. Sie war schließlich die Prinzessin der Lüfte – oder zumindest ihre äußere Hülle war es. Lia spürte nach dem Windstoß, der Blo fortgerissen hatte, und als sie ihn fand, griff sie nach ihm wie nach einem Rettungsseil und ließ sich von ihm nach oben tragen.

»Erstklassige Anwendung der Thermiktechnik Schwierigkeitsstufe vier«, jubelte Sumelsum, der seine Schüchternheit vergessen hatte.

Lia hatte bislang gar nicht gewusst, dass es so etwas wie Thermiktechnik überhaupt gab. Aber wie auch immer der Trick hieß, den sie angewendet hatte, er brachte sie ein ganzes Stück im Windkanal hinauf.

»Soeben wurde die 40-Meter-Marke von Lia Sturmgold überschritten!«

Blo tauchte wie aus dem Nichts auf. Allerdings sauste sie an Lia vorbei, als befände sie sich im freien Fall. Lia musste ihre Flügel einziehen und einen Sturzflug hinlegen, um sie zu fangen. Dann wurde sie von der Strömung erneut nach oben gerissen, bis es ihr gelang, ihre Flügel wieder in Position zu bringen.

Blo, die bis eben leblos in Lias Händen gehangen hatte, schlug die Augen auf und grinste. »Das war der Wirbler obendrauf. Gratuliere, Eure Hohheit.«

Lia traute ihren Augen nicht. »Du warst gar nicht ohnmächtig?«

»Niemals!«, kicherte Blo. »Was sollte eine tollkühne Luftreiterin wie mich denn aus dem Sattel heben? Ich wollte dich nur ein wenig motivieren. Falls du dich für meine Hilfestellung bedanken willst: gern geschehen.«

Lia war immer noch sprachlos, als eine windzerzauste Frau Flatterfein neben ihr auftauchte. »Bei allen Aufwinden, du hast Blo der Luftströmung entrissen.«

»Na ja …«, setzte Lia an.

»Lia ist meine Retterin«, wurde sie von Blo unterbrochen, bevor sie noch der Lehrerin die Wahrheit über Blos angebliche Ohnmacht verriet.

Frau Flatterfein lächelte. »Da bin ich aber froh. Das war eine außergewöhnliche Leistung, auch wenn ich es angesichts der Lage begrüßt hätte, wenn du auf so ein Kunststück wie den umgedrehten Sinkflug verzichtet hättest, Lia. Das war reines Prinzessinnengehabe, das hast du überhaupt nicht nötig.«

»Manchmal geht mein Adelsblut mit mir durch«, seufzte Lia. Was blieb ihr schon anderes übrig?

Lachend hakte Frau Flatterfein sie in den Sicherheitsgriff ein. »Komm, ich schleppe dich und deine ermattete Freundin ab, deine Flügel müssen völlig erschöpft sein nach dieser Beschleunigung.«

Lia verzog das Gesicht, als sie ihre Flügel in Position brachte. Ohne die Unterstützung wäre sie den Luftkanal wohl hinabgetrudelt, um dann eine Notlandung auf dem Hintern zu machen. Da war es schon deutlich angenehmer, an der Seite von Frau Flatterfein wieder auf der Startrampe unter dem Gesumme der Zuschauer aufzusetzen.

Frau Flatterfein nahm die Flüstertüte an sich und sagte: »Hiermit haben wir eine weitere bestandene Prüfung, allerdings mit Extraplus in Kreativität, Schnelligkeit und Höhenrekord. Einen Abzug gibt es für Angeberei und Überschätzung der eigenen Kräfte, was jedoch durch die Bereitschaft, anderen zu Hilfe zu eilen, ausgebügelt wird. Prinzessin Lia, du darfst hiermit offiziell am Ausflug ins Zaarz-Tal teilnehmen.«

Lia hauchte ein »Danke«, dann verwandelten sich ihre Knie in Pudding und sie setzte zu guter Letzt doch noch eine Zwiebel. Nur war ihr das jetzt völlig egal, auch das Gekicher von der Tribüne. Alles, woran sie denken konnte, waren die Taukristalle, die nur darauf warteten, bei den Wasserfällen geerntet und für einen Körpertauschzauber eingesetzt zu werden. Schon bald würde sie wieder das Menschenmädchen Lia Dornmeier sein, aber bis dahin würde sie jede Sekunde in Springwasser genießen.

27.

Planschen für Fortgeschrittene

»Ich weiß wirklich nicht, was du gegen Blubberbläschen hast, meine werte Lieblingsmiesmuschel«, sagte Lia und sank noch ein bisschen tiefer ins Badewasser. Das Becken, das sie für sich und ihre Freudinnen aus der Nachtflugwabe ausgewählt hatte, war nicht nur groß genug für alle vier, in seiner Mitte stiegen auch noch unzählige Luftblasen auf, die leise prickelnd an der Oberfläche explodierten und nach Rosen dufteten.

Serafina rümpfte die Nase. »Wenn wir Undinen unter Wasser Luftblasen sehen, machen wir uns für gewöhnlich schleunigst aus dem Staub.«

»Weil die Bläschen bei euch nicht nach Rosen duften?«, mutmaßte Merla, die darauf bestanden hatte, beim Baden ihren Pelz anzubehalten. Angeblich ließ sich das Wasser schneller aus den Zotteln schütteln, als die Edelsteine auf ihrer Haut trocken zu reiben.

»Achtung! Ich mache einen Köpper«, rief Blo, bevor sie vom Beckenrand ins Wasser eintauchte, um sich dann von den Blubberbläschen hochtreiben zu lassen. Ein Trick, um den ihre Freundinnen sie beneideten. Ab und zu war es eben von Vorteil, bloß handtellergroß zu sein.

Lia genoss den spätabendlichen Besuch im jadegrünen Badesalon für junge Elfendamen. Als sie gekommen waren, hatten sich noch Wiesengrünelfen unter der Tautröpfeldusche amüsiert, aber sie hatten die Truppe mit einer Tüte Chorellachips (die Blo nicht ausstehen konnte – was ihre Familie nicht davon abhielt, ihr die grünen Chips weiterhin zu schicken) überreden lassen, frühzeitig den Rückzug anzutreten. Nun hatten sie das Badeparadies für sich und hatten es auch schon ausgiebig genutzt: Merla hatte vergnügt bis zum Kinn in einem Sumpfloch randvoll mit Schlick gehockt, Blo sieben Pollenstaub-Duschen hintereinander genommen und Lia sich nach einem Gletscherbad auf einem heißen Stein ausgeruht, während Serafina Bäder-Hopping gemacht hatte. Nun, zum krönenden Abschluss, saßen sie zusammen im Rosenblubberbad. Ein eingeschmuggeltes Picknick rundete das Badevergnügen ab.

»Wir müssen dringend etwas gegen die Koboldklappe in unserer Wabe unternehmen«, sagte Merla, nachdem sie einen Schluck Kräuterlimo genommen hatte. »Als der Kobold heute Morgen Aurus als Sondereilzustellung aus Atlantis vorbeigebracht hat, habe ich vor Schreck meinen Kamm losgelassen – und ihn bis jetzt nicht in meinem Pelz wiedergefunden. Das ist schon der dritte Kamm, den ich verloren habe, seit ich in Springwasser bin.«

Mit einem glücklichen Strahlen fasste Serafina an den Anhänger mit ihrem Plantling, der nun wieder um ihren Hals hing. Nerlis hatte den Atemgeber auf schnellstem Weg wieder zurückgeschickt und Serafina hatte Aurus an sich genommen, als würde sie ihren Plantling nie wieder hergeben. Nun, da sie dazu stehen konnte, dass Aurus nicht nur ihre Putzischnutzi-Alge war, sondern auch ein wertvolles Geschenk ihres besten Freundes, war die Undine die gute Laune in Person. »Ich würde mich ja gern beschweren, wie es so meine Art ist, aber ich bin viel zu froh darüber, Aurus wiederzuhaben. Sollen die Kobolde meinetwegen Stollen unter unserem Wabenfußboden ausheben. Die kleinen Racker machen doch eh, was sie wollen.«

»Ich will ja nicht neugierig sein«, sagte Lia. »Aber hat Nerlis etwas darüber geschrieben, was sein Vater zu seinem Ausflug nach Springwasser gesagt hat? Gab es großen Ärger?«

»Wasservulkanhaften Ärger«, bestätigte Serafina Lias Vermutung. »Sein Vater hat so getobt, dass es eine mittlere Sturmflut gab, weshalb sämtliche Schotten in der Gartenmauer vorübergehend dicht gemacht werden mussten. Aber Nerlis schien das nicht viel auszumachen, er meinte, seinem Vater würde das Wütendsein früher oder später langweilig, während er an seinem Plan, Springwasser zu besuchen, festhält.

»Nerlis scheint ein toller Junge zu sein«, flüsterte Merla. Offenbar bereitete ihr die Vorstellung, dass Serafina ernsthaft mit einem Jungen befreundet war, immer noch Schwierigkeiten. Andererseits verriet ihr Seufzen, dass die Erdelfe eine romantische Ader hatte.

Blo tauchte auf und spuckte einen Schwall Wasser wie eine Fontäne in die Luft. »Dieser Atlantianer hat die schönsten blauen Augen in ganz Andersreich«, sagte sie, während sie sich von den Bläschen treiben ließ.

Lia japste nach Luft. »Hast du eben wirklich gesagt, dass Nerlis schöne Augen hat?«

Während Merla vor Aufregung untertauchte und Serafina einen Schluckauf bekam, blieb Blo gelassen. »Jap, das habe ich. Außerdem stehe ich auf seine Haare, sie sehen aus wie goldene Ähren. Aus denen könnte man ein erstklassiges Pixienest bauen.«

Lia kicherte und wollte sich gerade noch ein Zaubernüsschen gönnen, als das Fendrill auf ihrem Handgelenk zu kribbeln begann. Gleich würde es tuten, sogar Asalias Klingelgeräusch stand immer unter Volldampf.

Hastig kletterte Lia aus dem Becken. »Ich muss mal kurz für kleine Elfen«, entschuldigte sie sich und verschwand in Richtung Toilettenräume. Doch so weit kam sie nicht, das Ornament formte bereits einen Mund. Lia blieb nichts anderes übrig, als einen Eimer Luftpampe über ihren Kopf zu kippen, damit sich eine Sauerstoffblase um ihren Kopf bildete wie ein durchsichtiger Ballon. Dann sprang sie ins Tiefenbecken, vor dem sie sich fast genauso sehr fürchtete wie vor Höhen. Ganz tief hinunter war schließlich nur das umgekehrte ganz weit hinauf.

Kaum dass Lia ins dunkle, grundlose Wasser eingetaucht war, trällerte auch schon Asalias Stimme: »Morgenstund hat Zeugs im Mund! In meinem Fall frisch angebratene Reiskräcker mit Erdbeereissoße und die restlichen Käsemakkaroni von gestern Abend. Mama Dornmeier sagte, meine Frühstückskreation könne nur jemand essen, der weder eine Nase noch eine Zunge oder Augen habe. Dann ist sie aus der Küche verschwunden, obwohl ich ihr großzügigerweise auch eine Portion abgegeben habe. Ich meine: Was hat Mama

Dornmeier gegen meine Köstlichkeit? Ohne mich beweihräuchern zu wollen: Ich steige ja schon hervorragend durch, wie es so in der Menschenwelt abläuft, aber ab und an stehe ich vor Rätseln.«

Während Lia tiefer ins Becken sank und dem Redeschwall zuhörte, umkreiste sie ein Schwarm rötlich golden leuchtender Fische und musterte sie neugierig. »Eine Frage: Hast du diese wilde Mischung gegessen?« Es fühlte sich komisch an, wie ihre Lippen gegen die Sauerstoffblase drückten, ganz wabbelig weich.

»Natürlich und selbstredend!«, schoss Asalia sofort zurück. »Also, ich habe meine Kreation zumindest probiert. Ein bisschen.«

»Hast du ›das bisschen‹ geschluckt?« Lia konnte sich das Bauchweh von Käsemakkaroni mit Erdbeereis ziemlich gut vorstellen.

Nun druckste Asalia herum. »In der Pfanne sah das Essen richtig traumhaft aus. Gelb und weiß, durchmischt mit Rosa. Warum schmeckt etwas so Hübsches nur so scheußlich?«

»Weil …« Lia wusste nicht, wo sie anfangen sollte. In einer Elfenküche würde sie vermutlich genauso ratlos herumstehen wie Asalia bei ihr zu Hause. Leider konnte sie auch nicht sagen, ›lass dir das Kochen von meiner Mutter beibringen‹, denn Mama Dornmeiers Künste erschöpften sich in der auswendig gelernten Telefonnummer des Lieferdienstes. »Du wirst es schon noch herausfinden«, beendete sie deshalb ihren Satz, ohne große Hoffnungen zu haben.

»Genau das habe ich vor«, sagte Asalia, schon wieder ganz obenauf. »Antonia will heute nach Schulschluss zum Kochen vorbeikommen und vielleicht auch Leon.«

Lias Gedanken überschlugen sich. Wie gut, dass in dem dunklen Wasser nur der anhängliche Fischschwarm Zeuge wurde, wie ihr vor Überraschung der Mund offen stand. »Bitte noch mal zum Mitschreiben: Antonia, das tollste Mädchen aus meiner Klasse, kommt heute zu Besuch. Und Leon … Ich meine: *der* Leon?«

»Wie viele Leons kennst du denn noch?«, erkundigte sich Asalia mit hörbarem Interesse.

Schwerelos trieb Lia durchs Wasser, während ein besonders vorwitziger Leuchtfisch mit großem Interesse ihr im Dunkeln funkelndes Fendrill anstupste. Ihr lag eine Frage auf der Zunge, und wenn sie die nicht bald ausspuckte, würde zweifelsohne ihr Kopf explodieren. »Hat Leons Besuch etwas mit dem Liebesbrief zu tun, den du ihm in meinem Namen geschrieben hast? Weil … Ich besuche demnächst die Zaarz-Wasserfälle und werde dort die Taukristalle für den Körperzauber besorgen. Wenn ich dann wieder in meinem alten Leben bin, möchte ich in der Pause nicht mit einem Achtklässler Händchen halten müssen. Da lege ich lieber einen Startflug bis zum Mond hin!«

»Und wie soll das bitte schön ohne Flügel gehen? Dein Menschenkörper kann nicht fliegen, schon vergessen? Obwohl … Es gibt so ganz niedlich aussehende Räume für euch Menschen, auch wenn die einen drachenhaften Radau machen. So was wünsche ich mir von Mama Dornmeier als Belohnung fürs Liebsein. Dann werde ich auch keinen faden Kartoffelbrei mehr im Küchenabfluss versenken, wo er alles verstopft«, quasselte Asalia, die die Vorstellung eines fliegenden Menschen offenbar interessanter fand als ältere Jungs. »Davon einmal abgesehen will ich nichts von dem bevorstehenden Körpertausch hören, ich habe doch gerade erst damit angefangen, die Menschenwelt zu entdecken.«

War ja klar, dass Asalia noch nicht bereit war, ihr Leben als Menschenmädchen aufzugeben. Für sie verging die Zeit ja sehr viel langsamer als für Lia in Springwasser.

»Vielleicht können wir ja gelegentlich mal wieder unsere Körper tauschen.« Lia schlug sich die Hand vor den Mund. Hatte sie das eben wirklich gesagt?

»Das würdest du machen? Ein regelmäßiges Körpertauschprogramm, juhu!«, quietschte Asalia vor Vergnügen.

Lia horchte in sich hinein. Bis vor Kurzem war alles, woran sie hatte denken können, die Rückkehr in ihr altes Leben gewesen. Sie vermisste ihre Mutter, und ihr so vorhersehbares und geordnetes Menschenleben, während es in Springwasser rund um die Uhr hoch herging. Wenn Lia allerdings ehrlich war, musste sie zugeben, dass es ihr inzwischen richtig gut gefiel, eine Luftelfe zu sein, auch wenn die blöde Tiara immer schief saß. Vielleicht wartete nach ihrer Rückkehr in die Menschenwelt die Hockeytruppe KnallGirrrlz und mit Antonia eine neue Freundin auf sie, aber Merla, Serafina und Blo waren die besten Freundinnen, die sie sich überhaupt vorstellen konnte. Und auf ihren Plantling Ludmilla und Dorient mit seinen Flausen im Kopf wollte sie auch nicht mehr verzichten … genau wie auf ihre Flügel, auch wenn sie am liebsten knapp über dem Boden flog.

»So ein Körpertauschprogramm klingt ganz cool, ich wäre jedenfalls gern dabei«, sagte Lia. »Elfenprinzessin zu sein hat tatsächlich auch sein Gutes.«